北方の詩人　高島高

伊勢功治

思潮社

高島高 アルバム 1910－1955

建設中の高嶋医院。滑川で最初の洋館建築だった。1931年（昭和6）

高嶋一家。左から高、父・地作、母・静枝、姉・ヤス、弟・明大、母の前に妹・次子。小川温泉にて。1920年（大正9）頃

母・静枝

父・地作（俳号・半茶）

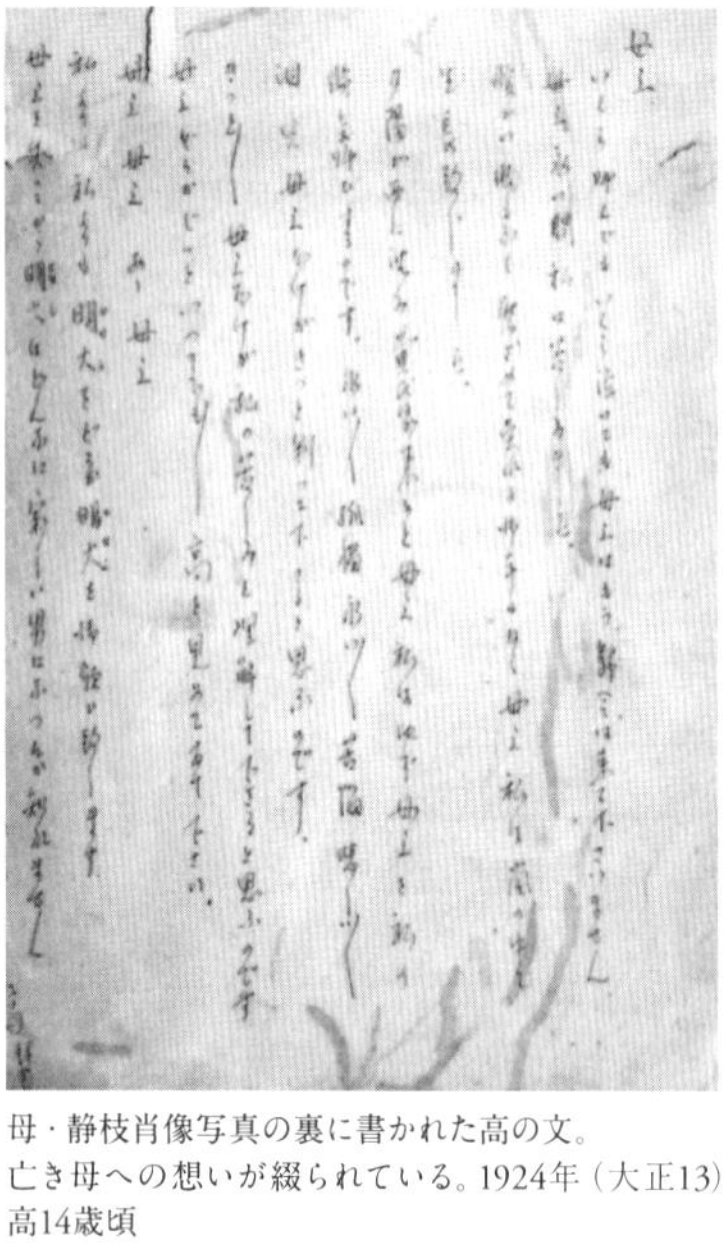

母・静枝肖像写真の裏に書かれた高の文。
亡き母への想いが綴られている。1924年（大正13）
高14歳頃

母さん
いくら呼んでもいくら泣いても母さんはもう歸へつては來て下さいません。
母さん　永い間私は苦しみました。
暖かい胸もなく　慰さめて呉れる御手もなく　母さん　私は嵐の中を
生長致しました。
夕陽が西に沈み黄昏が來ると母さん　私は必ず母さんを私の
瞼にお呼びするのです。永い〳〵　孤獨　永い〳〵苦惱　悲しい〳〵
泪　只母さんだけがきつと判って下さると思ふのです。
きつと〳〵母さんだけが私の苦しみを理解して下さると思ふのです。
母さんどうかじつといつまでも〳〵高を見めてゐて下さい。
母さん　母さん　あゝ母さん
私よりも　私よりも　明大をどうか　明大を御願い致します。
母さんを失つてから明大はどんなに寂しい男になったか知れません。
高拝書

魚津中学校野球部卒業記念写真。後列右から2番目が高

魚津中学3年、北信越大会に出場し優勝

高が通った旧制魚津中学校正門

魚津中学柔道部練習風景。一番左が高

詩苑

惜春の賦

高島高

四季

水島忠一

魚津中学卒業時、学友会誌に詩を投稿

大岡山のカフェ・イトーの前で。1930年頃
黒スーツ、黒ソフト帽、黒靴は昭和医専生の制服

昭和医学専門学校時代の白衣姿。1930年（昭和5）頃

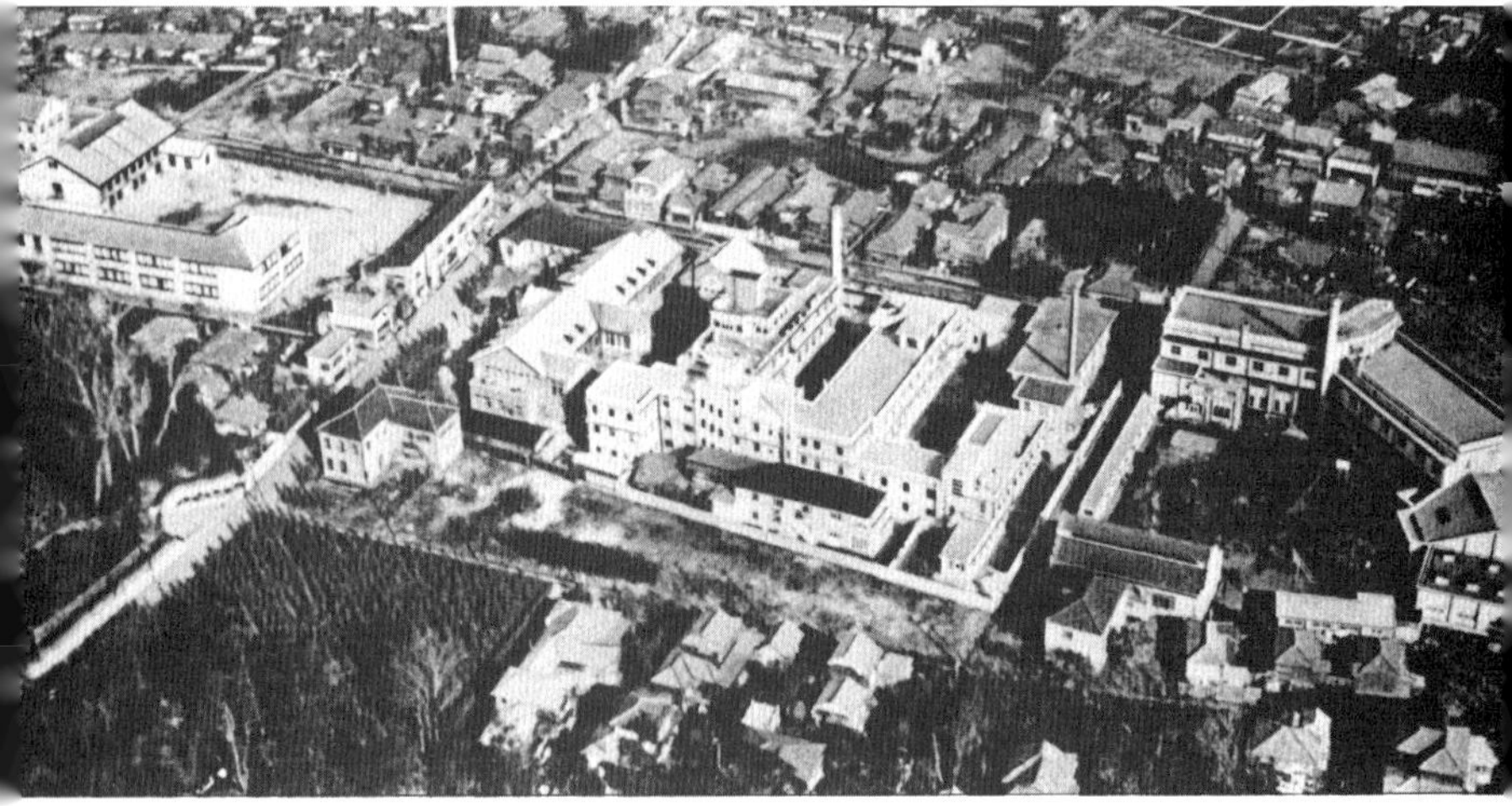

昭和医学専門学校の全景。1935年（昭和10）頃

生化学の実習。1935年頃

校内のカフェ。1935年頃

卒業アルバムで「老人グルッペ」と名付けられた写真。後列右から二人目が高。1935年（昭和10）頃

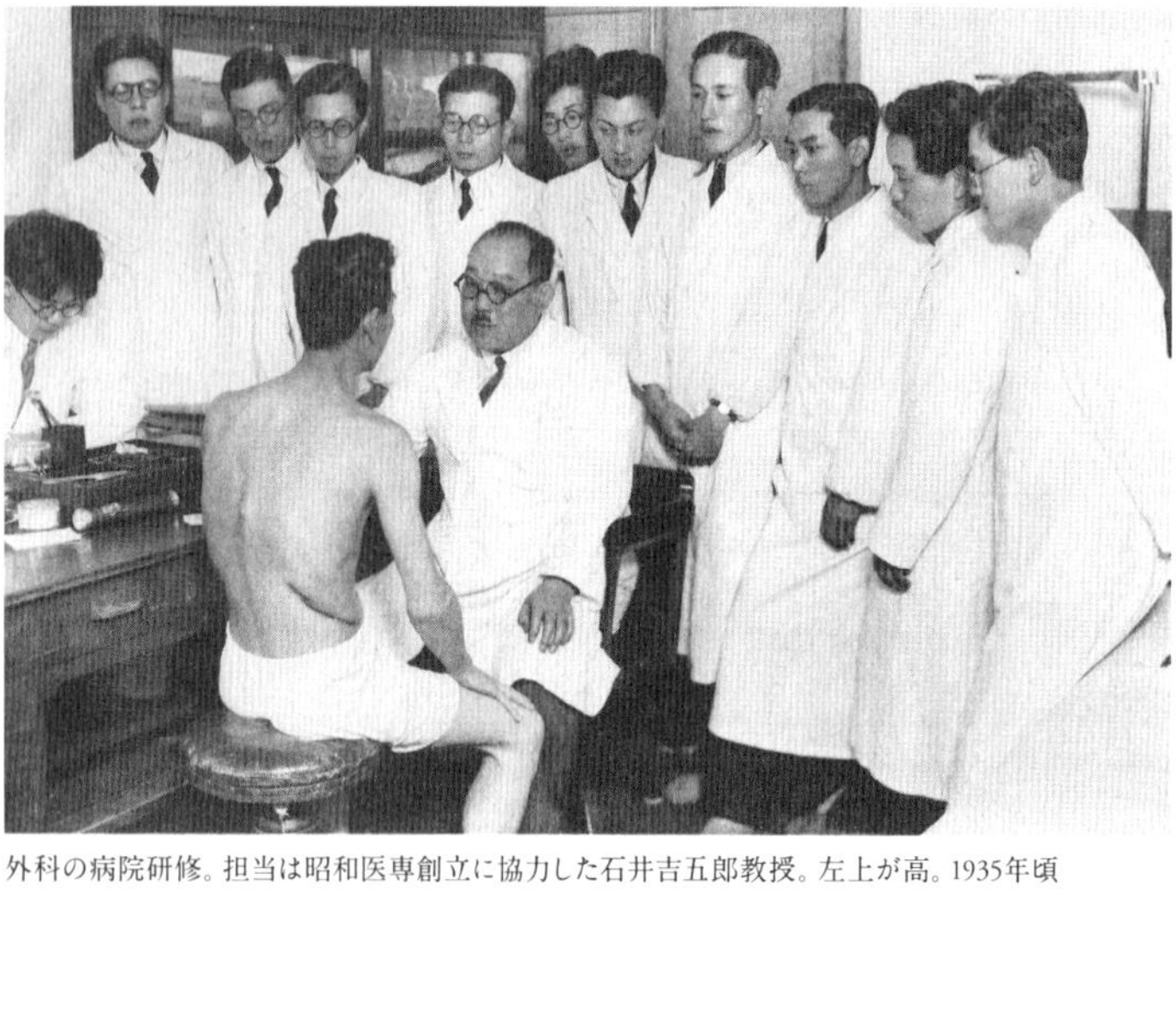

外科の病院研修。担当は昭和医専創立に協力した石井吉五郎教授。左上が高。1935年頃

卒業アルバムのポートレート。1936年（昭和11）

高が詩と小説を寄稿した昭和医専の学友会誌。右から3号（1930年12月）、4号（1932年1月）、5号（1932年12月）、6号（1933年12月）、7号（1935年1月）

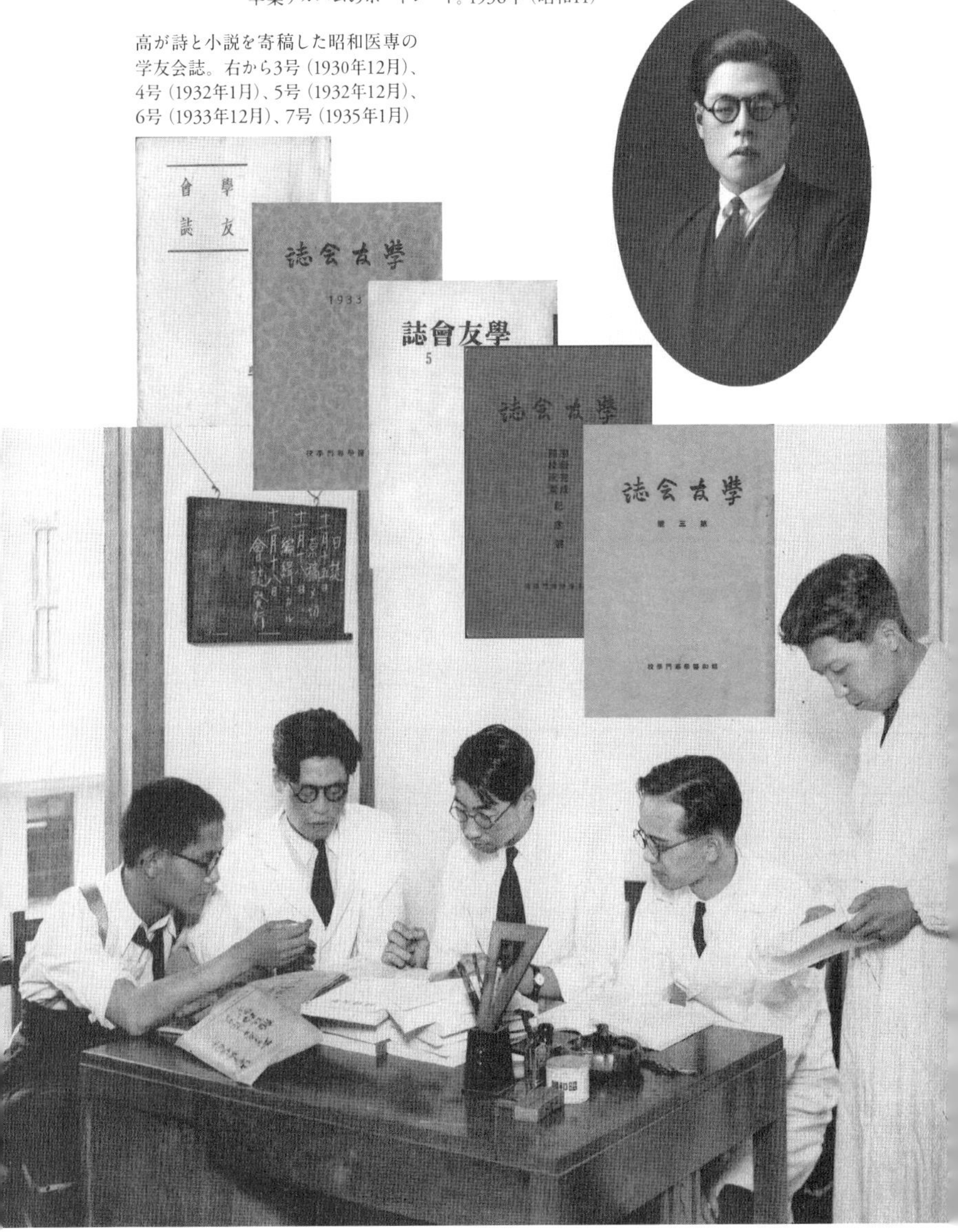

雑誌部での活動。年刊の学友会誌などを編集。左から二人目が高。1935年頃

1936年（昭和11）1月13日、第2回東京・麵麭の会。新宿白十字にて。
後列左から大隅次郎、二人おいて、石井奈良夫、服部稔、二人おいて、芹川鞆生郎。
中列左二人目から鎌原正己、二人おいて、相川等、高、安田貞雄。
前列左から永瀬清子、古谷綱武、淺野晃、北川冬彦、井原彦六、堀場正雄、大村辰二

1936年秋、吉川政雄詩集出版記念会。両国「ももんじや」にて。
後列左二人目から羽島芳三郎、泉潤三、倉持伊平。三列左から関口由記夫、一人おいて南條芦雄、林鼎、一人おいて中野武彦、久慈正夫、田中清司、高島高。二列左から兼松信雄、田村昌由、伊波南哲、森山一、柴伊穂利。前列左二人目から山之口貘、生田蝶介、吉川政雄、佐藤惣之助、福田正夫、泉芳朗、鮫島慶江、高橋たか子

妻とし子（右）とその妹、敦子（左）、富山市のネギシ写真館にて、1936年頃

大学を卒業し、詩人としてのスタートした頃のポートレート、1936年頃

とし子と。高岡市にて、1950年（昭和25）頃

結婚したとし子と。富山市のネギシ写真館にて、1938年（昭和13）頃

1939年（昭和14）4月22日、八十島稔の句集『柘榴』の出版記念会に集った「風流陣」の会員たち。京橋、京美屋にて。左から岩佐東一郎、高、伊藤月草、川田総七、一戸務、正岡容、城左門、北園克衛、佐藤惣之助、十和田操、八十島稔、永田助太郎、小林善雄、乾直恵、那須辰造。後列右より二人目佐藤四郎、高橋鏡太郎、藤田初巳

1944年（昭和19）、バンコクで弟・学と再会した時の記念写真

1940年（昭和15）11月、詩友・竹森一男（左）と原田勇（右）が高の家を訪ねた。二人との交流は長く、ともに高の「文學組織」に寄稿した

自宅の庭に高がたてた半茶の句碑を前に。
1943年（昭和18）

『聴濤庵半茶遺稿集』1942年（昭和17）
高島高編

姪・美紀子と。1949年（昭和24）頃。
この写真は詩集『北の貌』の巻頭に掲載された

1949年頃

故郷の町
昔と今

1930年代末頃の富山市総曲輪（そうがわ）通り。
ネギシ写真館はこの通り沿いにあった

滑川・和田の浜　1955年（昭和30）頃

多くの人で賑わい「瀬羽町銀座」と呼ばれた滑川の瀬羽町（せわまち）通り。1950年代前半頃

まだ堤防がない滑川・高月（たかつき）海岸から北東部を望む。1955年頃

現在の高月海岸。左端に林が見えるところが加積雪嶋神社

現在の橋場の橋の上から海を望む。高は来訪した佐藤惣之助とここで釣りをした

現在の瀬羽町通り。カフェやアンティーク店など新しい店舗が誕生している

高の詩「春と滑川」に登場する曹洞宗独勝寺（滑川市加島町）

旧高嶋医院裏の田中川。前方奥に北アルプス

高の家からの最寄りの駅、西滑川駅（旧・水橋口駅）ホーム。前方奥に立山連峰が聳える

高が子どもの頃遊んだ加積雪嶋神社。現在も当時の姿のままである

直筆詩

詩「北方の詩」の自筆屛風

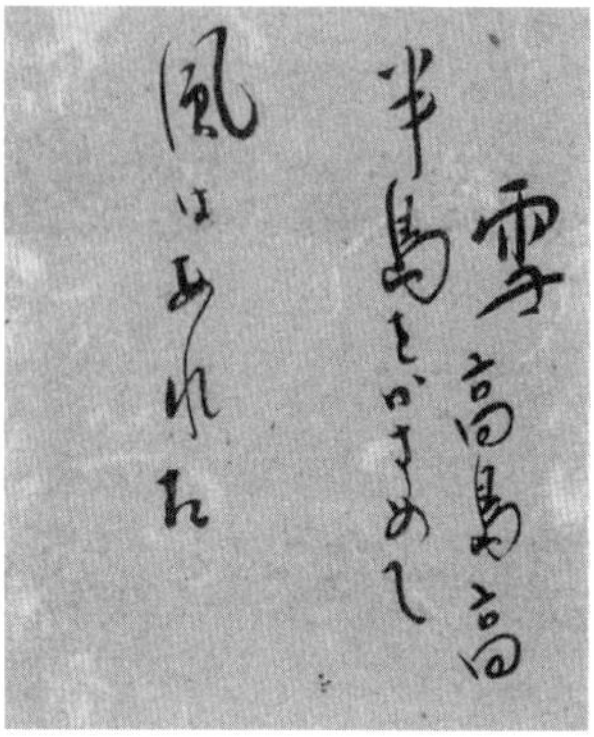

自筆の短詩「雪」
「半島をかすめて風はあれた」

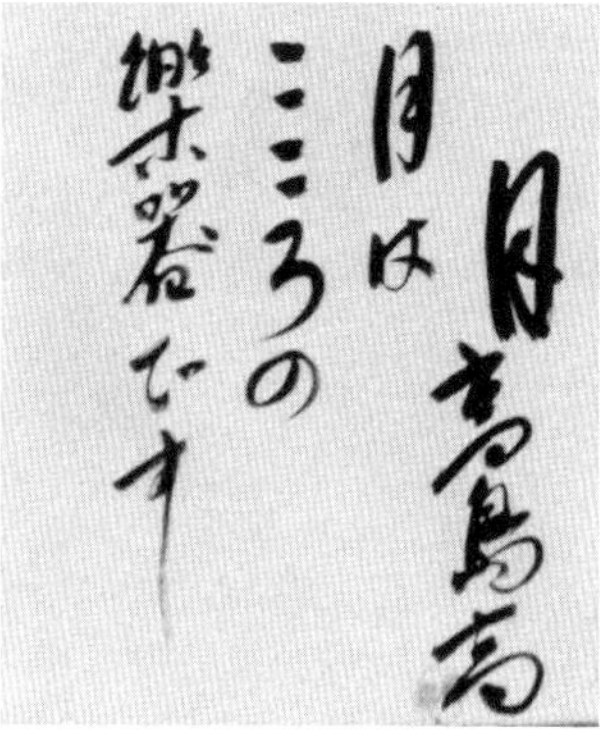

自筆の短詩「月」
「月はこころの樂器です」

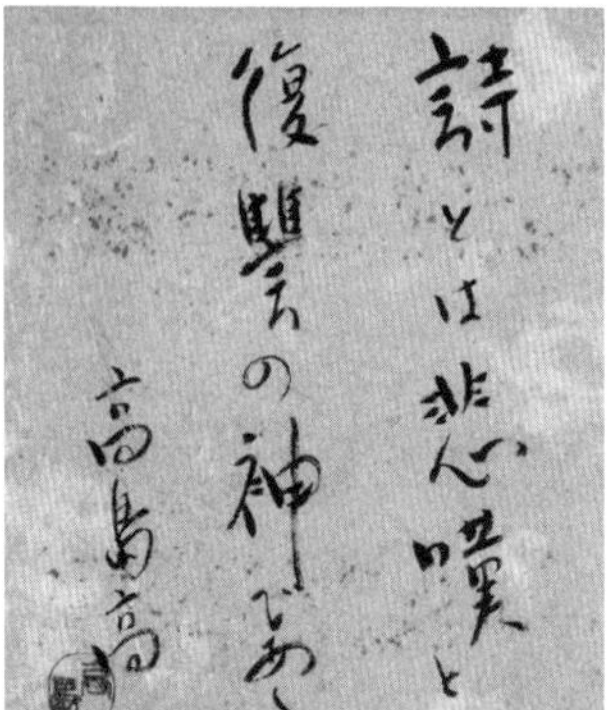

自筆色紙
「詩とは悲嘆と復讐の神である」

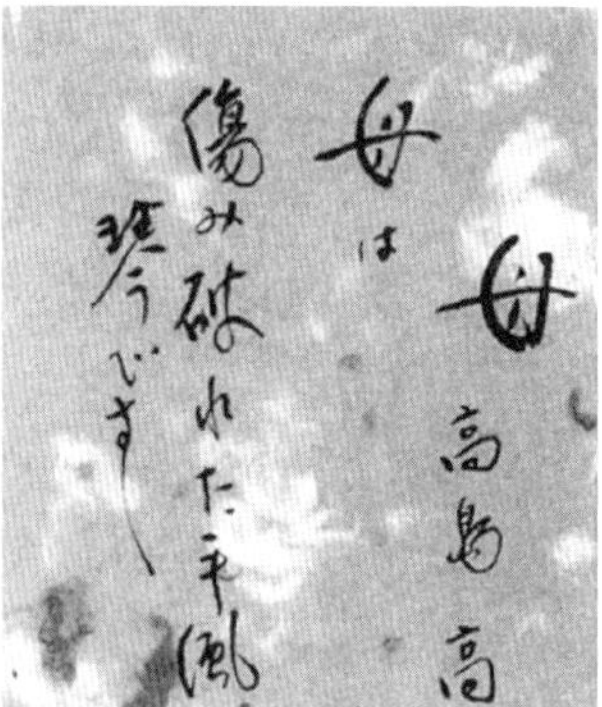

短詩「母」を書いた高の自筆色紙
「母は傷み破れた手風琴です」

旧高嶋医院探訪

富山県滑川市加島町

撮影：公文健太郎／二〇一四年八月

1931年（昭和6）、父・地作によって建てられた旧高嶋医院全景。高は帰郷後の1939年4月から亡くなる1955年5月まで過ごした。昭和初期の洋館のたたずまいが今も残る。建物の奥が旧邸宅

医院の玄関。入り口の前が人力車などのための小さなロータリーになっている

玄関横の階段。手すりの柱の彫刻に当時のモダニズムの香りが残る

応接間。患者の待合室として使われた

医院玄関から外を望む

応接室の照明。
漆喰の天井に装飾的なレリーフが施されている

二階階段上の窓

玄関へと向かう一階の廊下。
右に応接室、左に診療室

二階の和室に飾られた中村不折の書。奥に障子の丸窓。高は広間を北方荘、小室を不問庵と名づけた

二階和室、雲形をした
庭側の木製手すり

二階軒下のアール・デコ調の装飾的な持ち送り。
明治・大正期の鋳鉄製品の意匠家・田中後次の
デザイン

医院の南側、橋を模した石のある庭

石門に今も残る「高島高」の陶器製の表札

1943年6月、亡父・半茶のために作った庭の句碑。「蘭の香や／茶の汲む水の／湧くところ」

石に彫られた蓮池。
俳人でもあった父の風雅の趣きを見せる

高が1934年3月から37年6月まで住んだ荏原区（現・品川区）中延276の下宿［地図右上黒丸］、昭和医学専門学校（現・昭和大学医学部）［左中央］。下宿先から最寄りの池上電鉄「荏原中延駅」まで約150m、昭和医専まで直線距離600m程（『荏原区詳細図』東京地形社1935年刊より）

北方の詩人

高島高

北方の詩人　高島高　目次

第二章　昭和医学専門学校時代——戦前2

第三章　詩人たちとの交流
——山之口貘、佐藤惣之助、花田清輝、高見順——戦前3

装幀・組版——伊勢功治

第一章　高島高の生い立ちと詩――戦前1

北方の詩

山脈を馳けてゆく白馬のむれがある
空は虹のパンセを孕むでか
朝あけは雲など呼んで
いま山麓の雪を踏む牛群
草は見えない
この冷却の皮膚下に
草は生きてゐる
このひろびろとした高原は生きてゐる
ほのほするものは——氷だ
はりつめてこわれそうな

（「北方の詩」全文、『北方の詩』より、一九三八年）

眼前に映る山脈。残雪が白馬のように群れをなし、左右に広がる山脈を馳けていく。生命の根源的なイメージが浮かび上がる。蒼穹（青空）は内奥に虹色のパンセ Pensée ＝思考を抱き、早朝の雲を招く……。「山麓の雪を踏む牛群」とは自然と共生する、人間を含めた生き物たちを象徴する。「冷却の皮膚下」、つまり雪と氷に覆われた地面の下の草も同様に、厳しい寒さに耐え、外からは見えないが生きている。生き物たちの生命の炎は氷であり、目に見えぬ炎が燃えれば、氷は緊張感に満たされる。それは、厳しい自然に生きる人々の精神のありようを示している。

詩の作者は、高島高《たかし》。一九一〇年（明治四十三）七月一日、富山県中新川郡《なかにいかわぐん》滑川町《なめりかわ》西町（現・滑川市加島町）に生まれる。同郷の詩人・美術評論家の瀧口修造の七歳下である。本名は高嶋であるがペンネームでは高島を名乗った。

高は、一九三〇年代に詩人・北川冬彦に認められ、一九三五年（昭和十）より北川の主宰する詩誌「麺麭《ばん》」同人として活躍。昭和医学専門学校（現・昭和大学医学部）を三期生として卒業後に横浜で勤務医としての生活を送る傍ら、佐藤惣之助、高橋新吉、山之口貘、高見順ら錚々たる詩人、作家たちと交流するが、一九三九年（昭和十四）に父の病により志半ばにして帰郷。

一九四〇（昭和十五）年より郷土史研究誌「高志人《こしびと》」（翁久允《おきなきゅういん》主宰）に寄稿、戦後、詩誌「文學組織」や「北方」を発行するなど富山を拠点に医師として詩人として活躍し、一九五五年（昭和三十）五月十二日、四十四歳で生涯を終えている。

一九三八年（昭和十三）七月に第一詩集『北方の詩』をボン書店より刊行。生前刊行された詩集は、その他、『山脈地帯』（一九四一年）、『真理序説』（一九四三年）、『北の貌』（一九五〇年）、『北の讃歌』（一九五四年）がある。亡くなった一九五五年には、遺稿詩集『続北方の詩』が刊行された。

これが高島高の簡単なプロフィールであるが、いま高島高という詩人の名を、どれくらいの人が知っているだろうか。手元には詩集のほか、文芸誌に寄稿した詩や俳句やエッセイ、昭和医専の卒業アルバム、高について書かれた論考などの資料がある。没後六十年以上が経ち、高を知る手がかりは限られているが、これらの資料に加え、高の甥の高嶋修太郎氏から、遺された高宛の葉書（一五〇〇通余り）と書簡（七十通）、草稿（一七七点）、新聞スクラップなどをお借りすることができた。なかでも葉書は、高が上京したばかりの頃（一九三〇年九月）のものから、亡くなるまでのものが遺されており、高の交友関係や足どりを知ることができる貴重な一次資料である。遺品を手放すことのなかった高の妻、とし子氏の深い愛情と理解があってのことだ。

本書では、時代とともに忘れられつつある詩人の全体像を、これらの資料を元に紹介する。おもに東京での、モダニズムを代表する詩人やプロレタリア作家たちとの交友関係を中心に紹介するが、高の詩を生みだした時代的背景、環境についても触れていくつもりである。

少年時代

高は、父・高嶋地作と母・静枝の次男として生まれた。長男・弘が乳児のときに病死したため、次男の高に対して期待が大きく、大切にされた分、また躾も厳しかった。

高は、小学校のときから体が大きく、この頃から盛んになりだした野球に夢中になった。六年生のとき、下《しも》・中新川郡《なかにいかわぐん》（現在の立山町から東部の全市町村）小学校争覇戦にピッチャーとして出場し、優勝戦まで勝ち進んだ。滑川町では初めてのことで、野球少年たちの活躍は町中で話題になったという。

普段、おとなしい性格の少年であったが、小学校のときからスポーツが好きで、秘かに空手の本を読んでいた。学校に行く途中、水溜りに張っていた厚い氷を教室に持ち込んで平手で割って見せて、級友たちを驚かせたという逸話がある（『郷土のひかり　滑川の人物誌2』郷土のひかり編集委員会編、一九八三年）。

滑川男子尋常高等小学校（現・寺家《じけ》小学校）を卒業し、旧制魚津中学校（現・魚津高校）に進学。野球部と柔道部に籍を置いた。三年のとき、北信越大会で、前年負けた福井中学と対戦し、投手兼二塁手として出場して、雪辱を果たしている。高はカーブに自信を持ち、どこか野球のできる学校に入って、野球選手で一生を終わりたいとさえ思っていた（〈父と白椿〉「高志人」一九五一年四月号）。高の得意としたカーブは、家の近くの高月《たかつき》海岸で石を投げながら覚えた独特のものだった。この頃、家の近くの海岸は、現在のように浸食予防のためのテトラポッドは積まれておらず、石の海岸だったのである。

中学校の野球部の部長をしていた法律・経済・歴史・修身担当の畑久治（のちに関西女子短期大学初代学長）の強い影響を受け、哲学や散文を書くようになる。高にとって、文学へと導いてくれた最初の師であった。

特に夏目漱石を好み、『夢十夜』などの小説を次々と読むようになった。漱石は、当時の文学青年らの憧れでもあった。少年時代の瀧口修造が漱石に手紙を送るものの、勉強をするようにと諭され、恥ずかしさのあまり返事の手紙を破ったというエピソードも残っている。

また、高は魚津中学の学友の島崎藤一（のちに富山大学文理学部人文学科哲学教授）と親しくなり、互いに本を貸し合うようになり、読後の感想や自作の詩などを本に挟んで見せ合うようにもなった。そして、二人は漱石のほか芥川龍之介やチェホフの作品なども競うように読んだ。

高は、作品創作への意欲を抑えることができず、学校の学友会誌「文章倶楽部」などに詩を投稿する。中学五年のとき、幼なじみでもあった学友・斉藤吉造らとともに文芸雑誌「揺籃」を編集発行し、同誌に評論「チェホフ小論」を書いた。この雑誌は、英語教師に見つかり、学校より廃刊を指示されたようであるが、現物が残っていないため、内容も、廃刊になった理由もわからない。こうした「事件」があっても、高の文学への情熱は揺らぐことはなかった。

祖父・玄俊

高の家は代々、医師の家系である。祖父・高嶋玄俊《げんとし》は、当時、前田藩の典医であった森家と高嶋家が姻戚であった関係で、加賀に行って医学を修め、一八六七年に医者になった。できれば蘭学の「緒方塾」に行きたいという希望があった。そのため『蘭学事始』の地、長崎への追慕の思いからオランダ語を学び、オランダ製の焼き物などを好んで蒐集していたという。

高は、後に祖父の残したギヤマンの酒つぼで酒を汲み明治の長崎幻想を味わい、祖父のことをなつかしく思い出した（〈長崎について〉「高志人」一九五五年四月号）。

父・地作と白椿

地作は、一八八一年（明治十四）三月二十日、富山県射水郡塚原村大字川口村（現・射水市）の蒲田吉作の次男として生まれた。東京遊学の後、二十三歳で医者になり、一九〇五年（明治三十八）高嶋玄俊・ハツの三女、静枝と結婚。義父の跡を継ぎ医院を開業する。一九三一年（昭和六）に滑川町加島町に高嶋医院を建築。滑川では、個人の建築としては初めての洋館であった。

高嶋医院は特に火傷の治療で知られ、遠方からの患者がやってきた。当時の家では囲炉裏や火鉢が使われていたので、子どもなど火傷をするものが多かったのである。

地作は高嶋家の跡取りである高が、中学時代から詩作に夢中になり、東京に出てから文学者たちと親しく交流することを快くは思っていなかったらしく、故郷に帰って医師として身を立ててほしいという願いが強かった。

地作は、俳句と俳画を好んだ。生活の中に句境を見出す地味な句風であった、と高は後に回想している。庭を愛し、花を愛した地作が植えた白椿を見ながら、父の思い出、生涯を思い合わせ、何らかの父の心境の一端に触れる思いがすると回想している（〈父と白椿〉「高志人」）。

庭の白椿は大きな立石の陰になっていて、家の座敷からはほとんど見えないが、背のわりに幹も太く相当の古木のようであった。毎年正月を過ぎる頃、庭の片隅の岩陰で、ひっそり純白の花を咲かせ、ひっそりと散っていく白椿は父を象徴しているように思えた。白椿は雪かと見まごうばかりの白さであり、それがまるで幸福のありかでも示すかのように落ち着いた寂しさで咲いていたという。父がわざと白椿を岩陰に植えたのは、一種の枯淡、風雅を考えたためかもしれないが、実は、わざわざ庭下駄をはいて岩陰まで行かなくては、この花の盛りを見ることができないといった、息子である自分に対する戒めのようにも思える、と高は思った。

地作は、素人ながら芭蕉研究家でもあり、小説家で芭蕉についての著書もある那須辰造から評価を得ていたという。息子に対して厳格であり、あまり会話もなかったが、地作の文学への愛情が高に受け継がれたと考えていいだろう。地作は、高が少年の頃も青年になっても怖く近寄りがたい存在であったが、晩年には二人で一本の掛け軸を眺めて話をするほどのくつろぎを見せることもあり、父の人間や愛情の深さに触れることをうれしく思った。地作は、地元滑川の俳諧結社「風月会」に参加し、俳句や俳画を趣味としながら、町の人々と交流した。

聴濤庵半茶《ちょうとうあんはんさ》という俳号を持ったが、小林一茶の半分になれれば、という思いからつけられたものである。趣味人であると同時に、諧謔の心を持った人物であった。父は暇なく働いた医師であったが、「風流の道を唯一の慰めとして生き、風流が父の骨肉であった」〈後記〉『聴濤庵半茶遺稿集』一九四二年十一月）と高は振り返る。

水墨画家の近藤浩一郎や富山県射水市出身の日本画家・郷倉千靭《ごうくらせんじん》や同じ日本芸術院会員となった小杉放庵といった中央画壇を代表する画家と交流した。一九四一年（昭和十六）十一月死去。享年六十一歳。法名・大巡院釋半茶不退位。

地作の一周忌にあたる一九四二年（昭和十七）十一月にノートの切れ端や手紙や日記帳に書いてあった俳句をまとめ、『聴濤庵半茶遺稿集』を刊行した。

同著に高の追悼詩が載せられている。

父

父は巖《いわほ》のやうにあり給ひき
苔蒸《む》して
崩れ給ひき

また、高嶋家の庭に、地作が亡くなった二年後に高が立てた地作の句碑がある。

表には「蘭の香や／茶を汲む水の／湧くところ　半茶」と、俳句を、句碑の裏には「昭和十八年六月十三日／建立者　鷹鳴山人　高島高」と高の字で彫られてある。

母・静枝

静枝は、一八八八年（明治二十一）八月三十日生まれ。男子がいなかったので、高嶋家の戸主となり、その後、地作と結婚して、夫である地作が家督を継いだ。

高に「母」という短い作品がある。

母は
傷みやぶれた手風琴です

（「母」全文。詩集パンフレット第二集『ゆりかご』初出、第一詩集『北方の詩』より）


静枝は、一九二四年（大正十三）の五月、高が十三歳のときに亡くなっている。高にとって母は永遠の存在であり、悲しみは、その後の高の生き方や創作に大きな影を落としている。

この短い詩の中で、母を「傷みやぶれた手風琴《てふうきん》」と呼んだのは、母親のことを単に指しているのではなく、高の母を思う胸の痛み、切なさを表したものであろう。悲痛な喪失感と空虚感。手風琴が生と死の旋律を奏でる。

心を空しくして初めて生まれる詩がある。母を思うとき、心の中にある「手風琴」は、うまく声に出せない哀切のメロディーを奏でる。「言葉の喪失」が空虚を埋める詩的情動を生み、高島高を詩人にした。孤独を知ることによって、高は詩人になったのである。

一つ面白いエピソードがある。

高の『北方の詩』が出た直後の一九三八年（昭和十三）、富山県の現・立山町出身の詩人・中山輝の主宰する「詩と民謡」社同人の早川嘉一の民謡集『春鶫《はるつぐみ》』が同時期に出版されたので、中山らは二人の祝賀会を開いたが、高のほうは都合が悪く出席できなかった。会を終えた頃、特高刑事がやって来て「少し聞きたいことがある」というので立ち話をすると「この詩集の中にアカの思想がみられる。「母は傷みやぶれた手風琴」というのは忠君愛国に反する」という。中山は思わず吹き出しそうになったが、相手が詩というものを知らないのだから無理もないと思い直し、「これはむしろ母をいたわり、愛しむ詩で、アカでは絶対にない」と説明したところ、刑事も了解した。後でこの話を高本人に話をしたら、面白がって、目を細くして大笑いしたという〈高島高君を憶う〉「高志人」一九五五年六月号)。

母が亡くなって間もない頃、母の肖像写真の裏に次のようなメモを書き記している。高、十四歳の頃に書かれたものだ。

母さん

いくら呼んでもいくら泣いても母さんはもう歸へつては來て下さいません。
母さん　永い間私は苦しみました。
暖かい胸もなく　慰さめて呉れる御手もなく　母さん　私は嵐の中を
生長致しました。
夕陽が西に沈み黄昏が來ると母さん　私は必ず母さんを私の

瞼にお呼びするのです。永い〳〵孤獨　永い〳〵苦惱　悲しい〳〵
泪　只母さんだけがきつと判つて下さると思ふのです。
きつと〳〵母さんだけが私の苦しみを理解して下さると思ふのです。
母さんどうかじつといつまでも〳〵高を見めてゐて下さい。
母さん　母さん　あゝ母さん
私よりも　私よりも　明大をどうか　明大を御願い致します。
母さんを失つてから明大はどんなに寂しい男になつたか知れません。
高拝書

永い永い、悲しい悲しい、きっときっと、いつまでもいつまでも、母さん母さん、と呼びかけるように同じ言葉を繰り返す。文面から表れる悲痛なまでの喪失感、つまり高の孤独、そして大切な母を失った哀しみの深さをうかがい知ることができる。

母親に対する思いを吐露しながらも、最後には弟・明大への思いやりを見せている。一番母が必要であるはずの幼い弟を気づかう、不憫に思う、兄としての精一杯の気持ちの表れなのであろう。

姉・ヤスと富樫保智

高には三歳上の姉がいた。

姉・ヤスは一九二五年（大正十四）の秋、十八歳のときに富山県音杉町北島（現・上市町）の富樫六与右門の長男・保智に嫁いだ。

富樫家との縁談が持ち上がったとき、一番乗り気になったのは母・静枝であった。それは、富樫家が歌舞伎で有名な安宅関守（加賀にあった関所の責任者）であった富樫十郎左衛門（本名・泰家）の直系で、母親の好みであったからというのが、その理由らしい。しかし、静枝はこの縁談が決まると間もなく婚礼を見ることなく、皮膚の病気でもある丹毒で亡くなってしまった。

ヤスが嫁いだ頃の富樫家は全盛期で、大地主で素封家らしい家風を持っていた。そのためか保智は大学を出て、帰郷してからも、職にも就かず、自家の地所を見て回るくらいで、毎日、読書や音楽を聴くことを日課としていた。この義兄の本棚にはいつも本が詰まっていて、高は、漱石全集やトルストイ全集などを取り出して読んだ。義兄は頑固な一面はあるものの、仕事に力を注ぐわけでもなく、生活者としては消極的であったと、後に高は回想している（〈「勧進帳」余話〉「高志人」一九五三年三月号）。

保智は十郎左衛門から十六代目に当たり、年に一度、歌舞伎の「勧進帳」だけは、かかさず上京して、芝居の中の祖先を見てくるのを唯一の楽しみにしていた。高が在京中、義兄の上京のときには、いつもお伴させられた。そして、十郎左衛門を十六代目が見物しているのを不思議に思い、また、先祖の義経見逃しをどのように考えながら見ていたのだろうか考えた。そして、ふと、義兄の消極的な生き方と、舞台の十郎左衛門の生き方に何か一脈の共通したものを感じるのだった。人間が正義として持っている義理と人情が、現実において、いかに損な生き方に落とし入れられるか、それが、安宅の関で義経とわかっていながら、見逃す十郎左衛門の後の運命に象徴されることを思った。

義兄を見て、財を持ちながら、何か事業でもやればいいのにと考えたが、こころの純粋さからか商売ができない義兄は、やはりその悲劇的性格のゆえに観るものに深い感動を与える十郎左衛門と共通する性格なのだろうか、と思い直した。

安宅の後、十郎左衛門は頼朝に追われ、一族郎党を引き連れ、安宅から越中に逃れ、一時、白萩村（中新川郡、後に上市町に編入）にひそみ、手配が薄くなった後、保智の住む今の上市町北島に居を構えたと言われている。

姉・ヤスは、一九〇八年（明治四十一）に生まれ、一九五三年（昭和二十八）五月に四十六歳で亡くなった。高より二歳年上で、ときには姉・ヤスに母の面影を見ることもあったであろう。

高は、病との戦いの末、亡くなった姉の霊に次の詩を捧げた。

克服の頌　――姉富樫ヤスの霊にさゝぐ

楓若葉が妙に
うつとうしい五月になると
あなたを思わねばならない
悲しくも戦つて死んだ姉

かつて嫁いだ村落の春の夕映えが
劔の峰角をかすめて
生涯のように光るとき
あなたの死が
尊くかがやき出して
圓光のように
あなたの生涯を美しく描くのだ
悲しくもつよく
生きて戦つたのだ
もはや苦難に克つた
あなたの生涯をことほいで
四十六年の生は
まことこのようにいさぎよくゆかしいのだ

（「高志人」一九五三年九月号）

「売薬」の町・滑川

高が生まれた滑川は、古くから日本海、富山湾の豊かな漁場を背景に漁業が栄え、また、江戸期から「越中の薬」で知られるところの売薬業が盛んであった。

越中が薬で有名になったのは、十七世紀後期、四代将軍・徳川家綱の時代、全国の大名が参勤の折、江戸城内で三春《みはる》藩の第三代藩主秋田輝季《てるすえ》が腹痛で苦しむ様子を見た富山藩第二代藩主前田正甫《まさとし》が一粒の丸薬を飲ませると、たちまち回復して一命をとりとめたことがきっかけである。その薬が、「身体に魂をよみがえらせてくれる」和漢薬、反魂丹《はんごんたん》であった。効き目に驚いた将軍はじめ諸大名はこの薬の自藩での販売を頼んだ。正甫は薬種商の松井屋源右衛門に反魂丹を製造させ、諸国に行商させたのが「売薬」のはじまりであるという。その後、越中では製薬業が栄え、武家の次男、三男に帯刀を許し、専門の行商人として出向かせた。

現在ではどこの町にでも薬局があり、手軽に薬が手に入るが、かつては全国いたるところ、家一軒一軒に「薬売り」が行商し、子どもたちへの手土産などを携え、薬の入れ替えと集金をおこなった。滑川には土産の紙風船やゴム風船などをつくる専門の会社もあった。また長い間地元を離れ、顧客のいる地方に仕事に行くことを、富山では「旅」といった。「○○のおとっちゃん、旅に出られた」といった言い方である。この土地の人々は、親戚、縁者に必ずと言っていいほど、製薬、売薬に携わるものがおり、風邪や、腹痛、頭痛の薬は各家に常備していた。

まず、モノを届けてもらい、使用した後に定期的に代金を支払うという、「クレジット」的商法の原点をここに見ることができる。丸井グループの創業者が富山出身であることは決して「売薬の地」とは無関係ではないだろう。また、地方の奥深い山村の家などにとっては、新しい情報の伝達者としての役割も担っていたから、彼らは常に温かく迎えられ、家に上がり、ゆっくり会話を交わすのが常であった。話の上手さ、親しみやすさは、年に数回やってくる「薬売り」の仕事の基本でもあった。「薬売り」は各人ごとに、担当する地域が決まっており、顧客の名簿、収支が書かれた「懸場帳《かけばちょう》」は、お店の台帳のように命の次に重要なもので、おもに親から子どもに譲渡された。売薬業は長く繁盛し、大きな屋敷に住むものも少なくなかった。時代とともに、「薬売り」から「売薬」、「家庭薬配置業」とその名は移り変わっていったが、医者にかわって全国津々浦々、人々の健康を支え、物的流通とともに情報の流通を担っていたことも忘れてはならない。

日本海と夕陽

高の生家は富山県の滑川市の西側、北陸街道のすぐ脇にある。

高の家から旧街道ぞいの加積雪嶋《かづみゆきしま》神社を抜け、浜辺に立つと日本海が広がる。滑川の海岸は西に向いているため、円弧型に湾曲する富山湾の左から正面は、県北西に位置する新湊漁港あたりから氷見へかけての長い海岸線が続き、その奥にはなだらかな稜線の石動山《せきどうさん》が見える。曇りの日には霞んで見えないが、天気が良い日には、その奥正面から右に能登半島が遥か向こうにうっすら現れる。

漁船や運搬船が静かに湾を横切る。かつては「ぽんぽん蒸気」と呼ばれた焼き玉エンジンを備えた小型の運搬船が、文字通りポンポンとエンジン音を響かせながらゆっくりと走っていた。縁に大きなゴムのタイヤをいくつも付けてゆっくり走る、運送用の大きないかだ船もよく見られた。

滑川の海岸は昭和三十年頃までは小石の浜だったが、徐々に浸食を防ぐためのテトラポッドが堤防沿いに敷き詰められ、その後、もう少し沖のほうに二段目のテトラポッドが置かれるようになり、高が生前に見ていた海岸の景色も時代を経て随分移り変わった。

今も変わらないのは日本海と夕陽である。

富山湾のほぼ正面の夕陽が沈む頃、海面がオレンジ色に輝く。太陽から岸へと続く光の道は彼岸から此岸へのきらめく懸け橋となり、古代より信仰の象徴的光景として人々の目に映ったことだろう。船は逆光によって真っ黒な姿となって光の橋を横切る。特に夕陽の最後のかけらが消える数十秒は街並をシルエットにしながら赤い後光が眩しいくらいである。

滑川の浜辺に生まれた私も小・中学校の頃、この夕陽をテトラポッドに寝転びながら見ることを密かな楽しみにしていた。一人だけの贅沢な時間であった。

夕陽が沈んだ後に、街は濃いオレンジ色に染まる。夕陽が沈む海の景色は、国や地域をとわず、人々の心を一瞬のうちに奪ってしまう「絶対的な風景」としてあるのだろう。オレンジ色がゆっくりと赤紫から暗い青紫へと移る頃、滑川の西の宮（加積雪嶋神社）や東の宮（櫟《いちはら》原神社）などで遊ぶ子どもたちは、母親の呼び声で渋々家に帰ることになる。

温泉の町・宇奈月

高がまだ少年だった頃、父・地作は、知り合いの県議・石原正太郎など二、三人で宇奈月に「一相庵」という別荘を持った。黒部川に面した水月旅館の隣で、内湯もバルコニーもあり、時々休みの午後に行くときは、中学生になった高がお伴をした。

高は、この別荘の二階で、こっそりとチェホフやトルストイを読み、父から禁止されていた、創作の筆をとっていた。詩作の禁止というのは、やはり、医学への道を歩むべく学問をしてほしい、という父の切なる願いの表れだろう。

この別荘での少年時代以来の文学との接触が癖になったのか、後々、書きものにいきづまると、宇奈月に行けば書けるという不思議な力になった。高の詩稿の何分の一かが、この宇奈月で書かれ、推敲されたものだ。そして一相庵を根拠地に、奥黒部の方々を歩き回ることが高にとっての癒しともなった。黒部川上流の、川幅が狭く猿も飛び越えられると伝えられ、名付けられた猿飛《さるとび》峡にも幾度も行った。

そのうちに一相庵は売られ、高は同じ宇奈月の水月旅館に通うようになり、戦前に出された第二詩集『山脈地帯』のあとがきはここで書かれた。

戦後、水月旅館が焼失したため、その近くの温泉旅館、富山館に通った。温泉の湯を楽しんでは寝転んだり、本を読んだり、原稿を書いたりしたが、滅多に宿泊することはなく最終電車で自宅に帰った。

高の詩作上の秘中の場が宇奈月であった。ここでモチーフを考えた詩は比較的良い構成を持つ、と高は考えていた。山の詩が多いこの詩人には、山の中が一番居心地が良く、青春の失意も、壮年の失望も黒部の自然は慰めてくれた。それは詩人を優しく抱く母のようであり、世俗から離れ、安心して詩を書くことができる聖地のようでもあった。

宇奈月旅情

世路のけわしさ
そのにがさ
すつかり忘れてしまつたよう
この宇奈月の山脈は
山の靈氣にひたろうと
五六年ぶりでやつて來た
おれをぐるりととりかこみ
おれの心をつかまえて
黑部の川も入梅の
山の出水を暗く鳴らしながら
たしかに眞如の法界の
オーケストラをば奏でている
おれは傷つきつかれ果て

反抗の爪をばとぎつゞけて來た
所謂追いつめられた人間だが
（スピノーザ的に云つて
悔恨は罪惡だそうである）
やつぱり佛や光にあこがれる
その心情のかなしさを
充分感じて生きている
「幾山河越えさりゆけば」
「まあ常識的よ」
「ところがこれはやつぱり一元の
たしかにこんなすばらしい自然を自然以上にうつした大きな詩人の世界じやないか」
「それは安易な陶醉よ」
「いやたしかに牧水は
酒の味もわかつたが
いのちのかなしさもわかつた男だ」
「しかし陶醉以上のものをつてねゲーテがホホ」
百舌がしきりに空で鳴く

どこで鳴いているのかわからない
しかしそのウオヅワーズ風の鳴き聲は
この雲だと思えないような
この山岳性の黒い積亂雲の中かも知れない
世路のけわしさ
そのにがさ
充分超越の目をば養えよ
破壊と創造を一つと見る目
そんな目をば充分養い見なおせよ
このパノラマの山脈が
黒い積亂雲の空の彼方で消えるはるかも
たゞに光りはせぬだろう
岩かむ黑部の川のこのオーケストラも
そうだあんなにたゞは鳴りはせぬ
あんなにたゞはひゞきはせぬ

（『北の貌』より、一九五〇年）

北アルプスと立山信仰

高は短い生涯の中で、故郷の山や海など自然をテーマに多くの詩を創作し、発表した。

詩に描かれた壮大な威容を誇る飛騨山脈は通称北アルプスと呼ばれ、平野に近いほうの西側は薬師岳、剱岳、立山などの立山連峰、奥の東側が白馬岳、鹿島槍ヶ岳などの後立山連峰で、二つの峰は、南側の黒部川の源流部で繋がる。北方の稜線は、左に向かって白馬岳から朝日岳、犬ヶ岳、白鳥山を経て、最後は交通の難所として知られる富山と新潟の県境に近い親不知から日本海へと流れている。

この風景を詩人・高島高は、毎日のように眺め、精神の拠りどころとしていた。当時は、高の家の南側に面する庭からも眺めることができた。眼前に広がる立山連峰の大パノラマは、ありのままの人間たちの存在を許すかのように悠然と広がっている。

特に早春の頃、雪を戴いた嶺々の白と空の青が鮮やかに織りなす北アルプスの長大な風景は人々の精神を浄化させる力を持っている。たとえ宗教心を持たないものでも、その景観を目の当たりにすれば、聖なる何かを体感するだろう。高が『北方の詩』の中で白馬の群れに喩えた何千、何万年と変わらぬ自然の景色である。

高島高を語るには、詩人を育てあげたこうした自然・風土について、まず最初に触れないわけにはいかない。

霊峰・立山は、富士山と同様に古くから立山修験と呼ばれる山岳信仰の場であり信仰の対象であった。開山縁起に神々が種々の姿で現れ、実は阿弥陀如来であったとされる。

立山開山縁起で代表的なものに佐伯有頼《さえきありより》の話がある。

飛鳥時代（七〇〇年頃）、越中の国司佐伯有若《ありわか》の嫡男・有頼が、十六歳になった頃、父が大切にしていた白鷹を無断で持ち出し、狩をしに出かけたところ、白鷹は急に舞い上がり、飛び去ってしまった。白鷹を探して奥山へ行くと、ようやく一本の大松に止まっている白鷹を見つけた。白鷹が有頼の手に止まろうとした瞬間、竹やぶから黒い熊が現れ、鷹は驚いて再び大空に舞い上がってしまう。

有頼は熊を矢で射ち、手負いの熊の血の跡を追って山に分け入ると、三人の老婆に出くわした。そして「白鷹は東峰の山上にいるが、川あり坂ありの至難の道であり、勇猛心と忍耐心が必要である。嫌なら早々に立ち去るがよい。」と諭された。それでも有頼は勇気を振り絞り何日も進んでいくと、この世のものとは思えない美しい山上の高原にたどり着いた（弥陀《みだ》ヶ原と思われる）。ふと見れば白鷹は天を翔け、熊は地を走り、ともにそろって岩屋へと入っていった。中に入ってみると、奥に不動明王と矢を射立てられ血を流している阿弥陀如来とが燦然と輝き、立ち並んでいた。

有頼は驚き、己の罪の恐ろしさに嘆き悲しみ、腹をかき切ろうとしたところ、阿弥陀如来は、「乱れた世を救おうと、ずっと前からこの山で待っていた。お前の父をこの国の国司にしたのも、お前をこの世に生み出したのも、動物の姿となってお前をこの場所に導いたのも私である。切腹などせず、この山を開き、鎮護国家、衆生済度の霊山を築け」と、この山を開いて国中の人がお参りできるようにする旨を告げ、有頼を許した。

立山のために生涯を尽くすことを誓った有頼は直ちに下山しこのことを父に告げ、父とともに上京して朝廷に奏上した。文武天皇は深く感激し、勅命により立山を霊域とした。有頼は出家して名を慈興に改め、立山開山のために尽力したという。

阿弥陀如来は浄土真宗の本尊である。阿弥陀如来は梵名「アミターバ」といい、「無限の光を持つもの」を意味する。現世をあまねく照らし、空間と時間の制約を受けない仏である。越中では近世以来、合理性を重んじ、作法や教えも簡潔であった浄土真宗が庶民の間で広く受け入れられた。しかし、浄土真宗は「南無阿弥陀仏」と念仏を唱えるばかりで「如来の本願力」＝他力に頼る、と他の宗派からは「門徒物知らず」などと揶揄されることもあった。

実際、念仏を唱えれば、西方浄土に行くことができると単純に理解し、仏事を励行するものも多かったに違いない。が実は、浄土往生のために必要なのは、如来より賜る信心であり、「如来という象徴的に表現されたものから真実を自覚せしめられる信心」がまず、なければならなかった。

また、真宗の宗祖親鸞の命日には「報恩講《ほうおんこう》」と呼ばれる大法会が開かれる。それは阿弥陀如来の恩徳に感謝し、その教えを聞信する一番大きな年中行事である。こうした裾野の庶民の信仰心が立山信仰を支えてきた。

かつて越中・富山では、この霊山・立山に登って初めて一人前の男として認められるという成人通過儀礼があった。今では標高二四五〇メートルの室堂《むろどう》までバスで行くことができ、男女の区別なく、小学校の高学年になると多くの子どもたちが三〇〇三メートルの雄山頂上まで登る。天気の良い日には、頂上から遠く富士山をはっきり望むことができる。日本海側から太平洋側への遥かな眺望である。

第二章　昭和医学専門学校時代——戦前2

上京

中学時代に文学に目覚めた高は、文学の道への最初の夢が叶い、一九二八年（昭和三）、上京して日本大学の文科予科に入学した。幼い頃から故郷の滑川から見た、南東に高くそびえる立山連峰の遥か向こうの東京は、高にとって未来を開く新天地であっただろう。

しかし、家業を継いでほしいという父の強い願いを受け入れ、文科を一年で退学し、一九三〇年（昭和五）、創立三年目の昭和医学専門学校（現・昭和大学医学部）に入学。住まいを芝区三田三ノ十四から学校のある旗ヶ岡（現・旗の台）に程近い大岡山の下宿に移した。

文学への夢をあきらめたわけではなく、医者の道に進みながらも同時に文学を目指すことができると判断したのかもしれない。高は医学部に入り、学業と作家活動を兼ねる多忙な日々を送る。

昭和医専入学後、雑誌部（編集部）に入部し、積極的に活動した。年刊の学友会誌などを編集。学友会誌の三号（一九三〇年十二月）から七号（一九三五年一月）にかけて、小説や詩を掲載している。小説は原稿用紙十五～三十五枚程度で、毎号欠かさず書いており、当時は小説家志望でもあったことがうかがえる。

一九三四年（昭和九）三月、高は東京市荏原区《えばら》（現・品川区）中延町《なかのぶ》二七六の桜井宅の下宿に転居（～一九三七年六月）。最寄り駅は荏原中延駅で一九二七年（昭和二）に池上線の前身である池上電気鉄道が開業。始発は大崎広小路駅、最初は五反田駅はなく、駅も電車も簡素なものだった。荏原中延駅の隣駅、学校から最寄りの旗ヶ岡駅を降りると「魔の坂道」と呼ばれる段々坂になっており、昭和医専の学生の中では、一夜漬けで暗記した試験問題をつまずいて忘れてしまうという言い伝えがあった。

当時高が住んだ下宿は、駅を降りて右手、北側に歩いて五分ほどのところで、現在のサンモールえばら商店街に入った左手にあった。二〇一五年（平成二十七）六月と八月に二回、この街を訪れてみたが、戦前から今も残る店は商店街の手前の一軒の和菓子屋くらいで、最近まであった茶舗は閉店している。道路の位置はほとんど変わっていないが、街並に当時の面影は見られない。

荏原中延での下宿生活時代は高にとって、文学的に重要な意味を持つものであった。この三年あまりの間に高は積極的に詩人、作家、文学研究者たちと交流した。北川冬彦をはじめ、山之口貘、プロレタリア詩人であった越中谷利一《えっちゅうやりいち》、ドイツ文学者の原田勇らとの交流もこの頃からである。

高が「詩集パンフレット」と名付けた私家版を発行するようになるのもこの頃で、『太陽の瞳《め》は薔薇』（一九三二年、収録詩三十四篇、序文：白銀繁生《しろがねしげお》）、『ゆりかご』（一九三四年、収録詩十七篇）、『うらぶれ』（一九三四年、収録詩四十篇、序文：越中谷利一、原田勇）の三冊である。

一九三三年、若手詩人の登竜門であった詩コンクールに「北方の詩」が一等当選する。選者は、北川冬彦、萩原朔太郎、千家元麿、佐藤惣之助。当時、日本を代表する詩人たちに認められたことは、高にとって何よりも心強いものであっただろう。若手詩人として次第に注目を浴びるようになっていった。

昭和医学専門学校時代

昭和医学専門学校は一九二八年（昭和三）に設立された。

東京帝国大学医学部に勤務していた医学博士・上條秀介が、「国民の健康に親身になって尽くせる臨床医家を養成する」という願いのもとに医学専門学校設立の必要を提唱。外科医・石井吉五郎らと同志を募って東京府荏原郡平塚村に創設した。

学校設立の認可が下りたのは一九二八年三月十七日で生徒募集の時間がほとんどなかったが、設立を知った入学志願者から多くの問い合わせがあり、第一回は一七五六名で、入学を許可されたものは百六十名、競争率十倍を超える難関であった。

学校は資金の問題もあり、臨床を重視し、校舎に先んじて木造の附属病院と講堂を建設。当時は立会川沿いの湿地帯で建設に苦労を重ねたという。その後、清水組の手によって三階建て鉄筋コンクリート造りの本校舎が落成したのは一九三〇年（昭和五）十一月であった。

このとき、盛大な開校記念祭が開かれ、学術公開のほか、淡谷のり子のシャンソン、岡田嘉子の日本舞踊といった演芸会などが行なわれ、学校前の旗ヶ岡界隈は未曾有の賑わいを見せたという。

高の卒業の年、一九三六年（昭和十一）三月の卒業アルバム（高が編集委員をつとめた）を見ると、学校には食堂、カフェ、売店などの施設のほか、ビリヤード場、囲碁や麻雀用の部屋がある。

また、学校の前には文具や雑貨などを販売するミドリヤ、大学指定の医学書を販売する本郷に本店を持つ書店の文光堂といった店もあった。ちなみに文光堂書店は現在（二〇二〇年十二月）も本郷に店を構えている。

高は一九三〇年（昭和五）四月、三期生として入学したので、施設が整い、新校舎となった年の最初の学年であった。この年の新入生は一クラス五十名で三クラス、新学校ながら全国から多数の応募があり、百五十名が合格した。入学検定料及び入学金は十円、授業料は年額百五十円、卒業試験料は五十円だった。

翌一九三一年（昭和六）九月に、満州事変が起こり、少しずつ戦時色が強まっていく。

昭和医学専門学校の制服はサージの黒い背広で、白のワイシャツに黒ネクタイ、黒靴、帽子は黒のソフトと黒ずくめであった。背広は三つボタン、ボタンの表面には昭和医専のマークが刻印されていた。黒の制服、制帽は誰もが、昭和医専の生徒とわかるほどであったが、この服装に決めた理由は、医学生は常に紳士であれという理念に基づくものであった。

しかし、戦時態勢のため一九四三年（昭和十八）からは学則が改正されて制服は国民服となり、制帽は角帽となる。また、学校から断髪令が下り、長髪をやめて五分刈りと決められ、規定違反者は容赦なく断髪させたれた。

一九三〇年、高が入学後、大岡山に下宿を替えた頃、よく通ったカフェ・イトーの前で撮られた制服姿の写真を親に送っている。高にしては珍しく笑顔の写真である。この通いなれた喫茶店で、一人静かに詩や小説の創作の時間を過ごしたのであろうか。

高が二年生のとき、学友会誌四号（一九三二年一月）に掲載された詩「冬の夜の海邊の家で」を見てみよう。

冬の夜の海邊の家で

靜かなる雨の音を聞いたか？
靜かなる波の音を聞いたか？
冬の夜の海邊の家で…………。

そこに傷けられし魂と肉體を抱き
若人が、
生き飽きた人生を尙も
生きなければならぬ
運命のためにもだえてゐる
赤い蠟燭の灯影の下《モト》に…………。
希望《ノゾミ》なき生のために

鼓動の遲低した心臓にも
唯一つの………二年三年仕へ來た
想いのために
やゝもすれば赤い血潮が誘惑する。

女は女王か？
然らずんば嘘うまき詐僞師か？
知らず……惜みなく愛を奪つて
遠き人に去つた。
魂の底まで血塗なれながら若人は
根本からくつがへされた人生を
抱いて生きて來た。
過去よ！　汝は血みどろの唄！
愛と泪と仇との悲しい戰場！

さわれ
人間は生きるために夫自身の

能力を知らねばならない？
其處にあきらめがある。
泪がある。
運命の皮肉さがある。

世界最高の寳と愛し來た女は
スパルテホルツの解剖書の中では
毒々しい筋肉と内臓を持つた
殺された犬の切斷面だつた。

女よ！
その白々しい他行きの顔！
その高慢ぶつた澄し顔をそんなに
美しい魅力だとでも思つてゐるのか？
知らず…女よ！　蒼白き魂よ！
モンテ・カルロの賭場のサ、イ、コ、ロ、の
様々浮動するお前の魂を笑つてやる。

惜みなく呪ひつくしてやるのだ。
魂をゑぐつて遠き人に去つた
詐僞師の女よ！

地球破滅の前夜の如き靜寂の中に
憤激と憎悦と懊惱の感情が亂れ鬪ふのだ。

靜かなる雨の音を聞いたか？
靜かなる波の音を聞いたか？
冬の夜の海邊の家で‥‥。

この詩は、のちに「懊惱の若人の歌へる」という副題がつくのだが、高にとっては珍しい恋愛詩であり、女性にふられ、悩み悶える青年の恨み節といってよいものだ。「冬の夜の海邊の家」とは故郷・滑川の自宅のことであろう。「惜みなく呪ひつくしてやるのだ。／魂をゑぐつて遠き人に去つた／詐僞師の女よ！」と書かれたこれほど激しい感情は、実体験なくしては生まれないだろう。

上京して二年、東京で失恋を経験し、故郷の「靜かなる波の音」を聞きながら、「女」に向かってぶつけられた詩行。若くして人生を達観したかの様にも思えた詩人の、二十歳を過ぎたばかりの若き激情が生々しく伝わってきて、驚きと同時に、その人間らしさに少しばかり共感を覚えるのである。

詩集パンフレット第一集『太陽の瞳は薔薇』

学友会誌の活動と並行して、一九三二年（昭和七）、高の私家版として詩集パンフレット第一集『太陽の瞳は薔薇』が刊行された。B六判並製、詩が三十四篇掲載されている。

この中に最初の下宿から見た街の情景を心象風景として書かれた詩がある。

貧しい街の夕暮れ

私は疲れて下宿の二階から毎日見下してゐる
貧しい街の夕暮れ
それは灰色の名もなきよごれた一枚の油繪、
それは都會のよごれた荒廃の一角
唄もない生活の街
心臟の貧血した街
低い軒をつらねた家々の中には

うなだれた暗い生活が動いてゐる。

貧しい焼魚と煮物の匂がにごつた空氣をつたつて來る
重い黄昏の雲は低くたれ
うすい灯の光が家々の窓からわづかにわびしく洩れてゐる。
せまい袋小路の中には
貧血した子供達は悲しい遊戯に笑つてゐる
多量のメタン瓦斯と黴菌を含有するドブ溜に誰れか注意をしてやるものがゐないのか
あゝ　だが
いつ太陽の薔薇色がこの街に輝くのだらう

貧しい街の夕暮れ
祈れ　貧しき子等の魂に
明ける日の職場を憂ふ人々の魂に
星よ　せめて靜かな光をふりまいてあれ
太陽よ　明日はより優しい光でかゞやきてあれ
靜かに私は窓を閉める

この詩は、「冬の夜の海邊の家で」とは対照的に、若き詩人の悲観的、厭世的な感情が伝わってくる。と同時に底辺の生活の中でうごめくような当時のプロレタリア詩の影響さえ見ることができるのではないだろうか。

「それは都會のよごれた荒廢の一角／唄もない生活の街／心臓の貧血した街／低い軒をつらねた家々の中には／うなだれた暗い生活が動いてゐる。」といった詩行からは暗澹とした救いようのない市井の人々の生活が描かれ、最後の連の

「貧しい街の夕暮れ／祈れ　貧しき子等の魂に／明ける日の職場を憂ふ人々の魂に／星よ　せめて靜かな光をふりまいてあれ／太陽よ　明日はより優しい光でかゞやきてあれ／靜かに私は窓を閉める」からは、宗教的とも言える、救いを求めるような静かな祈りがある。

詩集パンフレット第一集『太陽の瞳は薔薇』のまえがきには、長く詩集発刊を希望していた若き詩人が、詩集を出す前に一部を公開し、「花束」として、まだ見ぬ読者に届けたい、という願いが込められている。

こゝに集めた詩は次に発刊する詩集の原稿中から跋いたものです。この撰定は多く親友で亦詩兄でもある都会派作家倶楽部の白銀繁生君によりました。詩集発刊は長い間のぼくの希望でしたが色々の都合で出來ず、やうやく明春発刊することに致しました。

こゝに集められたものはその一部です。御覧の通り非常に未熟な未完成な作品ばかりですが眞劒に精進したつもりです。

拙いながらも貧しいながらもこれは孤獨なぼくの心の花束です。花束！　さうです。片隅に寂しく咲いた、しほれた貧しい花束です。

（冬の朝・埋火をみつめつゝ）——著者識——

木枯や古風な恋の風車

続いて、詩を選定した白銀繁生の序文を見てみよう。

高島君とぼくと

白銀繁生

高島君とはじめて逢つたのは、ちやうど去年のいまごろだつた。葉ずれの音が、雨ではないかとおもはれるやうなひつそりした晩だつた。

さうして、時間は急ぎ足に動いて行つた。再び、冬の縊《い》死《し》的なおだやかさが、かさこそと僕の胸臆をゆする季節だ。

さういふ羽毛のごとくさゆれる季節の感覚は、いま高島君の詩をよんでゐるぼくの心臓に、何か、熱情の飛沫をあびせるのだ。高島君の詩は——と、ぼくは話をはじめよう。卒直で、大膽で、ときにチヱホフ的哀愁の動きがある。詩人的神經の纖維のかはりに、ここはパツショネエートな躍動がある。

技術について、卒直にいへば、これは、素焼のやうな荒い肌だ。なぜかといふに、かれの藝術が、彼の氣質に根ざしてゐるからであらう。けれども、これは彼の強みであつて、そこから、地味な進力が生れてくるのだ。

強いていふならば、詩のコトバについて、彼はあまりに無遠慮でありすぎる。不用意にコトバを羅列しすぎる。しかし、このコトバを彼が、巧みに駆使するときには、ユニークな効果をあげ得るとぼくは信じてゐる。

善良さとたゆまない重さと、若き詩人高島君の素質は、今後のかれの作品にどう影響するか、そこには友人としての彼に期待をもつ。

それ故に、内面的追求の必然に、彼が突入してゆくことを、ぼくは、現在の切実な問題として提示したいのだ。

アポリネールのごとく透明であれ。

友人高島君の、数篇の詩を前にして、この貧しい跋文が、彼の精進への拍車となればぼくは瞼を熱くして友情の壷を抱くであらう。

白銀が高の詩に見た「チヱホフ的哀愁の動き」は、チェホフの作中人物がとらわれている憂鬱、ペシミズム、絶望や、現実の生活への幻滅を表しているのだろうか。同時に、高の詩の中に繊細で壊れそうではありながら真実や美への憧れが底辺にあり、絶望の中にあっても希望の光を求めている精神を見たのではないだろうか。

確かに、高の詩の多くから、氷と焔、ペシミズムとオプティミズム、悲劇と喜劇、絶望と希望といった背反する感情の衝突するような表現が見られる。これらも真実を伝えるための「チエホフ的」表現と言えるのかもしれない（戦前、慶應義塾大学で教えていた西脇順三郎のもとで学び、瀧口修造の詩友であった富山県上市町出身の三浦孝之助は、一九五一年九月に高から詩集『北の貌』を送られた返礼の手紙に、「貴兄のチェホフのような風貌とを思い浮かべながら一詩一詩を味わっています」と書いている）。

そして、序文の終わりに白銀は「内面的追求の必然に、彼が突入してゆくこと」を期待し、「アポリネールのごとく透明であれ。」と、若き詩人へエールを送っている。

また、「太陽の瞳は薔薇」という詩集パンフレットのタイトルからは、当時のモダニズム詩の影響が感じられる。同名の詩は掲載されていないが、「太陽」、「瞳」、「薔薇」という言葉はこの詩集の重要なキーワードになっている。この三つの言葉は、それぞれ直感的な視覚表現のようでありながら、同様の意味を持ち、若き詩人の情熱と感性を象徴している。

実際、この詩集に収められた三十四篇の詩のうちの十一篇に「太陽」、あるいは「陽」の文字が書かれている。さらに、「瞳」は六篇、「薔薇」は九篇に見ることができる。また、各詩篇の中に登場する「血」、「心臓」、「火」、「闘争」、「圓盤」、「金色の標的」、「ヴィナスの唇」、「光」、「花束」、「眞紅」、「火龍」、「情熱」、「赤い灯」、「焰」、「発光体」といった言葉の数々も「太陽」と同様に、内奥から沸き上がる熱い衝動を表しているように思える。「チエホフ的哀愁」とは反対側にある「アポロン的情熱」もまた、この詩人の初期作品の特徴である。
冒頭の詩「太陽よ」は、この詩集を象徴する「パツショネエートな躍動」に満ちている。

太陽よ

太陽よ
流血を盛つた不透明な壷
血のしたたつた心臓
僕の詩的な瞳《め》を信ぜよ
それはすさまじい闘争の幻想だ
太陽よ
薔薇色の圓盤
金色の標的
ヴィナスの唇
僕の詩的な瞳《め》を信ぜよ

それは素晴しい情熱の表象だ

高の初期の詩には実は恋愛詩が多いことを知り、意外な事実として受けとめながら、嬉しい気持ちになった。それに加えて、モダニズム思想の洗礼を受けた詩をこれほど明確に見ることもなかったような気がする。二十歳すぎに発表した三冊の詩集パンフレットの存在は知っていたが、実際に手にするまで詩の内容はわからなかった。公に詩集が出てからの高の詩は、どこか若くして老成していった感があり、正直なところ、若干のもの足りなさを感じていたからである。

詩人にとって、恋愛がいかに重要な意味を持つかということをこの三冊の詩集パンフレットによって気づかされる。若き頃の内面の激情や繊細さや悲嘆があったからこそ、戦後、次第に東洋思想的、仏教的な境地に入ったかのように思われる詩が理解できるのである。あらためて晩年の作品に接してみると、その中に激しさと同時に果てしない孤独感が感じられ、詩人としての基本的な核となる部分は変わっていないようにも思われる。私家版として出された高の初期詩集はあらためてまとめた形で紹介したいと思う。

詩集パンフレット第二集『ゆりかご』

『太陽の瞳は薔薇』に続いて二年後の一九三四年（昭和九）に発表された詩集パンフレット第二集『ゆりかご』はB五判並製、詩が十七篇掲載されている。

冒頭の詩「ある感情の交錯」（『太陽の瞳は薔薇』にも収載）である。

ある感情の交錯

虚空に　僕は破れた夢の花片《びら》を畫いてみる
かつて僕はこゝろの扉を排して靜かに白い花輪の棺《ひつぎ》が運び去られてゆくのをみた
女はいつも栗鼠に似てゐることによつて賞讃された
僕のなだめられたるおひとよしの神經の中で情熱のみはたゞ不思議にも反抗的だ
僕は今　あらゆる敵に對して無抵抗を装ふ
枯れた僕の心臓は
古い接吻と嘲りに培われつゝ鼓動する

先に紹介した詩「冬の夜の海邊の家で」ほど、裏切られた女性に対して憤り憎む激情的な感情は見られず、少し時間をおいて書かれたためか気持ちが少し落ち着きながらも、なおもくすぶる「ある感情の交錯」を表している。「破れた夢の花片」を描きながらも、なおも「心臓は／古い接吻と嘲りに培われつゝ鼓動する」のである。
同じ『ゆりかご』に掲載された恋愛詩「月夜の思慕」は、時間の経過とともにさらに落ち着いた感情となって、過去を振り返るような静かなトーンとなっている。女は「咲いてすぐしぼんだ花」となり、前詩の鼓動する心臓は「傷だらけの心臓が墓場の石のやうに／默つてそれを聴いてゐた」といった表現となる。

月夜の思慕

波止場は眞蒼な花束だ
月夜を僕はどこまで歩いて行つた
女の暗い影繪を靴先でふみにじりふみにじり
悲しい音律を神經にきかせたのだ
一年前の夢をハンスウさせる巨大な蒼い瞳《め》
×
赤い燈臺の灯を今夜は不思議にも戀ふるのだ
不思議にもあいつの瞳を戀ふるのだ
あいつは咲いてすぐしぼんだ花だつた
疾風《はやて》のやうにあいつは去つて行つてしまつた
×

遠い夜空でボオと汽笛が野火のやうに吠えたのだ
傷だらけの心臓が墓場の石のやうに
默つてそれを聴いてゐた

次に紹介するこの詩集パンフレットの最終詩は同名のタイトルの詩「ゆりかご」である。この詩は、高にとって究極の恋愛詩と言えるかもしれない。最愛の母を失った自分の「童心を戀ふる」詩である。詩全体に流れるトーンは、優しく穏やかでありつつ、静かで哀しい。

ゆりかご

ゆりかごに
まづしい花束をもり
ゆらゆらとしづかに
ゆすぶつてみる

私の胸憶は
古風な笛をふきつゝ

私はさびしくいま
失つた童心をしきりに戀ふるのだ

ゆりかご
幼ない日　母の子守唄を
とほい野火のやうにきいた
ふるさとのあのたかい合歡《ねむ》の木影

ゆりかご
そこで私は無心の可愛いゝ雛鳥だつた

ゆりかごに
まづしい花束をもり
ゆらゆらとしづかに
ゆすぶつてみる

うしなつた母と

うしなつた童心と
砂丘のやうにくづれた夢………
いまはひとりそつと私はまづしい花束をもる
ゆりかご………

詩集パンフレット第三集『うらぶれ』

詩集パンフレット第三集『うらぶれ』は、一九三四年（昭和九）に発表された。B五判並製、詩が四十篇掲載されている。

序文は越中谷利一とドイツ文学者の原田勇が書いた。

原田勇は法政大学独文科出身で、戦前、法政大学の「独文」の学生を中心とした「ドイツ文学会」の片山敏彦の指導の下、刊行した雑誌「黒潮」に参加。この序文を書いた頃は、高と同じ荏原区中延町、昭和医専の近くに住んでいた。一九三六〜四一年まで、文芸雑誌「世代」（世代社）を編集。同誌は、片山敏彦を中心に、野上豊一郎、谷川徹三、竹山道雄、野上弥生子、豊島与志雄らが寄稿。原田は高とは学生時代からの詩友で、一九四〇年（昭和十五）十一月に小説家・竹森一男と共に高の家を訪ね、三人で宇奈月に行ったこともあった。

二人の序文を見てみよう。

高島君と私

人間高島君とは、種々な關係で前から知り合つてゐたやうであるが、ほんとに交際するやうになつたのはつい最近のことである。しかし、親しくつき合ふやうになつて、同君が、大變にいゝ人間的なものを持つてゐることを知つて、もつと早くから往き來をしてゐればよかつたと思つてゐる。

友交關係に就ては右の通りだが、詩といふものゝよく解らない私には、詩人としての高島君が、いかなる傾向の詩人であるか、又、同君の詩が、どんなにうまいか、或はどんなにまづいかといふことになると、残念乍ら何んとも言へない。恐らく同君も、私からそんなことを求めてはゐないだらうと思はれる。しかし、この前の「ゆりかご」を贈られて讀んだ時も、唯なんとなくこゝろよい感銘を受けたことを記憶してゐるので、この度生まれる第三輯も亦きつと私の心を愉ましてくれるものと思つて、早く出るやうにと樂しみにして待つてゐる。

尚近く上梓される「日本詩社」發行の一九三四年版「新鋭詩集」にも同君の代表的詩篇が推薦發表されるときいてゐるがこれは同君の華々しき中央詩壇への進出を約束するものとして欣びに堪えないことである。

越中谷利一

高島君に寄せる

原田　勇

或る男がね、僕の詩がアポリネエルの透明を持つてると云ふんですよ、と高島君は笑ひ乍ら云ふのである。さうですか、と生眞面目な僕は考へ込んで了つたのだが、ひとびとの喝采を浴びつゝモンマルトルのキヤツフエに現はれて、哄笑と放屁とを交へて縦横な機智を撒き散らしたといふ太つた詩人と、僕の眼の前の蒼白な顔をして、若々しい感傷に身を揉んでるやうな青年詩人と、どうも結びつかず、しかも、「象形《カリグラム》」を此の青年詩人の詩に見る事は忘れてゐたのだから我乍ら不覺の至りと云へる。で、あなたの詩はヴヰルドラツクの情感を持つてますよ、と云つてみたが、事の當否はともかく彼の詩を美しいサンチマンが流れてる事は不敏な僕にも解るのである。それにしても、「生《ナマ》の眞實は嘘僞よりも一層嘘僞だ」といふヴアレリイの言葉はほんとらしい事を云ひたがる僕を臆病にして了ふ。眞實を云ふ事はだから、畏友越中谷利一に一任して僕は只、この若い詩人の成長を祝福する事にする。

『うらぶれ』の中の詩を何篇か見てみよう。

晩餐
――後期印象派的幻想――

フトピアノノ上ノ鳩時計ガ歌ウタフト后後・七時ガ白イ
假面デヤツテクル　胸ノ中デハ紅イ小ビトタチハフザケハ
ジメ　ナフキンハルンバデ食卓ノ上ヲ踊リマハル
后後・七時ハ彼女ノ薔薇色ノ時間　街デハ紳士達ハ花ノ
ツイタタキシードデ出ソロヒ　月ガ高イ窓デスペイン風ナ
靜夜曲《ノクタアン》ヲカナデ　彼女ノ貝殻ハトテモイミジイブラス・バ
ンドヲカキ鳴ラス　彼女ノ頬ハ幸福デヘリオトロープノヤ
ウニハニカミナガラ　后後・七時ノフシギナトロイメライ
ニジイツトキ、ホレル…………

高が二十歳前後の一九三〇年（昭和五）頃、季刊詩誌「詩と詩論」（厚生閣書店、一九二八年九月－一九三三年六月）が、一九二〇年代の既成詩壇にあきたらない、超現実主義などの欧米の新しい前衛文芸思潮の影響を受けた詩人たちの集合体的同人誌として刊行されていた。個々の傾向は多様であったが、春山行夫の編集により、プロレタリア文学に対抗するモダニズム運動の一拠点となった。

高も、モダニズム詩の影響を大きく受けていたことが詩「晩餐」によく表れている。カタカナ表記を基本にした文字の記号化、無臭化。「ピアノノ上ノ鳩時計ガ歌ウ」、「ナフキンハルンバデ食卓ノ上ヲ踊リ」、「月ガ高イ窓デスペイン風ナ靜夜曲ヲカナデ」などの擬人化や映像化。「后後・七時ハ彼女ノ薔薇色ノ時間」といった意味の飛躍など、新しい表現を求めていた若き詩人の精神がうかがえるものである。

波止場詩曲

——あるいは女・夜明け——

波止場は花籠　花びらの帆船　花粉のかもめ　やつれた花は埠頭の鐵柵に咲いてゐる　空は菫色に曇つて汽船は途方もない貝殼になる　幻想の錨
ホクロのやうにさみしく波止場の女が笑つてゐる　古びた牡蠣貝をつけた心臓が世界の血液で腐つてゆく　今日も花籠の波止場でやつれた花はやつれる　吐息は途方もない貝殼の夢をはこんで海洋の黒潮にいま氣輕な浮草が流れながれる　たとへば古色した航海圖　プリ・マドンナ人魚の

唄　青白い口笛はかすれホロホロと花籠の夜明けをよんで
ゐる　をんなの夜明けをよんでゐる

ここに書かれた波止場とは横浜の波止場のことであろう。高の故郷の漁港にはない華やかな海の情景。そして波止場全体を「花籠」としてとらえる。異国情緒薫る海浜の風景。花びら＝帆船に花粉＝かもめが止まる。しかし、今日も「花籠」の「花」はやつれる。二十代の多感な詩人に豊かなポエジーを与え、若き詩人の恋愛感情が、これらの風景の中で哀しみとなって描き出される。空は菫色に曇り、汽船は貝殻となって幻想の錨を下ろす。波止場は哀しみの風景となる。「古びた牡蠣貝をつけた心臓が世界の血液で腐つてゆく」、「今日も花籠の波止場でやつれた花はやつれる」。この詩に描かれたものは、傷ついた詩人の心象風景と言えるものだろう。

当時、高には横浜に住む詩友が多く、海や港をテーマに詩を書いた。この頃書かれた詩に「波止場風景」、「波止場で」（以上『太陽の瞳は薔薇』）、「波止場夜景」（『ゆりかご』）、「春の海」、「波止場詩曲」「河口夕景」（以上『うらぶれ』）、「横濱山上の詩」、「横濱風景」（以上『山脈地帯』）、「横濱旅情」（『北の貌』）などがあり、若き詩人高島高の中でも横浜は重要なテーマとなっている。

そして、詩集パンフレット第三集『うらぶれ』の編集後記には彼の人生に欠かすことのできない詩についての深い思いが書かれてある。

私の職業は、非常に科學的な、また一方學究的なものですが、その一見、乾燥的に思える生活の反面に、私は詩をもつてゐることをうれしく思つてをります。どんなときでも詩は力づけてくれ、また慰安してくれます。

生きなければならぬ現實鬪爭の影に詩のあることは私にとつては、百萬の味方に優ると感じさせます。詩をぢつとみつめてゐることは、私にとつて、一つの耐力、一つの奮起への養成であり、より向上的な人生への精進だと自信させてくれます。

詩は、私には第二の人生のやうにさへ思はれるのです。

終りにのぞみ、ぼくの最も親しい神奈川縣の詩人諸兄の健筆と健康を祈ります。（後略）

× ×

ここに書かれてあるように、三冊の詩集パンフレットを刊行した二十代前半の頃から高は横浜を中心にした神奈川の詩人たちと親しく付き合っていた。

一九三三年（昭和八）六月に高が同人として参加した詩誌「地平線」の発行人でもある塩田光雄、リルケをはじめとするドイツ語圏の詩や詩論などを日本に紹介し、ノイエ・ザハリヒカイト（新即物主義）文学の先駆的仕事をした笹澤美明《よしあき》、白鳥省吾とともに民衆詩派の中心人物であった福田正夫。歌謡曲の作詞者としても広く知られた佐藤惣之助、ほかに、笹澤らと一九三五年に詩誌「海市」を創刊した扇谷《おおぎや》義男。戦前、北園克衛の詩誌「VOU」や池田克己の「日本未来派」に参加したモダニズム詩人・長島三芳といった面々である。

一九三五年（昭和十）、笹澤、扇谷、長島のほか、「VOU」にも寄稿したモダニズム詩人・横山健二らが横浜詩話会「燈下会」を設立。宮西鉦吉《しょうきち》（一九三〇年に詩誌「居留地」を創刊）ら横浜の若手詩人たちによる横浜詩人クラブ（横浜市中区）が横浜詩話会を立ち上げた。高も一九三九年（昭和十四）二月に十六回目の「燈下会」に宮西から誘われ、参加。このときは、前年八月から高が参加した俳誌「風流陣」（一九三五年十月 - ）の同人でもある岩佐東一郎、八十島稔、城左門も出席した。

佐藤惣之助は一九二五年（大正十四）七月の川崎の新居落成と同時に詩人クラブ「詩之家」を結成、機関誌「詩之家」を刊行した（一九三二年まで七十八冊刊行）。「詩之家」という名付けからも推察できるように、大らかで面倒見の良かった佐藤は、イデオロギーで先導するのではなく、横浜在住の若い詩人たちを育て、発表の場を提供した。塩田光雄のほか、竹中久七や、竹中の創刊した前衛詩誌「リアン」にも参加した藤田三郎、高橋玄一郎、渡辺修三のほか、椎橋好《しいばしこのむ》、壺田花子、高見保太郎ら多くの詩人たちが師事した。

一九三八年（昭和十三）に高が第一詩集『北方の詩』を刊行して以降、佐藤と「風流陣」の会合などでたびたび会うようになり、詩風は違ったが、その飾らない人柄を心から愛し、温かい師弟関係を結ぶことになる。

高の下宿があったあたりは「サンモールえばら」という商店街になっている。2015年（平成27）

現在の荏原中延駅（東急電鉄池上線）。2015年

昭和医学専門学校の最寄の駅「旗ヶ岡」（1951年、旗の台駅に統合）。1935年（昭和10）頃

文光堂書店の昭和医専向け出張所。1935年頃

昭和医専の近くにあった文具店「ミドリヤ」
1935年頃

第三章　詩人たちとの交流　山之口貘、佐藤惣之助、花田清輝、高見順——戦前3

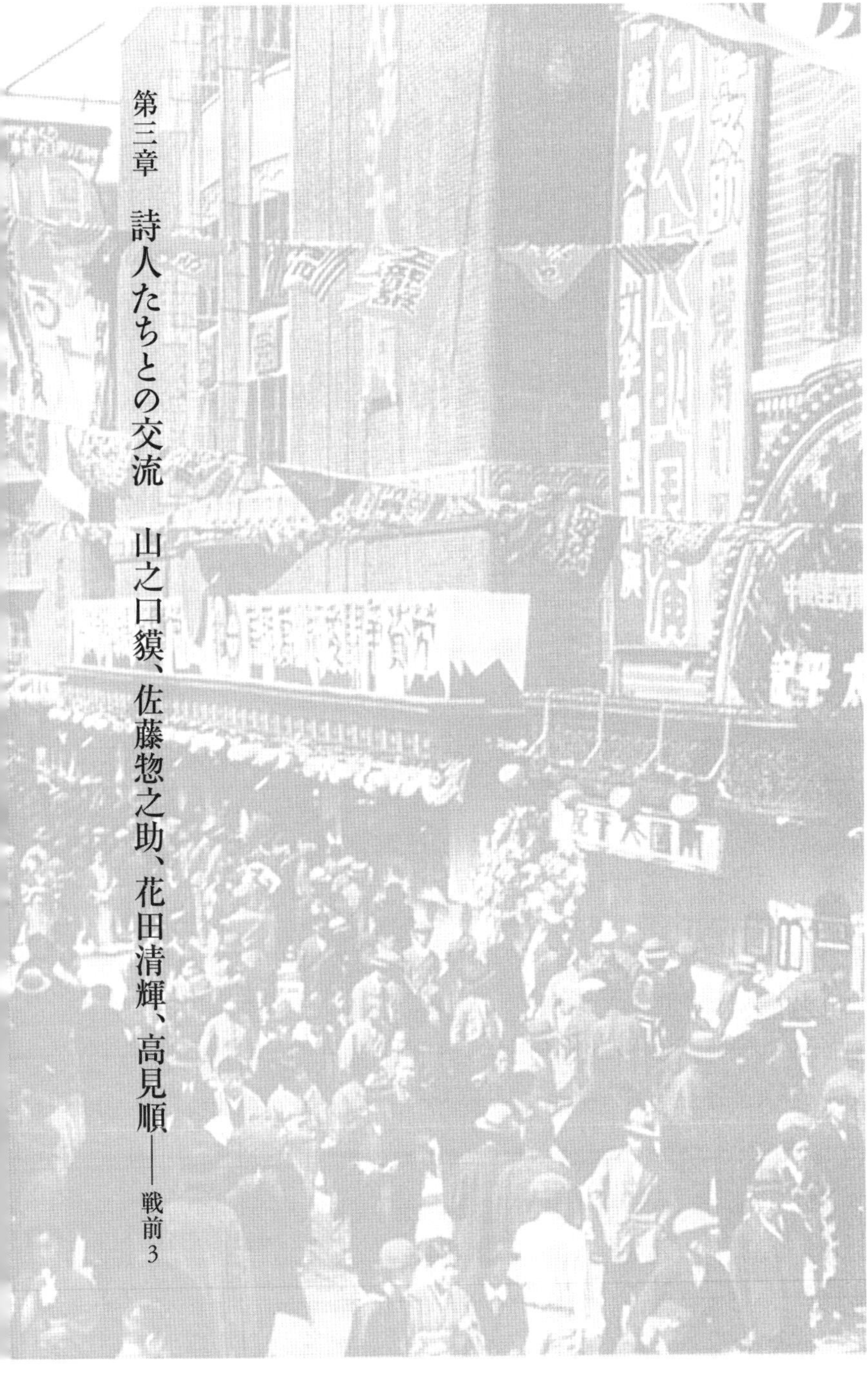

山之口貘と高島高

一九三三年（昭和八）頃、プロレタリア作家越中谷利一を中心に荏原区や馬込に住んでいた若者が集まってひとつの文学サークルが生まれていた。

高は、越中谷の家に出入りしているうちに、当時、若手プロレタリア作家であった高見順や、高見らと同人雑誌「日暦《にちれき》」を創刊した小説家、大谷藤子、「東京労働新聞」の編集者で小説家の楢島兼次らを知ることになった。また、山之口貘と親交を深め、詩人として立つ志を固めたのもこの頃である。

当時、山之口貘は、両国あたりのダルマ船（昭和初期から石炭など貨物の運送に使用され、運河などに停泊しているため、中で生活をする者が増えた）や浅草公園でルンペン生活を続けていたが、この文学グループに出入りしていた。この中には花田清輝や劇作家の田郷虎雄（二〇一五年のNHK大河ドラマ『花燃ゆ』の原作『涙袖帖　久坂玄瑞とその妻』の作者）もいた。

山之口は、ときどき大森にあった高の下宿に来ては、幾日も休養していた。高がいなくても、下宿のおばさんと心安くなっていたため、気兼ねなくお風呂に入り、夕食を食べ、高の二階の六畳の部屋で布団を敷いて寝転んでいた。

山之口の肉体以外は、上着であれ、ズボンであれ、他の主のものであった。カバンひとつが全財産であり、最初は布施辰治（朝鮮独立運動の義烈運動事件弁護のために渡朝し、弾圧・迫害を受けた朝鮮人民の生存と自由のために敢然と戦った弁護士）のお古であったが、後には高の古カバンを提げて歩いた。中には、詩稿だけがぎっしりとつまり、その他は何もなかった。山之口は、一語、一句、すべてを織り込んで、言葉と思念を一致させるべく格闘し、推敲をかさねた。

その頃の山之口は寝る場所を求めて夜中に市中を歩き廻っていたので、巡査から「一晩のうち十四、五回も誰何を受けたことがあった。一度二度の誰何を受けるのは常であったが、足の指のはみ出した破れ靴や夏冬着通したアルパカの上衣に、折鞄など持っている僕の姿は、自分ながらも誰何したいのであったから、その筋の眼には余計にそうであったろう」（山之口貘〈楽になったという話〉、『山之口貘全集　第三巻』一九七六年）。

高は回想する。「僕は貘さんをその頃から天才だと思つていた。貘さんはいつか、裏皮の全々ない靴を雨の日の銀座を歩く時はいていた。そして「こつちの方が涼しくて衛生的だ」と云つて、特にそれを氣にする程ではなかつた。僕は、そう云う貘さんが好きだつたし、かえつて文学の天才をそのことがらなどと結び合せるという風だつた」（高島高〈日記抄　其の四　山之口貘さんのこと〉「昆虫針」一九四九年十月）。

当時、すでに山之口の才能は、高橋新吉をはじめとして、佐藤春夫や金子光晴によって認められており、いつも佐藤春夫が人物証明のために書いてくれた名刺をポケットに入れて持っていた。名刺の表には「詩人山之口貘ヲ証明ス　昭和四年十二月十二日」とあって、裏には「山之口君は性温良。目下貧窮ナルモ善良ナル市民也」（山之口貘〈夏向きの一夜〉「東京労働新聞」一九五〇年八月十日）

と書いてあり、佐藤の名前の下に立派な印が押してあった。「その後は誰何される度に名刺を示したので相手の好奇心をかき分けて歩くに便利なのであった。そんな時には四つん這いになってライオンの口真似でもしてみたいような衝動にも駆られるのであった」（〈楽になったという話〉）。

山之口は大変な遅筆だったが、できた詩はすぐさまお金に換えられた。新橋にあった改造社へ高と二人で行って、山之口が編集者に交渉の末、詩一篇十五円くらいで前払いで買ってもらった。「文藝」や「改造」に掲載された作品の多くはそうした「前借り」の詩であった。

その頃の回想である。「時には二人で夕暮れ近い改造社の前で、しよんぼり立つていたこともあつた。夕暮れがくると僕らのかなしい郷愁は各々ちがつたかも知れないが、共に詩につらなつているという意味で、おたがいに支えの役目をした」（〈日記抄　其の四　山之口貘さんのこと〉）

沖縄生まれの山之口は、毎晩のように泡盛屋の暖簾をくぐった。当時泡盛は一杯十銭で経済的にも身の丈に合い、酒のあまり強くない高も随分付き合わされた。泡盛を飲むとよく詩を朗読したり、琉球民謡で踊ったが、いずれも堂に入っていたという（高島高〈文芸家印象記（三）　山之口貘さんのこと〉「富山新聞」一九五四年五月十日）。

あるクリスマスの夜、よく知っているお茶場（劇場などの稽古場の片隅）で踊っていたら、そこにいた青年から「失礼ですが、あなたは石井漠先生ではありませんか」と尋ねられたこともあった。「バクさん」という呼び名から生まれた誤解に違いなかったが、それほど素人目には踊りが上手かったらしい（石井漠は、高の知人だったが、創作舞踊の先覚者でもあった。当初、自分で「舞踊詩」と命名して発表するが理解されなかった。その後、真価を問うべく欧米巡業、成功をおさめ、〝ニジンスキーに匹敵する〟と評された舞踏家であった。後の弟子に大野一雄や崔承喜《チェスンヒ》、石井みどりらがいる）。

高は山之口の詩を高く評価した。「たびたびその平易なレトリツクということが問題になるようである。そのために、すぐ模倣でも出來るように考えられるが、どうしてどうしてこれぐらい模倣者を拒絶したユニックな表現がない。それは思うに、青春時代のあの放浪が、誰にも眞似ることが出來ないように、貘さんの詩も、そこにどうしりと根をおろしているからである。（中略）たとえば「鼻先に朝が來合せている」とか「僕より困つていては話がそれは困るのである」とか「こゝに食つたばかりの現実がある」とかいう風で、いわば、貘さんがしたように人生を食つて來なくては、けつして、その肉づけを持つことが出來ないという底のものばかりである」（〈日記抄　其の四　山之口貘さんのこと〉）。

一九五三年（昭和二十八）七月、高が久しぶりに上京し、山之口に会うと、武田泰淳も来るという池袋西口の泡盛屋「おもろ」に連れていかれた。肉豆腐に泡盛という饗宴であったが、山之口の「お客さん」ということで、琉球髷を結った女性が歌ってくれ、久しぶりの旧交をあたためた。ちなみに店名の「おもろ」とは、沖縄の古い歌謡のことで、沖縄方言の「思い」から来た言葉である。

高は、もう裏革のない靴をはくこともなくなり、苦難の道を克服してきた山之口の生命力、詩にも表れた身体性に感嘆せずにはいられず、「生きるとはどういうことであろうか」としみじみ考えさせられるのだった。「かつて苦難放浪の貘さんを評して、金子光晴氏が、もしも貘さんが自殺したならば、七色てんとう虫も自殺するという原理に達するということをいわれたが、それほど貘さんは自然人に近いという意味であったろうか」（〈文芸家印象記　山之口貘さんのこと〉）。
山之口は放浪の身であっても「ハイカラ」で、ヒゲだけは、必ずきれいに剃っていた。それは単なる見栄ではなく、詩人、山之口貘の清潔観のあらわれであり、それが青春というものであったろうかと、高は当時を回想しながら、「なにか、心の中にたのしくまたあたゝかい血の通りすぎるのを」覚えるのだった（〈文芸家印象記（三）　山之口貘さんのこと〉）。

山之口貘に捧げられた詩がある。

北方物語　　――A BAKU YAMANOGUCHI

人を愛するは
切実ないのちのゆえか
生のかなしさ
黄昏の風は
はるか山脈の氷雪をはらみつつ
かえつて山脈の襞々を

暗紫色にいろどるのは
愛情という本能の切なさの陰影にも似て
人を黙らせてしまうのだ
地を匍いくるモンゴーレンフレツケ
あたりいちめんに針を刺しうがちくる雪の情感は
今日も
麓の村々にとぼしいだいだい色の灯をともし
旅情はすでに
人生途上の慴性となつた
やくざなおれに迫りくる
国定忠治や太宰治
人は何故かくかなしく生きねばならぬのか
日暮れの鴉よ
さすらいの旅の鳥よ
所詮はあの宿命という支配者の
何んというだまりつこい孤独な横顔
今夜もこの村の居酒屋は牛のように今日を忘れて酔い伏す人々を集めるというのか

（『続北方の詩』より、一九五五年）

この詩の中で、直接山之口に触れる部分はないが、北陸に住む詩人が、沖縄生まれの東京にいる友人に向けて「生のかなしさ」を抱きながら内面を吐露している。詩人は、山脈の襞々に、「愛情という本能の切なさの陰影」を見る。人は何故かくもかなしく生きねばならないのか。そう思うとき、思い浮かべる友人が山之口貘であった。

山之口貘と東京

東京での山之口とのことを回想した詩がある。

東京の日

そこでは無数の白い鳩らが飛び立つ
その中の二三羽は血をば流しながら
何故このような幻想が僕にあるのだろう
それは何か有樂町あたりの
夕焼時の追憶のためでもあろうか

僕はある時放浪の詩人山之口貘と銀座を歩いていた
沖縄生れの貘さんではあつたが
その剃りのあとのと丶のつた青々としたプロフエルや
高い鼻の隆起などが
柳や雑踏や高層建築や黄昏の街の赤い灯青い灯などに
一種のバックを作つている事に感動した
「東京つて一種の鳩の巣のような感覚だね」
「ちがうそれは一種の胃袋のようなもんだよ」
僕は幾年も幾年も
このとりとめもない感覚の東京を愛し
貘さんとの黄昏の銀座の散歩を愛していたように思う
夕焼雲が紅薔薇よりも紅く
夜間営業のデパートの頂上のあたりで燃えるころ
銀座にだつて宵の名星が見られたが
僕はむしろ街のあかりにかすんだ
スタンド・バーのジヨウニーウオツカの酔を愛していたし
女性などないさばさばした清潔が

貘さんの剃りあとのように
僕にも貘さんにも詩的であつたように思う
あるいは銀座もそこで生き
そこで快適していたのかも知れない
たとえばモンパルナスなどの形容などもあつて
そこでは友情は黄昏のうるんだ街の青い灯のようにあたゝかく開くのであつた

（「高志人」一九五一年八月号）

高にとって山之口は特別な存在だった。山之口は高より七歳年上であったが、互いに「高ちゃん」「貘さん」と呼び合う仲で、夜遅く下宿の窓の下で、「高ちゃん、高ちゃん」と呼ぶ貘の声に、よく起こされた。高はいつも気持ちよく貘を迎え入れた。電車賃がなく、一里近くある銀座から歩いてきたこともあったという（〈故舊忘らるべき〉「高志人」一九四三年九月号）。

貘のことを思う高は少年のように純情で、家族を心配するような切ない愛情が詩行のはしばしから滲み出る。青春時代を過ごした東京を思い出すときに必ず山之口の横顔が脳裏に浮かび上がった。医学を学ぶ詩人と放浪詩人。北方生まれと南方生まれ。まるで違う二人は、なぜか気が合った。山之口は高にとって、生活に対峙し、境涯の陰翳を持った詩人としてあった。山之口に対して、その裏表のない生き様や、詩では食べてゆけないにもかかわらず、詩人であろうとした人生観に尊敬の念を抱き、心を開いたのだろう。

二人は同じ一九三八年（昭和十三）夏に第一詩集を発表している。高は七月に『北方の詩』、山之口は八月に詩集『思辯の苑』（序詩：佐藤春夫、序文：金子光晴、むらさき出版部）。『北方の詩』を受け取った直後の同年六月八日付けの高への手紙では、「きれいな本　ありがたく拝受／あのときは何のお構ひも出來ずかへつて御迷惑をかけ甚だ恐縮してゐます／序文はそれぞれ本にふさはしいものとおもひました（中略）みなさんをあやかつて　今月は小生も詩集を出すことになりました　本来御寄贈致すべき筈のところ　出版屋との條件に依り思ふ様にならず　まことに僭越なこと〻は存じながら　みなさんに買つていたゞくことになりました（以下略）」と、書き送っている。

出版費用を捻出するため、山之口が解剖用死体売却契約という途方もないことを思いつき、高は、そのことを当時昭和医学専門学校で解剖学と組織学を教わっていた森鷗外の子息、森於菟先生にお願いした、というエピソードが残っている。結局、佐藤春夫の支援を得て無事第一詩集は上梓された。

翌一九三九年（昭和十四）四月、父の病気をきっかけに、高は故郷滑川に帰って家業の医院を継ぎ開業。以後、五五年（昭和三十）に亡くなるまで富山にとどまり、積極的に文学活動を続けた。

山之口のほか、旗ヶ岡時代に親しかった仲間から連名で届いた一九五二年一月二十四日付けの葉書が残っている。

高ちゃん　元氣だらうね　旗ヶ岡の頃の連中が今夜新橋際の旧北八でのんでゐる　楢島兼次、越中谷利一、山之口貘、高島高がひとり欠席。――貘――
高島君よ、高島君よ！われ何も言えず。利一

青春時代を共にした作家たちが、約二十年を経て新橋で集い、杯を交わしながら、したためた葉書を手にした高は、言葉にできない、「あたゝかい血の通りすぎるのを」覚えたことだろう。

東京の夜

続いて高の東京への思いが綴られた一九五四年の詩である。

東京夜景

幾つかの眼はかなしい
果して愛のない不毛の地か
善意は果して
空をこがすエルミネーションのように消えたか
眞実かなしい戀は
生きて死んだのだ

光にみちた墓場
愛とは
永遠に消えない
傷痕のことであろうか
今宵も豪華なサロンの壁で
シャンデリアに照らされながら
モナ・リザは
永遠にこの人間の謎を秘めて
微笑している
人間とは？
ふと群集の中で
この問いが
僕の歩行をゆるめる
人間とは？
僕は春の夜風の孤独に誘われたのであろうか
そこでは金貨と人間がはかりにかけられる
金貨と人間の問題が

永遠に街の夜景をさびしくするのであろうか
金貨と人間の問題が
何故僕の歩行に怒りを加えるのであろうか
黒い薔薇はあり得ない
あれは眞実生きて死んだ
一つの戀のかたみなのだ
黒い薔薇よ
酒のように酔う都会の夜の笑いの中に
一つの醒めた魂が眞理について思念しようとしている
明滅するゴウ・ストップ
誰れがいちばん愚劣か
今日も僕の思念は一つの淵に沈まうとしている
生きるということに更に専念しなければならないと
生きるということに更に強い力を加えねばならないと
陰影とは
まことに生の事実にもとづいて生れるものか
実存を越えた彼方に

今日も見えない光の根源が動いていないか
人間よ
御身たちは何処へゆくと

（『続北方の詩』より、一九五五年）

東京の夜景を回想しながら、高は思念する。都会は青年の心を時に酔わせ、惑わせ、またある時には失意の底に突き落とす。それでもなお、忘れることができない魅力に満ちている。そんな矛盾を抱えながらもまた、空しさとかなしさが夜風のように否応無しに襲ってくる。東京は高にとっては、青春期である二十代を過ごし愛した街であると同時に、「空をこがすエルミネーション」のように消えていった儚い街でもある。

「眞実かなしい戀は／生きて死んだのだ」。東京は「光にみちた墓場」であり、愛とは「永遠に消えない／傷痕」でもある。「豪華なサロンの壁で／シャンデリアに照らされ」ているモナ・リザのような街。それは永遠にこの人間の謎を秘めて微笑し、永遠に街の夜景をさびしくする。

人間とは？　詩人は群衆の中で歩行をゆるめる。そして「僕は春の夜風の孤独に誘われたのであろうか」と自問する。「黒い薔薇はあり得ない／あれは眞実生きて死んだ／一つの戀のかたみなのだ」。

詩人は、快楽に溺れる街の喧噪からはなれ、真理を求める魂の存在を確信したかのようだ。そのためには孤独を友とする必要があった。帰郷することによって詩人が知った境地かもしれない。

生と死。歩行と静止。その陰影は「私」の生の事実にもとづいて生まれるものか、いや、より普遍的な、人間という「実存を越えた彼方に／今日も見えない光の根源が動いていないか」とさらに自問を繰り返す。ここには、個人の感傷を越え、人間存在の行方について沈思する詩人の姿がある。東京で過ごした十年は、高島高という詩人の精神の中に永く、そして深く刻まれた傷痕であり、光芒のようでもあった。

「風流陣」と佐藤惣之助

高は、一九三五年（昭和十）十月一日に創刊された詩人による俳句雑誌「風流陣」などを通して多くの文学者たちとの交流を持った。「風流陣」は、一九三五年七月発行の「文藝汎論」の特集・詩家俳句集に端を発し、岩佐東一郎が中心となり、北園克衛や八十島稔が援助する形で創刊された。同人には、岩佐、北園、八十島のほか、安藤一郎、岡崎清一郎、城左門、田中冬二、長田《おさだ》恒雄、笹澤美明、川田総七、正岡容《いるる》など錚々たる詩人たちが参加し、「時にはハガネのやうな感性を、時には、美しいリリシズムを展開してゐた」（高島高〈佐藤惣之助と越中滑川〉「詩之家通信」第三号、一九四八年二月）という。

高は、第三十一冊（一九三八年九月、俳句「秋」掲載）から参加、第六十五冊（一九四四年一月、俳句「應召」掲載）まで四年半で三十回、作品を寄せている。

創刊号の後記〈風流陣記〉には、「在来の枯渇した俳句に、新生命を吹き込むと云ふ大野心のもとに創刊したものであります。」（無署名）、また、第二冊（一九三五年十一月）には、「風流陣は飽までも俳句の本道を歩まねばなりません。俳句の本道とは何であるか、その人の個性の表現に他なりません。宗匠俳句よ、くたばれ！理論のコンクリイトに固められた所謂新興俳句よ、消え失せろ！どこまでも道は自由でありたいのです。」（無署名）と書かれ、既成の師弟制度で凝り固まった詩壇、俳壇を乗り越え、個人の自由を重んじるこの雑誌の方針がうかがえる。

佐藤惣之助も「風流陣」の同人で、流行歌の作詞家として広く知られていた。佐藤には、「赤城の子守唄」（一九三四年二月、竹岡信幸作曲、東海林太郎歌）、「大阪タイガースの歌（現：阪神タイガースの歌、通称：六甲颪）」（一九三六年三月、古関裕而作曲）、「人生の並木路」（一九三七年二月、古賀政男作曲、ディック・ミネ歌）、「人生劇場」（一九三八年七月、古賀政男作曲、楠木繁夫歌）などの代表曲がある。

前述の通り佐藤は一九二五年（大正十四）七月に詩人のクラブ「詩之家」を設立し、機関誌「詩之家」を創刊。横浜を中心に若手詩人を多く育てていた。高は「詩之家」の仲間ではなく、北川冬彦率いる詩人のグループ「麵麭」に属していたが、佐藤の、幅広い教養を持ちながら気取ることのない人間性に惹かれていた。

佐藤は一九三三年（昭和八）、妻の花枝が死去し、同年、萩原朔太郎の妹、萩原アイと再婚。高は、佐藤の義兄となった萩原朔太郎に詩「北方の詩」が認められ、詩集に序文をもらったことや、佐藤らが書いていた雑誌「歌謡詩人」や「藝園」に、高が詩や評論などを寄稿したことで、少しずつ佐藤と親密になっていったようだ。高の佐藤に対する最初の印象は「佐藤さんははぢめ、僕には苦手のように思はれた。その當時、佐藤さんの名は、詩壇ばかりではなく、あらゆる文化面でやかましくなつていて、時々、友人の出版記念會などで、同席しても、遠くからただ佐藤さんの通人らしい世なれたふるまいを眺めていたに過ぎなかつた。佐藤さんと本當に親しくなつたのは、詩人俳句雑誌の「風流陣」の會合に出てからであつた。「ああ高島君知つていますよ」と、酒が少しまわつた後で佐藤さんの前に行つたら、よほど前からの知己のような親しみを寄せられた」(〈憶い出す人々〉「文學國土」第七集、一九四八年十二月)。

佐藤は酒の席などで苦笑しながら「君のやうに純粋純粋と主張する人の前にゐると、僕らやゝたぢろぐね。レコードの歌を書いてゐるので」(〈佐藤惣之助氏と滑川〉「高志人」一九四七年七月号)などと語っていたという。佐藤自身も唄を好み、高が酒の席で会う度に義太夫を聴かされたという(〈故舊忘らるべき〉「高志人」一九四三年九月号)。当時、高がもらった歌謡の本などには、その扉に必ず「これは商売の本です」と自嘲気味に記されてあった。

高は、佐藤の心情を察し、次のように書いた。

晩年はますゝゝそのやうな自省的な氣持ちが動いたらしく、私のやうなものにでも、唯一途純粋詩を追求してゐるといふ意味をこめて、「君はいゝね」と云はれたことがあつた。あのやうな豊富な才能と天分のあつた佐藤さんの生涯の述懐として所謂、商賣なるものがどれだけ佐藤さんを

時には苦しめたかをうかがふことが出來る一端とも思ふ。（〈佐藤惣之助氏と滑川〉）

後に高は「歌謡曲の詞を書きたい」と身近な人に言っていた。純粋なものを好み、俗的な詩を嫌い、特に流行歌の作詞など縁遠いように思われていた高だが、兄のように慕った惣之助の影響だったかもしれない。高のような遊びのない詩人が歌謡曲を書いていたら、と想像するのも楽しい。

佐藤は、会う度に「君の故郷の北陸で釣をしたい」と口癖のように話していた。佐藤は無類の釣り好きで、釣り関係の本をそれまでに二冊出しており、日本釣魚協会の理事でもあった。また、旅行も好み、随筆や詩作にそうした趣味を反映させた。

高が長い東京生活に別れを告げ、帰郷して間もなく、佐藤から「北陸の講演旅行をやるので御地に下りて釣をします」と手紙がきた。佐藤は、一九三九年（昭和十四）六月に滑川駅におりた。釣竿二本に小さい折鞄という軽装だった佐藤は「割合に古風な街なんですね」「こんな町にも、ちよつと住みたいと思ふね」と、懐かしげな様子だった。実は、佐藤は蛍烏賊を一度も見たことがないのに蛍烏賊の詩を書いたことがあり、晩食の膳に蛍烏賊を出したら、「龍宮のそうめん」だと言って生のまま美味しそうに食べ、「螢烏賊を食つたから、僕の詩も成佛するさ」と言って笑ったという（〈佐藤惣之助と越中滑川〉「詩之家通信」）。

高にとって佐藤は人間的な温かみと情緒を持った人物であり、特別な親しみを感じていた。

高は医者としての立場から、佐藤が朝酒を飲んで、風呂に入る習慣を直すよう言ったが、それは「日本の李白」として自他共に許している佐藤の詩人生活の必然であり、やめることができなかった。

一九四二年（昭和十七）五月十一日に朔太郎が死亡。佐藤はその葬儀委員長を務めたが、葬儀の二日後の五月十五日に亡くなった。過労の影響も考えられるが、義兄に殉じたかのような死であった。高にとって二人は、お世話になった偉大な大先輩であり、深い悲しみと喪失感に襲われた。佐藤を追想しながら「佐藤さんは、世間では明るい人のように考えられていたが、それは、時々襲う陰影を、つねに通人らしい豪放な笑いでまぎらわせていられたからだと思う。（中略）佐藤さんの面影はいつも僕の胸憶にある。／佐藤さんの死が、その生前の明るさにくらべて、何か痛ましいものさえ加えた暗い氣持を僕に與えるのは、佐藤さん獨自の陰影が、その死によつて、まぎらすことなく映し出されたからであらうか」（〈憶い出す人々〉「文學國土」）と書いた。

佐藤が亡くなった後、歌謡曲の歌詞を書いていたことや家庭のことなど、悪く言う人々に対して、高は激しい怒りを覚えていた。「皮相な人間観が、いかに平氣で世間に多く行はれるか、詩人の生涯を評するに、その詩精神を通じて見ないといふ、酷薄さを、その人々が佐藤さんを評する言葉そのままに、軽薄な、と考へるのである」（〈佐藤惣之助と越中滑川〉「詩之家通信」）。

高は佐藤の多彩な大きな魂が地上を去ることをしみじみ感じ、「君はいゝね」と言った佐藤のかつての言葉を、純粋詩のみを追求していた年少の高に対する単なる褒め言葉ではなく、そこに憐れみをこめていたのではないかと考えた。そして、日本人として稀に見る豊富な詩的エスプリが、急激な病魔のために一瞬にして失われたことを嘆いた。

越中谷利一と花田清輝

越中谷利一は、高見順ら若い詩人や作家たちを惹きつける「磁場」のような存在だった。秋田市生まれで日本大学在学中の一九二〇年（大正九）に日本社会主義同盟に加盟。翌年、習志野騎兵連隊に入隊し、一九二三年（大正十二）の関東大震災のとき、社会主義者や朝鮮人への弾圧出動命令に反抗して除隊となった。一九二七年（昭和二）、その体験を文学雑誌「解放」に「一兵卒の震災手記」として発表、関東大震災時の朝鮮人虐殺の実態を描き、以降プロレタリア作家として活躍した。

越中谷の「差別」に対する怒りや問題意識は、沖縄生まれの山之口や、「私生児」として高見が体験してきた被「差別」意識を救い上げ、彼らを精神の解放への新たな文学的地平へと導いたのではないだろうか。

医学生であり、また若き詩人でもあった高が上京して最も早い時期に出会った社会派作家が越中谷であった。越中谷の家に行くと、机の上にはいつも高見らの同人誌「日暦」や石川達三ら「新早稲田文学」同人による「星座」などの同人雑誌が山と積まれてあり、高は雑誌を買わなくてもいつもゆっくり読むことができたという（〈文芸家印象記（二）　高見順氏のこと〉「富山新聞」一九五四年四月五日）。

ある日から、越中谷利一の文学グループに一人の精悍な風貌の男が加わった。

かれの言葉はまことに逆説的であり、またスタブローギンのように、一種のイロニーをもっていた。これが無名時代の花田清輝であった。馬込伊藤町に、かれはお母さんと、奥さんと、一人の女の子供さんとで住んでいた。あの時代、京大を出ていて、どこかの出版社につとめていたと思う。この時代からすでに現在の名声をもつ約束をもつようにかれの批評は特異であったようである。

（〈文芸家印象記（終）　佐藤惣之助と花田清輝〉「富山新聞」一九五四年五月十七日）

「スタブローギン」は、ドストエフスキーの小説『悪霊』の主人公で、並外れた知力、体力を持つ徹底したニヒリスト。また、「どこかの出版社」というのは、花田の父親が少年時代から知り合いだった、同じ福岡出身の中野正剛がつくった東方会の機関誌「我観」（のちの「東大陸」）の編集部のことだろう。花田清輝は、一九三九年に東大陸社に入社後「東大陸」の実質的編集長となったが、戦後、吉本隆明との論争において、「転向した東方会の下郎」と誹謗される根拠となった。

満州事変が起こった一九三一年（昭和六）頃を境に、政治運動をはじめ文化・芸術運動までが解体の危機にさらされていった。三四年になるとプロレタリア作家同盟が解散、三五年には共産党の機関紙「赤旗」も終刊になるが、花田がマルクス主義者として自己を形成していくのは比較的遅かった。その過程で、左翼労働運動の拠点であった東京市交通労働組合に属して活動家としても知られた松島トキと三五年に結婚。その後、花田はマルクス主義者の文献を精力的に読むなど、妻から大いに刺激を受けたようである。トキは花田の終生の伴侶で、生活面でも花田を助けた。その後の作品の中で、トキを生活者、労働運動の実践家として、また自身への批判者として登場させた。

花田は、トキについて、のちにこう記している。

戦争中、たえず義民的なものにたいしてわたしのいだき続けていた劣等感について告白して置かなければならない。そのときは、すでにただの女房にすぎなかったが、どうやらわたしの女房は、元義民だったらしいのだ。したがって、二人で街をあるいていると、かの女は、ときどき、特高から、なれなれしく声をかけられたり、ネンネコで赤ん坊を背負って大井警察へ呼ばれて行ったりした。そして、そのつど、特高は完全にわたしを黙殺したので、わたしは、かの女にたいしてハバがきかないような気分を味わわないわけにはいかなかった」（〈恒民無敵〉『箱の話』潮出版社、一九七四年）。

高が越中谷の家に出入りしていた頃、夜になるとグループのうちの二、三人で近所の喫茶店に集まった。あるとき突然、花田は高に向かって「今月の「麵麭」を読んだが舟橋をほめるなんて少し甘いぞ。」と言い出した。年齢がほぼ同じで言いたいことを言い合える関係だったのだろうか。改造社の「文藝」に舟橋聖一が「新胎」という戯曲を書いた。それを高が「麵麭」（一九三七年十月）に「船橋氏の「新胎」」というエッセイで、産婦人科の学術話や手術のことを詳しく書いていた点を褒めた。そのことを花田は責めたのだった。

「はじまったね」と高は苦笑し、「大変なものを読んだな」と言うと「うん　読んだんだよ。あんなほめ方ってないよ。素材をあつめることは舟橋の手だからいいが、〝新胎〟の文学的価値なんてなっていない」とうそぶいた。このときすでにコミュニストだった花田にとって舟橋の戯曲は産科医院の生活を描いたブルジョア文学でしかなかった。高は、花田との文学観の違いを感じつつも指摘された部分の不透明さを認め、以来、花田を信じるようになった（〈文芸家印象記（終）　佐藤惣之助と花田清輝〉）。

こうして越中谷のサークルの中で知り合い、語り合った同世代の若き作家たちへの共感が、詩人として自立する勇気を与えたに違いない。

高見順と「故舊忘れ得べき」

高は、山之口貘と親しくなって間もない一九三五年（昭和十）、山之口が序文を書いた私家版『北方の詩』を高見順に送り、以来交流が始まる。

まず、高と出会うまでの高見順の経歴を追ってみることにしよう。

一九〇七年（明治四十）一月、日本海に面した断崖で有名な東尋坊のある港町、福井県の坂井郡三国町生まれ。高より三歳上である。福井県知事・阪本釤《さん》之助の非嫡出子として母・高間古代《コヨ》に育てられ、一歳のとき、父が東京転任となり、小さな町の悪い噂に耐えられず、母、祖母と共に上京。東京市麻布飯倉にあった父の邸宅付近の陋屋に育ったが、実父と生涯一度も会うことはなかった。

本名は高間義雄（のちに芳雄）。阪本家から毎月十円の手当てを受けていたが足りず、母は「よろず裁縫処《おしたてどころ》」と書いた看板を軒につり、和裁の仕事で生計を立てた。

母は、一人息子を生きていく上の唯一の心の頼りとし、ことごとに叱り、ときには折檻をし、厳しく育て上げた。阪本家の異母兄は、高見より十歳上で、一中、一高、帝大という秀才・出世コースを進んだが、高見の母も、息子を同じ秀才コースを辿らせようという競争意識に燃えた。また、幼い男の子を女の子のように見せかけておくと、悪魔が素通りするという巷の迷信を信じ、おかっぱ頭にして女の子のような身なりをさせた。その様子が近隣の男の子たちから嫌われ、また私生児としてしばしばいじめを受けたという。出生における社会との断絶、屈辱を受けた幼い頃の境遇が後にプロレタリア文学へと進む大きな要因となったに違いない。

一九二四年（大正十三）、第一高等学校文科甲類に入学。自由な寮生活が自己表現への欲求を育て、中学時代に接して文学的開眼のきっかけとなった白樺派的な理想主義から、当時の社会主義的な潮流に飛び込む。それは立身出世主義や官僚的俗物主義への反抗であり、出生にまつわる暗い闇との決別でもあった。社会思想研究会に入会したが、芸術蔑視の雰囲気に耐えられず脱会。翌年、ドイツからの帰国者でダダイスト、村山知義の雑誌「マヴォ」に動かされ、友人らとダダイスム雑誌「廻転時代」を創刊した。アヴァンギャルドに心酔し、ドイツ表現主義の美術・文芸雑誌「Der Sturm（嵐）」を取り寄せたり、築地小劇場に通い、メイエルホリドの外国論文を訳し、機関誌「築地小劇場」に載せてもいる。

一九二七年（昭和二）に東京帝国大学文学部英文学科に入学し、同人雑誌「文藝交錯」創刊に加わったのち、新田潤らと左翼芸術同盟を結成し、機関誌「左翼藝術」に小説「秋から秋まで」を発表。このときはじめて高見順のペンネームを使った。

ここで、高見が青年期にダダイズムや表現主義など前衛芸術の影響を受けたことに注目する必要があるだろう。当時のプロレタリア文学者の多くは、前衛・抽象芸術に対し否定的だったが、高見は同人誌の表紙のデザイン的な挿絵をかって出るなど理解があった。また一九六七年に求龍堂から刊行された詩画集『重量喪失』では、本人によって描かれた線による具象画と抽象画が違和感なく挟み込まれ、美術に関する素養の高さが表れている。また文学においても観念的な政治主義に陥ることに否定的であったことが、その足どりからも知ることができる。

一九二八年（昭和三）、大学二年のときに、文化学院の学生の男女を中心にした劇団「制作座」の演出を担当、制作には北園克衛が参加していた。劇団員の石田愛子と知り合い、熱をあげた高見は、愛子の演技指導をしたが、彼女一人だけに厳しく指導したり、第二回公演の主役に抜擢したりした（公演の主役の男優は法政大学の学生だった十朱久雄）。一九三〇年（昭和五）、二十三歳で愛子と結婚した。

満州事変の二年後の一九三三年（昭和八）二月に小林多喜二が特高による拷問で死亡。高見も前年十一月、治安維持法違反の疑いで大森の自宅で検挙され、大森署に連行された。取り調べに警視庁からやってきた特高課の刑事は多喜二を拷問で殺したという噂があった。「柳に雪折れなしってのは手前のことだ。しぶとい野郎だ。」と言いながら舌なめずりする刑事の拷問は、「犯人」を自白せしめるためというのではなく、拷問で苦しめるのを実は楽しんでいるということを本人自らが告げたという（〈わが胸の底のここには〉『高見順叢書』第一巻、六興出版社、一九四九年）。

高見は翌年二月に転向し、起訴保留処分で釈放された。しかし、高見の留守中、愛子は酒場勤めをして他の妻子持ちの男と親しくなり、釈放後すぐに逃げ去ってしまった。

プロレタリア文学が壊滅に瀕したこの時期、その影響下にあった作家たちが時代の重圧に抵抗しながら新しい文学の方向を模索していた。

一九三三年九月に高見、新田、渋川驍《ぎょう》、石光葆《しげる》、荒木巍《たかし》ら東大系の新人作家を中心にした同人雑誌「日暦」が、大谷藤子から荒木への新雑誌の相談がきっかけとなって刊行される。高見は創刊号に、別れた妻・石田愛子への愛情を臆面もなくぶちまけた小説「感傷」を発表。プロ文学を目指すものが痴情小説を書くとは何事だという非難も浴びたりしたが、いわば、ぎりぎりの崖に立ったときに生まれる創作とでもいうのだろうか、傷つき、挫折したところから高見の文学の新しい方向性が表れたと考えられる。

高見は、しばらく妻が去った痛手から立ち上がることができなかった。創刊一周年記念の集まりで、それを見かねた石光がその不甲斐なさを罵倒し、危うく殴り合いの喧嘩になりそうになった。幸いにもそれが高見に大きな刺激となって、再び創作に向かうことになった。のちに石光にその夜の忠告を感謝する内容の手紙を送っている。

ようやく気持ちの決着がつき、説話形式の「饒舌体」と呼ばれる手法で小説「故舊《こきゅう》忘れ得べき」

の連載を一九三五年（昭和十）二月、「日暦」七号から始めた。七月の十一号で書くのをあきらめ半年ほど間があいたが、武田麟太郎から三六年（昭和十一）三月の「人民文庫」創刊を機に、同誌での連載を強く勧められて再開する。大学時代、社会主義運動に参加しながらも、世の流れの中で転向した男たちのその後の虚無と廃退を女性関係を絡めながら描いた内容で、まさに高見自身の経験から生まれた作品でもあった。この小説は、「人民文庫」での連載を書き終えた時点で、武田が本にすることを強く勧め、人民社から刊行。高見の出世作となり、ようやく小説で食べていけるようになった。

「故舊」は旧友を意味し、小説のタイトルは「蛍の光」の原曲のスコットランド民謡「Auld Lang Syne（オールド・ラング・サイン）」の冒頭の詞「Should auld acquaintance be forgot」の訳で、当時、コロンビア・レコード会社教育部に勤務していた高見が教育レコードの解説を書く中で、明治時代に訳されたこの文言に出くわし、採用した（渋川驍〈高見の出世作まで〉『高見順集』新潮社、一九七三年）。

「故舊忘れ得べき」は、前半を終えた時点で一九三六年七月の第一回芥川賞（一九三五年上半期）候補作となり、石川達三の「蒼氓《そうぼう》」と首位を争い、第二位に甘んじながらも新進作家としての地位を確立した。この回の候補には太宰治、外村《とのむら》繁、衣笠省三らがいる。

この小説が書かれている頃、高は越中谷と二人で高見が勤めるコロンビア・レコードを訪ねている。高見は銀座で知り合った水谷秋子との二度目の結婚をしたばかりで、一九三五年七月、新宿「白十字」での「第二回結婚祝賀式、一名叱咤《しった》鞭撻《べんたつ》の会」の呼びかけ人は越中谷と武田であった。会費持ち寄りの祝賀会には高見に痛手を与えた前夫人・石田愛子も出席、祝福の挨拶をした。この会は形を変えて「故舊忘れ得べき」の最後に描かれたが、人々の予期しない出来事はこの長編小説の特色を象徴的に表している。翌年、高見はレコード会社をやめて文筆活動に専念することになる。

「如何なる星の下に」と浅草

高の回想によれば、この頃の高見は背が高く、やや青みがかった白皙《はくせき》の顔に鼻高く、長い髪が黒々として後になびき、芥川龍之介をしのばせる風貌であったという。

一九三八年（昭和十三）、高は、高見を大森の家に訪ねた。午前十時頃、まだ眠っていた高見は、母親に起こされたが、こころよく高を迎えた。「昨夜はね、改造の座談会で、三時まで飲んでいてね。」といった高見の話を聞きながら、かつての無名の日を回想して感慨無量であったという（〈文芸家印象記（二）　高見順氏のこと〉「富山新聞」一九五四年四月五日）。

その頃、高見は浅草を舞台にした長編小説「如何なる星の下に」を執筆中で、浅草のお好み焼き屋「染太郎」の近くにあった、喜劇俳優・曽我廼家《そがのや》五一郎が経営するアパートの一室を借り、そこを仕事場として毎日大森から浅草へ通っていた。小説にも書かれてあるように、高見自身の「私が盛り場の近くに部屋を借りたのは、放つて置くとぼやツとしてゐる自分を、めまぐるしい雑踏のなかへ突き込み、神経に刺激を輿へて仕事へと追ひやらうとうふ策略から」であった。

高見は当時のことを振り返って、

昭和十三年ごろといえば私は浅草の五一郎アパートという、住居者のほとんどは芸人の、汚いアパートに部屋を借りて、六区を毎日ぶらぶら、ほっつき歩いていた。戦場とはおよそかけ離れたレヴィウ小屋の楽屋などに入りびたっていた。こうして一種の韜晦《とうかい》生活に身を沈めていたと言えば体裁《ていさい》がいいが、実際は、いわゆる「左翼崩れ」の私に雑誌社からの従軍のすすめなどはなかったからであり、そして当時の重圧的な空気が息がつまるみたいだったから、浅草で息抜きをしていたのである」（高見順『昭和文学盛衰史』講談社、一九六五年）。

と、書いている。ここでの「戦場」とは日中戦争さなかの大陸のことであろう。

昼近くになって、高見が浅草に出ようというので出かけ、詩人・伴野英夫も浅草で合流し、街を歩いた。伴野は、「日暦」の同人で、高見と親しく、同じ大森に住んでいた。

高見と伴野は文学思想的な同士でもあり、一九三六年十月二十五日夜、政治主義的偏向を克服すべく現実正視のリアリズム文学の旗をあげていた「人民文庫」の執筆グループが、新宿のレストラン大山で徳田秋聲研究会を開いていた。そこに私服の特高とサーベルを携えた警官隊が踏み込み、無届集会として司会の伴野のほか、高見、新田ら「日暦」の同人を含めた十六人を淀橋署に連行した。手の怪我で東大病院に入院していた武田麟太郎が知らせを聞いて驚いたが動けないので、翌日知人を引取人の代役に立てて淀橋署に釈放を求め、三日後までには全員釈放された。実はこの年の五月に思想犯保護観察法が施行され、高見は擬似転向者として再調査されていた。

伴野は東京駅内の鉄道省図書館に勤務するプロレタリア詩人で、一九三五年頃、越中谷を通じてすでに高と知り合いだった。詩人としての高を評価し、第一詩集『北方の詩』の序文を萩原朔太郎に書いてもらうべく詩人・倉橋弥一の協力も得ながら動いてくれた。加えて、高に「三田文学」や「早稲田文学」など文学誌への作品を依頼したり、大いに詩を書くよう頻繁に葉書を送ったりと、励ましてくれた人物であった。また、伴野の友人の文芸評論家で「早稲田文学」の編集をしていた青柳優も詩作のアドバイスをしたり、体調を崩した高を気遣ったりと、支えてくれた。

こうして一九三〇年代半ばを過ぎた頃から短期間のうちに出会った文学の先輩たちが、まだ無名だった二十代後半の詩人の大きな力となってくれたことを記しておかなければならない。

浅草のオペラ館

浅草に話を戻そう。高見は、高に「オペラ館のことを書こうと思っていてね。」と言いながら、書き込みをした分厚い手帖を見せてくれ、「千両役者」というタイトルの長編小説を書くつもりであることを教えてくれた。小説の中で「私」が恋焦がれる可憐な少女、小柳雅子（実在の踊り子、立木雅子と小柳咲子二人の名前を合成。高見は立木雅子がひいきだったらしい）が踊っているオペラ館に入ったのは午後五時頃で、高見は「こゝへ入るときさっとだれかに見つかるのでちょっと困る」と言って、あたりを見わたし、「うわさをすればでね、後に改造のダンナがいますよ」と首をちぢめて苦笑した（〈文芸家印象記（一一）　高見順氏のこと〉）。

　ダンナという言い方は高見の常用語で、特に雑誌編集者に対して使い、「あなた」を「お宅」という癖があった。高には、それが一種の浅草語のユーモアとペーソスの混入のような感覚がして、高見が使うと、その雰囲気がよく生きる気がした。

　当時、浅草寺西側の六区には、関東大震災後に建てられた演劇、映画、少女歌劇を中心にした劇場が三十館ほど南北に並んで活況を呈し、オペラ館はその中央に位置していた。小説に出てくる少女たちは、人気絶頂だった川田義雄の「あきれたぼういず」と同じ東京吉本に所属し、オペラ館の北、ひょうたん池の向かいにある東京花月劇場の「吉本ショウ」などを中心に出演していた。漫才など伝統的な芸能中心の大阪吉本とは違い、東京吉本はレヴューを中心にしたモダン・ハイカラ路線で、軽演劇、流行歌手の歌、映画などバラエティに富んだプログラムで多くのファンの心を掴んでいた。たとえば、客は開館と同時に入っても六、七時間、次々出される演目に飽きることなく楽しめるというわけである。

　小説に登場する剣劇一座の座付き作家で、この頃オペラ館のシナリオを書いていたピカさん（井上光）を紹介された。実は前年、浅草六区の西側、田島町の芸人横丁に住む漫才師・林屋染太郎が軍の召集を受け、妻・はるは今後の生活のことを憂いていた。そこで、当時二階を稽古場として使用していたピカさんから、女手ひとつでできる元手がかからない商売として勧められたお好み焼き屋を自宅の一階に開業。以来「染太郎」は、芸人の社交場、地元の憩いの場として、多くの人から愛された（「染太郎」はその後、場所を少し東に移動したが、今なお木造の佇まいに下町情緒を残す、外国人観光客などで賑わう人気の老舗である）。

高見は、お好み焼き屋「染太郎」（小説では「惚太郎」）を舞台に、浅草の濃厚な人脈と彼らが織りなす生活模様から多くのインスピレーションを得ながら新作を書いていたのである。

ピカさんは一高（現・東北大学）を文科一年で退学したらしく、浅草では「インテリの顔役」として知られ、傾倒していた高見のために浅草を案内して廻っていた。浅草を一人で歩くのが恐いと思っていた高見は、「ピカさんといえば、浅草では絶対大丈夫でね」と苦笑まじりに高に話した。

オペラを見た後、お好み焼き屋（「染太郎」と思われる）に入ったら、オペラがはねて、五、六人のスターたちが、舞台とは違った紺の女子高等師範学校の生徒のような洋服で入ってきて、高見に挨拶した。彼女たちも、オペラ館のことを書きつつあるこの流行作家に敬意の念を持っていた。

高は彼女たちに非常に興味を持った。「浅草の悲命があるとすれば、あいさつなども普通にいんぎんにやる彼女たちが、芸として舞台では、あられもない演技をやるというところから生れてくるのではないかと思った」のである。この中に先の小柳雅子のモデルとなった踊り子もいたが、舞台とはまったく違い、学校の若き女教師という感じに驚かされ、「一高、東大というこの秀才作家高見順氏が、庶民的浅草にひかれつつあるナゾも、いくらかわかりかけてくるような気がしたのであった」（〈文芸家印象記（二）高見順氏のこと〉）。

「如何なる星の下に」は、舞台で言えば観客の側から見たというよりは、舞台裏から見つめたような、登場人物に身近に触れながら書かれた私小説風の物語である。高見は一九三六年、「新潮」五月号の特集「小説に於ける描寫について」に応じたエッセイ「描寫のうしろに寝てゐられない」で、「客觀性のうしろに作家が安心して隠れられる描寫だけをもつてしては既に果し得ないのではないか。(中略)作家は作品のうしろに、枕を高くして寝てゐるといふ譯にもいかなくなつた。作品中を右往左往して、奔命につとめねばならなくなつた」と主張した。

こうした高見の社会の現実に向かい、この小説に描かれたような市井の人々の感情の襞や、かすかな匂いにひそむ心の本質にじかに触れようとする作家の姿勢は、詩人としての高に大いなる刺激を与えたのではないか。それは新鮮な追い風となって、青春期の高がネオ・レアリズムの方向に中心軸を据えていく過程で、少なからず影響したように思える。

たとえば、戦後書かれた高見の詩「枝葉末節の揺れ」の後半の部分、

そこだけ
葉が揺れてゐる
風は無く
風で揺れるのと揺れ方が違ふ
葉蔭に鳥がとまつてゐるのか
なんといふことはないその枝葉の揺れが

枝葉末節の揺れが
はなはだしく私の心を惹く
（『樹木派』より、一九五〇年）

といった詩行には、枝葉末節を凝視する詩人としての感覚が象徴されており、高はそうした高見の繊細な詩的体質を感じ取っていたのではないだろうか。

高見からの手紙

「如何なる星の下に」は一九三九年（昭和十四）一月から「文藝」に十二回にわたって連載、翌四〇年三月に完結、四月に新潮社から単行本として刊行された。

タイトルは、評論家・高山樗牛《ちよぎゆう》が、一八九七年（明治三十）の随筆集『わがそでの記』で著した「如何なる星の下に生まれけむ、われはよわき者なるかな」というロマン主義的で感傷的なフレーズから引用された。この小説では、高見自身を投影したうだつの上がらない文章家の「心弱き魂のエゴイズム」が、可憐な踊り子への慕情となって自虐的に描き出されている。

挿絵を三雲祥之助が描き、戦時下でありながら当時の息づく人々の生活の断面が見事に描かれ、浅草情緒と庶民の哀感を醸し出している。

この本に先立って、一九三八年（昭和十三）の十一月、短編小説集『人間』を竹村書店から刊行。本ができ次第、高にも送ると知らせていたが、高見から翌年二月に、

「拙著「人間」御送りしますやう御約束申上げましたが　出来上りを見ましたら　汚ひ装幀で　スツカリ憂鬱に成り　自慢らしくみなさまに差上げるのが気がひけ　放っておきましたら、出版もとが本を全部取次の方へ廻し手許に置いておらず、ほしいと思ふときは「手許にないから　返ってくるのを待ってくれ」といふ返事にて、もう少ししませんと御とどけ申上げられないことに成りましてこれ又非礼平に御宥恕の程伏してお願ひ申上げます　手許に参り次第、汚い本ですが　御送り致します／只今仕事半ばで　乱筆御ゆるし下さい　では御面晴のせつ万々　高見順」

と、お詫びの手紙が届いた。この手紙には、高から依頼された取材原稿について近々打ち合わせをしたいといったことや、富山名産の蒲鉾を送ってもらい、家族が皆喜んでいるといったお礼の言葉など、便箋五枚にわたって丁寧に書かれてある。

また、一九四一年（昭和十六）年二月のパラオ行きの船上からの手紙では、

「いつぞやはお手紙有難うございました　丁度（舊臘十七日）ひとり娘を死なせましてごたついて御返事失礼いたしました　間もなく意を決して南印へ参ることにいたし一月二十七日神戸発、只今パラオの手前の海上にゐます　すでに熱帯ですので汗をふきふき書いてゐます　明四日パラオ着、船はそれからセレベスに寄つて十三日目的のスラバヤにつきます　二三ヶ月滞在の豫定です画家の三雲祥之助と一緒でちょっと彌次喜八です　船の動揺のため乱筆おゆるし下さい（「香港の黒死病」は子供の死のため中絶しましたがそのうち「覚書」でなく、ちゃんと書くつもりです。そのせつは又よろしく――）（封筒裏）ジョホール丸にて　二月三日　高見順」

と、陸軍報道班員として徴用され、神戸からインドネシアに向かう途上、前年十二月に一歳半で亡くなった娘・由紀子のことなども含め、近況を知らせている。

高見の手紙は相手の気持ちを配慮した神経細やかな内容で、作品だけでなく、実生活の上でも「饒舌体」であったことがうかがえる。高見はジャワ島やバリ島の旅から五月初旬に帰国。この体験をもとに長編『ある晴れた日に』を執筆し、同年十二月に河出書房より刊行された。

高は、知り合って数年のうちに、山之口貘や高見順といった同世代の作家たちが世に知られるようになる様子を傍で見ながら、当時のうごめく文学の空気と熱を肌で感じたことだろう。

こうして高は、「風流陣」をはじめ、東京で生活をした一九三〇年代から、富山に帰郷した後の四〇年代にかけて、数多くの詩人、作家たちと出会い、文芸雑誌に寄稿した。それが、医学生時代に出会った越中谷の下に集まる若手作家サークルや、佐藤惣之助を師とした横浜の詩人グループであり、北川の「麺麭」「昆侖」の同人たちであった。

当時の詩人たちは創刊と廃刊、集合と解散を繰り返しながらも、同人誌を重要な作品発表、文学的主張の「場」として、同時代の詩人の動向をたがいに探り合っていた。これら同人誌は詩人たちの多様な個性を抱えながら、次第に強まる政治的圧力に耐え、また経済的困難を克服しつつ同人たちの熱意によって継続していたのである。

関東大震災のあと改築された浅草オペラ館。1924年（大正13）頃

浅草で「吉本ショウ」に出ていた芸人や踊り子たちと高見順。左から「あきれたぼういず」のリーダー、川田義雄（晴久）、小柳咲子、立木雅子、高見順、山茶花究、後ろに坊屋三郎。1939年頃

第四章　北方の詩人　高島高――戦前4

北川冬彦との出会い

高に直接的な文学的影響を与えた詩人として、まず北川冬彦の名をあげなければならない。

戦前から戦後にかけて、北川から葉書七十通、書簡十七通が送られている。高に送られた便りとしては、一番多く、師弟としての関係の深さを知ることができる。筆者は、甥の高嶋修太郎氏から高宛の葉書や書簡を預かり、それをテキストデータにしているのだが、その中の北川からの最初の葉書を確認することで、二人の出会いのきっかけがわかるだろうと期待した。年代特定にあたっては、高宛の葉書や書簡の写真と郵便物は消印をひとつの基準としている。

北川冬彦からの葉書に「6・10・24」付のものがあり、東京で知り合った詩人たちとのやりとりの中で最も数字が若い。昭和六年（一九三一年）は、高が昭和医専に入った次の年である。満州から送られた絵はがきで、裏面にハルビン市の松花江に停泊する旅客船が大きくレイアウトされ、宛名面下に、「十五日大連上陸。旅順、奉天、新京、白城子、チチハルを見て、ここまで来ました。奉天では雪がふりました。ハルビン北満ホテルにて。」と書かれてある。

親しくなるには時期が早すぎると思っていたのだが、当時は、本土と満州の年号が違うということに気が付いた。消印の満州の元号での六年（康徳）は、昭和十四年（一九三九年）にあたり、ちょうど北川が満鉄からの招聘で約一ヶ月間、満州視察旅行に行った時期と一致する。

北川からの実際の最初の葉書は一九三五年（昭和十）一月七日付の年賀状で「賀正。パンフレットをありがたう存じました。ゆつくり拝見したいと思つて居ります」と書かれてあり、昭和医専在学中に出した「詩集パンフレット」への返礼と思われる。高と北川の交流が始まったのは、この時期からというのが妥当だろう。

ボン書店最後の詩集『北方の詩』

高は、「詩集パンフレット」と名付けた三冊の詩集を刊行して、詩人としてスタートを切り、一九三五年（昭和十）九月、故郷の自然をテーマにした私家版の『北方の詩』（収録詩九篇、B六判）を編んだ。序文は山之口貘が書いた。「高島高の詩には好きな詩があつた　近頃のものにはなほ好きなものがある／たとへば「北方の詩」とか「北方の春」といふ風な詩なんかもあつて　それはまるで　彼の肉體にあるあの　雪雲りの空をおもはせるかのやうな　あの眼のありさまなんかに即する物があるんだからではないんだらうか」

そして、高の「後記」である。

「こんど比較的最近のものの中から、比較的自分の好みに合つたものだけ撰んで集めてみました。／幸ひ、畏兄・山之口貘氏に跋文の勞をいただいて、この貧しい詩集の光彩となし得たことを感謝します／尚、醫學専攻者である私の今後は、出來るだけ科學者としての作品をものにする爲に心掛けやうと思つております

昭和十年九月十六日夜　　高島高識」

この詩集に新たな詩を加え、三年後に第一詩集『北方の詩』（収録詩四十四篇、序文：萩原朔太郎、北川冬彦）を出すことになる。

一九三八年（昭和十三）七月に『北方の詩』を刊行したボン書店は一九三〇年代初頭から、竹中郁『一匙の雲』（一九三二年）、北園克衛『若いコロニイ』（一九三二年）、春山行夫『シルク&ミルク』（一九三二年）、近藤東『抒情詩娘』（一九三二年）、安西冬衛『亞細亞の鹹湖』（一九三三年）、阪本越郎『貝殼の墓』（一九三三年）など、モダニズム詩人たちの詩集を世に送り出した出版社として知られる。それらの多くが北園克衛の装幀によるもので、極めてモダンなセンスを見せている。

特に山中散生《ちるう》の『火串戯《ひあそび》 JOUER AU FEU』（一九三五年）は、函に塵の入った和紙を、本文には耳付きの和紙を用い、山中と文書の交流のあったポール・エリュアールやトリスタン・ツァラといった当時のフランスのシュルレアリストたちを魅了したという。

ボン書店の社主の鳥羽茂《いかし》は、謎の多い人物で、一九三〇年代に彗星のごとくあらわれ、六、七年の短期間に三十冊余りの詩集を出版。当時、編集者としてもモダニズム詩を牽引した春山行夫に気に入られ、多くの詩集の仕事を二十代で成している（ボン書店については、内堀弘『ボン書店の幻』「ちくま文庫」に詳しい）。東京・雑司ヶ谷三丁目、鬼子母神境内の裏にあった編集・印刷所では、人を雇った形跡はなく、一人で編集、印刷、製本作業を手がけていた。詩集などの制作の間に北園克衛主宰の画期的な前衛詩誌「マダム・ブランシュ」（一九三二年五月創刊）や「レスプリ・ヌウボオ」（一九三四年十一月創刊）と、それに続く「詩學」（一九三五年三月創刊）等の同人誌も発行している（この「詩学」

は戦後の木原孝一らの「詩學」とは別)。
鳥羽は、一九三五年(昭和十)十二月に私家版の『北方の詩』を高から送られ、感謝を述べるとともに「詩學」への入会を勧める葉書〈一九三五年十二月四日付〉を送っている。すぐに高は同人となり寄稿している。三八年二月に北川冬彦の仲介により高から鳥羽への詩集刊行の依頼があり、鳥羽は喜んでこれを受けている(一九三八年二月二十二日付の葉書より)。三月に高と二人で詩集についての打ち合わせをし、その後、校正ゲラのやりとりをしている。以上の流れは、鳥羽から送られた十二枚の葉書より知ることができた。
ところが途中、鳥羽からの連絡がしばらく途絶え、出版費用をすでに納めていた高は、やきもきして、その当時、牛込区弁天町にいた山之口貘に手紙を送り、鳥羽の元へ訪ねるよう頼んでいる。
山之口は高に手紙(一九三八年四月八日付)を書き送り、
「御手紙拝見　その翌日　豊島区のボン書店を訪ねました
しかし主人が病気してゐたとかで出版が遅れてゐるといふやうなことを母親らしい人が言つてはゐたが　結局その日主人は病院へ行きましたとの口実のもとに面會出來ませんでした
問題は何よりも　金銭にかゝはるからくりの問題に違ひないと小生には思はれますが一應納めてしまつた金銭のこと故それが容易に解決出來るかどうかは甚だギモンだと思ひます
最上の方法としては　矢張り貴君の上京をお待ちしてその上出來得る限りのことは御盡力申上度存じます

いづれ一度ボン書店へ行つて詳しいことをきゝなりゆきの程御返事申上げ度いと思つてゐますけれども小生の考へでは何よりも先づ貴君の御上京を確定することが先決すべきではないかと存じ上げます

山之口」

とボン書店の様子を報告し、高の上京を勧めている。

その一週間ほど前の三月三十一日の鳥羽から高への葉書には、

「御無沙汰いたしました。調子が悪く、何をするのも人手を借りてゐますので、心ならずも御返事を遅らせました。しかし仕事の方ハ順調に進行いたして居りますから御休神下さいませ。用紙の撰択にまよつてゐます。上質は少し黄色くなりますので、他のものを探してゐる訳です。今暫く御待ち下さいませ。箱は五銭の予算で、既にデザインを決定、取りかゝらせました。八十頁にするので用紙その他が六十四頁で見積つた際より幾らか低度になりますが御了承ください。しかし安つぽいものには決してなりません。（組版方は印刷料の都合に依りこゝの所暫く（昨今）遅れます。どこの印刷所も多忙のためです。御了承を）」

と書かれてあり、高が山之口へ様子見を依頼した直後の「行き違い」の葉書ではないだろうか。

おそらく体調の悪化に加え、出版社・印刷所としての経営が厳しかったのだろう。鳥羽は結核のため病床に臥し、一九三九年（昭和十四）に故郷の岡山に帰り、亡くなっている。

『北方の詩』は、そうした経緯を経て、三八年にようやく刊行され、それがボン書店の最後の出版となった。

『北方の詩』に挟み込まれた郵便振替用紙の裏面には出版人としての鳥羽のマニフェストが刷られている。

出版界の大量生産の傾向が、書籍の内容外観に與へつゝある害毒は甚大なものです。就中、一般的なものにのみ市場を獨占せしめる弊は、特殊研究や文化の前衛《アヴアンギヤルド》に致命的な打擊を與へてゐると言はれませう。ボン書店は、このやうな傾向に對して全身的な反抗を企て、文化の健全な展開の上に些少の寄與を期して邁進するものであります。幸に微意を諒とされ御聲援を賜はらんことを懇望いたします。

ボン書店責任者　鳥羽茂

ここに書かれたマニフェストでは、文化の前衛を支持し、一般的なものばかりが市場を独占する現状を憂い、大量生産では生み出すことのできない手作りの本作りに全身全霊で取り組もうとする、出版人であり職人でもある鳥羽茂の苦渋と気概が示されている。

高島高の詩集がボン書店の最後の詩集であることは、高を考える上でも、日本のモダニズム詩を考える上でも、象徴的な意味を持つ。こうして、高島高は、私家版とボン書店版、二冊の『北方の詩』によって詩人としての華やかといっていいスタートを切ったのである。

ここには、春山行夫や北園克衛らモダニズム詩人との関係が深かった出版社ボン書店と、北川冬彦とともにモダニズムからネオ・リアリズムの方向に進んだ若き詩人との運命的な邂逅があった。それは文学への統制がしだいに厳しくなる戦時体制のもとで、間もなく終盤を迎える日本のモダニズム詩が辿った道と、若き詩人が青い階段をのぼりながら辿り着いた詩の地平線とが交差する地点でもあった。

『北方の詩』

『北方の詩』は、一九三八年（昭和十三）七月に高の第一詩集として刊行された。収録詩四十四篇。ほぼA五サイズで、八十頁、束幅十ミリほどの上製本で、白い表紙の上部に明るい緑の紙が巻かれてある。外の函は縦の細かい波の質感のある和紙に銀色の模様が散らされてあり、上部に貼られた四角い札に、横組の著者名と詩集のタイトル、書店名が奇麗な明朝体でうがたれている。貼られたタイトル札の左と下にクロスする線が引かれ、シンプルながら、瀟洒《しょうしゃ》なデザインとなっていて、一九三〇年代のモダニズムの香りがする。

収められた詩群は、故郷の山や海といった風景を単に情緒的にうたうのではなく、自然と対峙しながら内面を通して厳しく描かれた高島高独自の詩的世界であった。

「北方の詩」に続く北アルプスに関する詩を見てみよう。

北方の春

氷のやうにはりつめたおもひを掻き流してゆく
白銀のやうに脊を光らせながら遠く山脈から走つてくるのだ
あの空のむかふ雪など燃やしてゐる原始の水源から
すこうしづつすこうしづつしのび寄つてゐた
このあたりいぶきは迸り
大地を貫いて突きすすむ若芽　若芽の火
噴きいでる意欲のやうに
目覚めかけた地層一帯が火焰のやうに燃え上る
友よ
地層にちつてはかよつてくるこの風をきかないか
ちつては耳朶にさへほてつてくる風
ときには南方のかほりさへ孕むで
日々にたはむれては空に憂さをとき晴らしてゆく
もつれたおもひの糸をとくやうに
とけるやうに晴れてゆく
地層の襞　襞の地層

水はところかまはずかけめぐるのである

この詩は「北方の詩」と同じ時期、一九三〇年代半ばに書かれたものだ。「北方の詩」で描かれた世界と同様、氷と炎がぶつかり合うように雪が燃え、若芽が燃え（萌え）、地層が燃える。それは二十代半ばの若き詩人の情熱を表す。大地によって燃えた雪が水源となり地層深く流れ、そのかけめぐる水によって地表の春の芽は燃える。自然の現象に思いを巡らせ、心の流れを重ね合わせた春礼讃の詩である。

冬に対峙した人の心の緊張は、春の到来によって少しずつ和らぎ、氷や雪を溶かして流れ、河となって「私」にしのび寄ってくる。若葉は大地を貫き、芽生え、大地は炎のように燃え上がる。風は南方の香りを運び、心の中の曇りを晴らす。雪解け水は地層深く流れ、大地を潤していく。凍った冬が溶け出し、水とともに春が自分に近づいてくる。深い生命が息づく大地。

高は、風景の詩的形象化を試みた。つまり北アルプスという大自然をテーマに春夏秋冬、季節ごとにその変化を凝視し、詩に表した。

北方の秋

1

山脈は日ましに濃紺の皮膚《はだへ》に白臘色の劍光の冴えを加へてゆく。暗紫色の空。そして終日灰白の雲等は千切れとぶ飛ぶ。

2

今日も野分は荒れ來るだらうか。野を、林を、畔道を、そして垣根をその吹くままに吹くために。はるか山麓の村から。遠い山脈のむかふから。傷。それは古い傷痕の痛みのやうに野分は……。

3

突然。銃聲がパーンとあたりの靜寂を破る。かなたの林の中からおどろき飛び立つ鳥群。あれは渡りおくれた小鳥らの群れでもあらうか。勝ち誇つたやうにけたゝましく二こゑ三こゑ犬が吠える。

4

近くの畔道には赤い柿の實が一つ。殘されて、いつまでも曠野の秋にみとれてゐる。

高は眼前に広がる壮大な北アルプスに向かい、変容する四季の姿を映像的な詩として定着させた。その中の「北方の秋」は高にとっては、シネポエムともいうべき作品である。各節の前に数字が付され、映画のシナリオのように映像が次々と展開する。ここでは明らかに、竹中郁、安西冬衛、北川冬彦といった先人の詩人たちの実験的スタイル、シネポエムからのダイナミックな映像構成の影響を見て取れる。この詩は四つのシーンに分かれ、詩的プロット＝物語を形成している。

最初のシーンは濃紺の皮膚に白臘色の剣光の冴えを加えていく山脈、暗紫色の空、灰白の雲と、きわめて映像的に始まり、第二シーンでは、野を、林を、畦道を、そして垣根を吹く野分け（秋から初冬にかけて吹く強い風）を自身の傷として受け止めた心理的な描写となっている。

第三シーンでは、突然銃声が静寂を破り、鳥たちが飛び立ち、犬が吠える。映像的世界が、突然の激しい音響によって大きな転換を見せる。

そして、最後のシーンは、畦道に赤い柿の実がひとつ。凝縮された象徴的な映像であり、映画のカットのような印象的な終わり方である。映画におけるモンタージュ技法、また、物語の起承転結ともいえる展開がここに見られる。

北方の冬

1

枯木をめぐる風は日に日に捨て残された落葉等をさらに蝕ばむでゆくのであつた。其處の陰影にある水溜りについて幾たびも暗い雲等は何か噂し合つては流れていつた。浸潤された地層よ、

2

落葉の色にしみた地層の腐敗物質について枯枝の上で終日小鳥は考へこんでゐるのであらうか。ときには盲ひた風がその椋毛をさへきびしく吹きなぐつていつたのだつたが。

3

小鳥はもう飛べないのかもしれない

4

思ひ出してからもう十日。はるか劍氷の刄をかすめて冬ごとに幾年も幾年も私は待つてゐる人のことを。

5

鉛色に截斷された風景を截斷する水溜りの上の枯枝の上で小鳥は終日考へこんでゐた。

シネポエム的といっても「北方の秋」とは趣が異なり、激しい音響的効果、映像的変化は見られない。冬の閉鎖的な空気の中で内省的ともいえる静寂感が漂う作品である。

風景をうたいながらも、枯木、落葉、水溜り、小鳥といったあまり色彩的でないモチーフを用いながら、内的心情を淡々と吐露するような独白、日常的な時間を忘れるような、ゆったりとした時の流れと詩的思索がある。

五節のうち、第二、三、五は小鳥に関するものだが、「小鳥は考へこんで」「小鳥はもう飛べないのかもしれない」「小鳥は終日考へこんでゐた」とあり、自己を投影した姿と捉えることもできよう。

第一節では、風に蝕まれた枯葉、水溜りに映る暗い雲は幾度も何かを噂し合っては流れ、消えていく、そうした水溜りに浸食された地層といった心の中の情景に詩人は思いを馳せる。

第二節で、蝕んだ枯葉、地層の腐敗物質について小鳥が終日考え込んでいる。

さて、地層の腐敗物質について小鳥は終日何を考えているのだろうか。そしてそうした小鳥をじっと見つめている詩人とはどのような存在なのだろうか。

第三節、そんな小鳥はもう飛べないかもしれない。考え込むことによって行動することができなくなった自身の不安について語っているのだろうか。しかし、ここでは詩人の具体的な悩みは何も書かれてはいない。それぞれの読み手に完全にゆだねられている。

第四節では回想シーンとなり、雪や氷を戴いた山の尾根をかすめて、詩人が幾年も待っている人のことを想う。幾年も待っている人とは誰であろうか。心を通わせた親しい詩人だろうか。行方のわからなくなった知人であろうか。あるいは、まだ見ぬ未来の理解者のことなのだろうか。

第五節、鉛色に截断された冬の風景を反転させながら切り抜かれた枯枝の上で「小鳥は終日考へこんでゐた」、終日考え込んでいる小鳥、そして己をじっと見つめている詩人がいる。小鳥が詩人の映しだとすれば自己の凝視、ということになる。実際の風景を具体的に描写したというよりは、むしろ心象風景を静寂の中に描いた内省的作品である。

海の詩

高には山をテーマに書かれた詩が多いが、高の生家は海岸近くにあったため、海をよんだ詩も少なくない。高は「山」をうたう詩人であるだけでなく、「海」の詩人でもあった。

山は高にとってときには叱咤もする崇高なもの、精神の拠りどころとしてあり、海はより現実の生活に近いところにある。母性を抱いた優しさだけでなく厳しさをも教えてくれる存在だった。

『北方の詩』の中の海をテーマにした詩を見てみよう。

海

焰する面輪《おもわ》を音もなく通りすぎてゆく風がある
灰色のパンセは其處に原始の火と化す空であるか
遙かなる想ひを捨てて
魂の凝視を凝視するならば海は暗みゆくのだ
火のついた衣裳のままで　火のついた衣裳のままで
生と生とをめぐりめぐる

日の軋みの輪影を、滅びゆくその最後のものを
その界境の方向について
いま鬱々として歴史の手は
しづかにしづかにかざしみられるのである

詩人は海に向かって立っている。

「焰する面輪」とは、太陽のことを示すと同時に、若き情熱に燃える詩人の顔のことであろう。海と溶け合うほどの曇った灰色の空もかくれた夕陽で燃えるはずであるが、詩人の焰がその魂を深く見つめることによって海はその暗闇を見せるのだろう。

陽は生命の輪廻を繰り返し、まさに今、海に沈み、この世界を包み込もうとしている。

冒頭で紹介した「北方の詩」の第一行目の「山脈を馳けてゆく白馬のむれ」に対して、「焰する面輪を音もなく通りすぎてゆく風」が「海」にあり、「灰色のパンセ」は「虹のパンセ」に、「この冷却の皮膚下に／草は生きてゐる」は「火のついた衣裳のままで／生と生とをめぐりめぐる」に対応している。この詩は、山をうたった高の代表作「北方の詩」の海版といっていいイメージを持ち、高自身そうした相似性を意識していたに違いない。

みよ不安が空から襲つてくる
幾百頭の龍神の群れか
雲だ　雲だ
風雨を孕むで空一面

（『北方の詩』）

前出の「海」と同じように、この「黒潮」も象徴的なイメージの内容を持つものである。高が青年時代にロマン派の英国詩人から文学的な影響を受けていたとしても不思議ではない（高は詩「宇奈月旅情」の中で百舌の鳴き声を「ウオヅワーズ風の鳴き声」と表現した）。英国のロマン派の詩人ワーズワース（William Wordsworth）の詩と比較してみたい。

懸念が群《むれ》をなしてやって来る。
私には草そよぐ音も恐ろしい。
雲の影すら空ゆくとき、
私をおののかす力をもっている。
私はいろいろのことを尋ねてみるのだが、
私の心通りに答えてくれるものは見当《みあた》らない。

そして世の中はことごとく無情のように思われる。

（田部重治訳「マーガレットの愁傷」、『ワーズワース詩集』より、岩波書店、一九八五年）

灰色の曇り空に覆われ、たれ込めた雲に不安を見る。萩原朔太郎が『北方の詩』の序文の中で書いた「ニヒリストの哀切な悲歌」が高のこの詩に凝縮されている。ワーズワースの「懸念が群をなしてやって来る」は高の「不安が空から襲つてくる」に対応する。英国と日本海側という雲がたれ込めた暗い空に象徴される心の様子が、共通の暗喩をもって表現されている。

詩人と自然との共鳴と相剋。海は穏やかな表情も見せれば、ささくれ立った荒波で人を拒絶することもある。同詩集の中の海を描いた他の詩を見てみよう。

北海

あの雲の脊の上では太陽が輝いてゐるとは誰れも思ふまい
太陽が輝いてゐるのだが見えないだけだと誰も思ふまい
たゞ雲だけあるのだと思ふだらう
天いつぱいをかけめぐりかけめぐり
いまにも墜ちるかと見られる一面の雲

この詩で注目すべきは、「北海」というタイトルの詩でありながら、海のことはいっさい書かれていないことである。また、海でなく「いまにも墜ちるかと見られる一面の雲」のことを描きながら、誰にも見ることのできない太陽のことを思念している。誰もが「たゞ雲だけあるのだと思ふだらう」はずの「雲の脊の上で太陽が輝いてゐる」のだということを詩人は知っている。

高は『北方の詩』のあとがきで次のように書いている。

これは事實上僕の第一詩集である。詩作十年。拙い僕にも波亂曲折があつた。しかし、一つの信念はその中でもいつも變らず抱いてゐたと信ずるのである。それは理屈でない理屈である。主義でない主義である。そしていま、僕はその信念のいくらかを實現し得たと思ふ。しかし、それはほんのわづかには過ぎないが、もつと大きな具體性へのための入口だけは見つけることが出來たと考へるのである。卽ちこれらの集めた詩はそれである。だからこれらの詩は、來たるべき僕の詩への一つのデツサンとも考へることが出來やう。いま一つの皮を脫いだ僕と、僕の血熱き青春の日の文學的記錄のいくらかを、多少でも理解していたゞけたら幸ひと考へる次第である。

終りに、この貧書にもかゝはらず刊行前より絶大な支持をいたゞいた知友諸賢に深く感謝の意を表します。

昭和十三年二月二十三日夜　　高島高識

詩集を寄贈後、詩人たちから、お礼の便りが届いた。
「美しい貴著詩集〝北方の詩〟をいただき　忝く存じ上ました。一度通讀してひどく引きしまつた勁いものを感じ尙ほよく讀み返したいと思つてゐるところです。又とりあゑず御禮まで申述べ度く畧儀ながら一筆」（昭和十三年六月十八日　高村光太郞）
「北方の詩　ありがたく　いただきました　思念のなかで　僕の鄕愁してゐる北方　雲　雪　などの　美しい季節　なつかしく　拜見しました　けさは　六月の　をはりの日曜日の　微風が明るく青い日です　やうやくこの御禮のはがきを　書くことが出來ました　お身体をくれぐれも　お大切に」（昭和十三年六月二十七日　立原道造）
「御詩集拜受。御好意を忝なく存じます。精神を口にして精神を知らぬ詩人や詩作の多い今日、あなたの逞ましい冷然の意志と力に觸れて、遙かに交驀の叫びを擧げる次第です。眞人にとつて實にさみしい時代、切に御自愛御健康をいのります」（昭和十三年六月十日　深尾須磨子）
「詩集は大変すつきりした裝ひです　詩も雑誌でみる時より更に貴方の姿が強く出てゐてそれはやはり北の日本海を背景としたものですね　どの詩にもさう云ふものが感じられます」（昭和十三年十月八日　永瀬清子）
他に『北方の詩』を寄贈された後、葉書などで返礼をした詩人、作家は次の通りである。
金子光晴、北川冬彦、西脇順三郎、安藤一郎、高橋新吉、佐藤惣之助、村野四郎、瀧口武士、竹

中郁、岩本修蔵、江間章子、菱山修三、西條八十、山之口貘、三浦孝之助、神保光太郎、衣巻省三、河西新太郎、小林善雄、宮城聰、加藤健、くらたゆかり、森於菟、村上成實、折戸彫夫、川野邊精、泉潤三、楢島兼次、竹森一男、相馬御風、八十島稔、笹澤美明、竹内てるよなど。

「麵麭」と短詩運動

『北方の詩』の序で萩原朔太郎は、

高島君の事を考へると、僕はいつも鴉のやうな詩人的風貌を聯想する。その鴉は、今この詩集の中で、北國の暗い森や、氷の張りつめた平原や、白く雪に光る山脈の上を飛びながら、ニヒリストの哀切な悲歌を歌つてゐるのだ。しかし僕はこの詩人が、いつかその壓された意志の翼で、吹雪に向つて叫びながら、一層の高い上空を飛躍し盡して、もつと太陽に近い國々の方へ、渡り鳥のやうに移住する日のあることを考へてゐる。君の本當の文學は、おそらくそれから後に來るであらう。

と、若き詩人を北国の森や平原や山脈の上を飛ぶ鴉にたとえ、飛躍し、太陽に近づくであろうと期待を込めて書いた。

また、「麵麭」で知り合いになった長田恒雄が編集・発行した科学雑誌「科學ペン」の昭和十三年の詩評では、次のように書いている。

この詩集を讀んで私は宮澤賢治氏の詩を讀む様な樂しさを感じた。嘔吐を催さす様な詩許りの現代にあつて、既に人を喜ばすこのことだけをもつても、この詩集は立派な存在理由を持つてゐる。（中略）この詩集には題名が示してゐる如く、北方の詩が集められてゐる。その大部分は北方の詩と言ふより、北方への詩と言ふ方が正しく、北方を單に感傷的に唱ふのではなく北方へ進軍する意慾の歌である。北へ北へと進んで止まない心情の向ふ所は、「生れたる新しき原始よ、雪よ」に示されてゐる様に強大な原始の創造力なのである。この北方への希求は外でもなく、ダイモン的な活動を意味し、凡ゆる障害を貫いて生き通さうとする意力の現れに他ならない。こゝに表された北方の自然は不氣味な程生命に滿々たるもので、これが現在の高島氏の心の住む世界であらう。

この詩評の中の「進軍」といった表現は、国家総動員法が交付され、日本軍が中国戦線を拡大していた一九三八年（昭和十三）当時の時局を表しているように思われる。

詩「北の貌《かお》」とその時代

医師でありながら文学的な作品の創作に真摯に取り組んだロシアの劇作家アントン・チェホフと

いう見習うべき先人の存在が、高に勇気を与えた。高はチェホフを尊敬し、一九三六年（昭和十一）十一月、詩誌「麵麭」に随筆「チエホフと醫学」を寄せる。病気を診断するように日常の生活の観察、創作する姿勢をチェホフから学び、創作に励んだ。

父親が医師で、家業を継ぐことを望まれながらも、その期待を裏切り、詩人となった人を思い浮かべると、萩原朔太郎、瀧口修造、中原中也など名だたる詩人がいるが、父親の期待に応えたところに、高島高という詩人の生真面目とも言える性格があり、そこには精神面の優しさや弱さの同居するものがあったのではないかと思う。

では、医学がはたして高の詩にとってプラスになったと言えるのか。簡単に判断するのは難しい。初期の詩作品の中で見られる医学的な言葉の使用によって、詩に物質的で冷たいイメージの衝突が表れ、当時の詩の表現としても斬新な世界を生み出した。

『北方の詩』に掲載された次の詩には、高の詩人としての個性が如実に出ている。

北の貌

――親不知附近の未明

1

飢えてゐる海のむかふは暗く壁畫のやうに啞默つたまま不安げな
眉を寄せ合つてゐる。冷えた灰。灰の屍。白い歯等は組み合ひつ嚙み合ひつ碎けに碎けちるであらう。

2

皮膚病の海は皮膚病の治癒に近き落屑期の粗面がむづかゆいのであらうか。絶え間なく落屑の上には落屑が積み重ねられてゆく……

3

沈んだ癈園。死面《デスマスク》。手……

4

死面の齒列は階調の宿命ゆえに絶え間なき笑ひを粗雜な死面に與へねばならぬのだらうか。粗雜な笑ひはときには皮膚病の海を角度のむかふで吠えさせる。靄のむかふで。怪獸のやうに、怪獸のやうに。白く〳〵銀蛇はのがれにのがれてゆく……

5

遂に銀蛇は眠りこけてゐる巖《いわ》等に挑みゆくのであらうか。挑まれば巖《いわ》等は獸類のやうに眼《め》を怒《いか》らせる。

6

獸類の眼《め》に明るむ灰色。皺を抱く海。海を抱く皺。うづまけばうづまいたまま漂白されゆく皺等は次第に漂白されゆく皺等の上にひろがりゆく……

7

夜明けよ、夜明けよ、

親不知《おやしらず》附近の未明を絵画的で、病理的とも言える表現でうたった詩「北の貌」。理知的でありながら、暗黒の中の心理を医学的な言語表現を駆使しながら表現した傑作である。苦悩を抱いた若き医師であった高だからこそ書くことができた詩とも言える。

『北方の詩』の詩群の中でも特に暗く、病的な心象風景とも言える不気味で異様な詩である。暗澹たる状況への恐怖と嘆き、鬱屈した精神が見られ、緊張した詩的世界が形づくられている。怪獣、銀蛇、獣類の眼といった動物の生理的感覚。皮膚病の海、皮膚病の治癒、白い歯、歯列、眼、皺を抱く海といった身体的言語。

冷えた灰、灰の屍、沈んだ廃園、死面、落屑期の粗面、漂白、と絶え間なく続く「死」のイメージ。そこに精神の屈折の物質化が見られる。色でたとえるならば、漆黒というよりはむしろ、限りなく黒に近づいた灰色のイメージ、そして暗部の複雑な陰翳。雲が重くたれ込め、空と海の境の水平線が消え去り、今にも雨天となる風景に重なる。朔太郎が高の詩から受けた北国のイメージだ。

だが、その後、高は、こうした重たい影を言葉で探った「北の貌」のような激しい詩を書くことはなかった。

「北の貌」が書かれたのは一九三三年（昭和八）。日本は軍国主義国家としての道を進み、食料や生活用品をはじめとして人々の生活は国家統制が進み、芸術における表現の自由は徐々に奪われていった。特に前衛的表現は政治意識や活動と結びつけられ、弾圧を受けた時代である。

この作品は、そうした逼迫した時代の青年の心情が表現された詩と捉えることができるのではないだろうか。高はこの詩が特別気に入っていたのか、戦後の一九五〇年（昭和二十五）にこの詩を巻頭に収録した、同タイトルの詩集『北の貌』を上梓した。

今では、前衛詩人と評価されることのない高であるが、詩人として認められた二十代に北川冬彦との出会いによって、創作上の洗礼を受けながら、戦前は現実派のモダニズムの最後列に付いた。その後、日本軍の中国戦線は厳しさを増し、文学をはじめ芸術表現は、ますます当局によって制限されていったのである。

戦争の時代

『北方の詩』が刊行された一九三八年（昭和十三）とはどういう時代だったのだろうか。

前年七月七日の盧溝橋事件を契機として本格的な中国侵略が始まり、三八年には主な都市、鉄道の沿線を攻略している。その後、軍国日本は一歩一歩戦争拡大への道を突き進んでいった。この年の出来事を見てみよう。

一月三日、女優岡田嘉子が杉本良吉と共に樺太国境を越えてソ連に亡命
一月十六日、近衛文麿は「爾後国民政府を対手とせず」の声明を発表し、交渉打ち切りを通告
二月一日、山川均・大内兵衛・美濃部亮吉ら労農派教授グループ約三十人が検挙（第二次人民戦線事件）
三月十三日、ナチス・ドイツ、オーストリアを併合（アンシュルス）
四月一日、国家総動員法公布、五月五日施行。この法律により国民の生活は大きな制限を受ける
五月十九日、日本軍、徐州占領（徐州会戦）
七月十一日、張鼓峰事件勃発。陸軍はこの戦闘でソ連軍の強さに衝撃を受ける（～八月十日）
七月十五日、日本政府、日中戦争の影響を受け四〇年の第十二回オリンピック東京大会の中止を決定
八月十六日、ヒトラー・ユーゲント派遣団来日
十月二十一日に日本軍は広東、二十六日に武漢三鎮（武昌、漢口、漢陽）を占領。国民は提灯行列で祝ったが、日本軍の進攻は限界に達した
十一月九日、ドイツでユダヤ人迫害激化（水晶の夜）
十二月四日、日本軍、重慶爆撃開始
前年の盧溝橋事件に端を発し、中国大陸で始められた戦争は日本を底なしの泥沼に自ら引きずり

込んだ。戦争の拡大と長期化は、国民の生活に深刻な影響を及ぼし、働き盛りの男たちは戦場に送り出され、「挙国一致」「尽忠報国」のスローガンのもと、国民精神総動員運動が進められた。国家総動員法は経済の全分野を勅令で政府が統制できることを認め、国民生活の隅々まで規制した。そして、言論、思想への統制もますます拡大され、対象は自由主義者にまで及んだ。

この年の文学や出版に関わる出来事を見ると、

二月七日、岩波文庫の社会科学関係書二十八点などに自発的休刊を強要
二月十八日、石川達三著南京従軍記「生きてゐる兵隊」の掲載誌「中央公論」三月号が発禁処分
六月四日、高群逸枝が『大日本女性史』第一巻「母系制の研究」を出版
六月二十七日、川端龍子らが大日本陸軍従軍画家協会を結成
七月、日本ペンクラブ（初代会長：島崎藤村）活動休止。四〇年の国際ペンクラブ東京大会が中止となる
八月三十一日、文部省推薦映画の第一号「路傍の石」が封切
九月、新聞、雑誌用紙の統制を実施
九月十一日、内閣情報部の要請により、久米正雄・丹羽文雄・岸田國士・林芙美子ら従軍作家陸軍部隊が中国大陸に向けて出発
九月十四日、菊池寛、吉屋信子、佐藤春夫ら従軍作家海軍部隊が羽田飛行場より出発

九月二十七日、西條八十・古関裕而ら従軍詩曲部隊が出発
十月五日、東大教授・河合栄治郎の著書『ファシズム批判』（一九三四）、『改訂社會政策原理』（一九三五）、『時局と自由主義』（一九三七）、『第二學生生活』（一九三七）が発禁処分とされる
十二月二十四日、東大教授・大内兵衛、休職となる

九月二十八日刊の「アサヒグラフ」に「必勝の意気たかく　ペンの戦士出陣」という記事があり、

蒼穹高く澄む九月十一日の特急「富士」は午後三時、日本文學に一大金字塔を樹立せんと漢口目指して勇躍途に上る「文章部隊」の一行と、その文通長久を祈る各方面の見送人との間を引裂くかのように靜々と辷り出した。（中略）この従軍行が發表されてからはすつかり興奮して却つて書けないと深田久彌と川口松太郎が代る代るに本音を吐けば、我も我もと異口同音に共鳴の意を表し、大事の前の小事だと僅に慰めるばかり。中に支那は五度目といふは林芙美子はスーツとした輕裝に貫祿を見せ、原稿の書けさうなホテルをいろいろ進めて廻る。（中略）お互いの健康と壯途を祝して乾したビールに久米正雄、佐藤惣之助といつた所は「よかつた」「よかつた」を連發してや陶然、さうかと思ふと尾崎士郎、片岡鐵兵などは「どうも今度は生きて歸れないやうな氣がする、又さう思う方が目安が出來て却て氣が樂になるんだ」とシンミリする。その氣持ちは各人共通と見え皆密かに水杯を交して來たことを告白する。

と、戦地に向かう文学者たちの様々な表情を描いている。

従軍する作家らはペン部隊と呼ばれ、一九三八年（昭和十三）八月二十六日、第一次近衛内閣の主導の下、近衛文麿首相官邸で東條英機も同席し、漢口攻略線へ派遣することを大々的に発表した。こうした状況の中で多数の戦争文学が生まれ、一九四二年には日本文学報国会が設立された。

一九三八年頃には文学者だけでなくあらゆる文化人、芸術家が国家に動員された。それはまた、詩壇に意気揚々と登場したばかりの高島高という一人の若き詩人の運命をも大きく揺さぶることになった。

高と宮沢賢治

高の詩集『北方の詩』に話を戻そう。

「科學ペン」の詩評で『北方の詩』は、宮沢賢治の詩にたとえられ、賞賛された。賢治は五年前の一九三三年（昭和八）九月に三十七歳で亡くなっており、生前に刊行された唯一の詩集として『春と修羅』、童話集として『注文の多い料理店』があるだけであった。しかし、没後一年後には早くも『宮沢賢治全集』（三巻本、文圃堂、一九三四〜五年）が刊行され、実弟の宮沢清六や賢治と同じ「歴程」に参加していた詩人・草野心平や高村光太郎らの尽力により、賢治の作品は急速に世に知られるようになった。まさに、賢治再評価の過程の中での、高への詩評と考えられる。また、賢治の亡くなった翌年に弟の清六によって大トランクのポケットから発見された黒い表紙の手帳に書き付けられていた詩「雨ニモマケズ」の発表により、詩人の宗教的倫理観が知られるようになり、認知度も高まった。高も賢治に対する共感を強く持っていたらしく、賢治の生き方と品格を格別のものとしている。

賢治においては、すでに詩人としての魂ができているのである。詩には、いかに語学や理窟をこねまわしても果せない一点がある。このことを賢治の作品を読むたびにしみじみと考えさせられる。主知主義などと主張する人々があるとすれば、それはすでに限度のあることで、それだけでも詩そのものの本質から復讐を受けるものではないであろうか。このことを考えると、賢治の生き方の並々ならぬことを思うのである。その品格の高さは、格別であることを思うのである。たとえば彼の詩に象徴があるとすれば、それは驚くばかりの純潔な魂の「場」か、無限という普遍の道との接触によつて一つの生命をもつた像《ビルド》として産出された結果である。それは賢治が早くより興味をかたむけていた、星たちのように、永遠普遍的な生命をはらんでいる。それはたしか以上のたしかである。やはり真実とはこのようなものでありたいと僕などは願う。そして又その表現に際しては、必ず実験の基盤を通していたことも、レトリックそのものが生きている所以であろう。この賢治の詩がもつ常識的ひろさは、勿論、生涯信仰的に行為した法華経に教えられるところがあつたと考える（〈宮澤賢治随想〉「日本未来派」第五十一号、一九五二年六月）。

たしかに賢治には、法華経に対する強い信仰心と宗教的な理想の追求があった。同様に高にも修験者のような宗教的な求道心が詩や随筆の中によく表れている。高が帰郷後、良寛禅師の言葉や生き方を生涯、精神の支えにしたように、仏教はもちろんのこと、キリストに関する記述もあり、宗教的な精神を求めていたことがよくわかる。それに加え、賢治は農業や地学、鉱物学、かたや高は医学といった生命に関わる理科系の素養を持っていたことも、共感の基本的理由としてあるように思える。

賢治がベートーヴェンを愛好し、しばしばレコードコンサートを開いて自ら解説をしていたことを知り、ますます響き合うものを感じていたという。そして法華経で鍛えられた生き方の中にベートーヴェンの交響楽的な多様性と強靱さを見出した。また、賢治の詩のリズムやムードにベートーヴェンの影響があるのではないか、とも推測した（〈宮澤賢治随想〉）。

高は、この詩人の内部の生命を帯びた音声に耳をすました。そうした豊かで眩い詩的宇宙の広がりを見せる賢治作品を楽しみ、心から愛した。

第五章　翁久允と「高志人」——戦前5

「高志人」と翁久允

高は富山に帰郷後、一九四〇年（昭和十五）三月から亡くなる一九五五年（昭和三十）五月まで翁久允が主宰する郷土研究誌「高志人」に毎月のように寄稿している。戦中、戦後にわたって、詩、エッセイ、通信文、書評、小説など計百三十を越える原稿が掲載され、特に、文学、哲学、宗教、音楽などをテーマにしたエッセイから高の思考の全体像を知ることができる。翁からの信頼も厚く、一九四二年九月から同誌の詩壇選者として、長く地元の若い詩人たちの詩評を続けた。

翁久允についての略歴を逸見久美『翁久允と移民社会 1907－1924』（勉誠出版、二〇〇二年）、逸見久美・須田満編『翁久允年譜』（翁久允財団、二〇二〇年）を参考に紹介する。

翁久允は、富山県上新川《かみにいかわ》郡東谷村大字六郎谷《ろくろうだに》村（現・立山町六郎谷）に、漢方医の父・翁源指《げんし》、母・フシイの次男として生まれる。富山県立富山中学校（現・県立富山高等学校）中退後の一九〇五年（明治三十八）、兄が預けられていた、東京・麹町の中川幸子《さち》（滑川市西加積出身の民権運動家）が経営する私塾三省《さんせい》学舎に身を寄せる。中川幸子は「明治民権発達史の巻頭を飾るべき三婦人の一人」（「報知新聞」一九〇六年一月十八日）と書かれるほどの人物であったが、三省学者の経営は決して楽ではなく、東京市長の尾崎行雄に経済的援助を求める手紙を翁にもたせて訪問させたこともあった。

翁は、順天中学に編入学後、間もなく渡米を決意し、一九〇七年（明治四十）五月に十九歳でアメリカのシアトルへ渡り、富山県人会に出入りする。下働きなど転々としながら、身をもって移民地のどん底の生活を体験。アメリカ社会の表と裏を肌で捉え、この頃の経験が後の創作の土壌となった。

一九〇八年（明治四十一）、シアトルの邦字紙「旭新聞」の懸賞小説に応募した「別れた間」が二等に入選。この小説は翁の少年時代に起きた村の少女をとりまく小さな情事を素材にしたものだった。これを機に新聞小説への投稿時代がスタートし、「六溪山人」や「翁六溪」の筆名は注目されるようになった。

翁は、一九一〇年（明治四十三）、シアトルで「文学会」の創立を提唱。四月に発会し、以降毎月一回開催することになった。当時、アメリカには西海岸の都市を中心に日本人が五、六千人いたが、米国社会に融和しようとしなかったため、排日運動が激化し、翁はこうした日本人社会に戸惑い、悩んでいた。揺籃期にあった移民社会における差別や生活不安、移民的個人主義や文化的齟齬の問題、異様な心理などを描くべきであるという移民地文芸の提唱者としてそれを実践し、「北米時事」「旭新聞」「大北日報」「櫻府日報」などに作品を発表。それまで、北米西海岸の移民者による移民者のための文芸と呼べるものはほとんど存在せず、在米邦人たちが読む小説は、日本から届く雑誌や新聞に掲載されたものがほとんどであった。

一九一三年（大正二）に一時帰国。同年十二月、滑川町の石黒キヨと結婚の後、一九一四年（大正三）二月、再渡米。一五年に長篇「悪の日影」を「日米」に連載、移民地文学として反響を呼ぶ。

一九十四年に櫻府日報に入社し、生活がようやく安定し、文化的会合など数多く出席、アメリカのジャーナリストとの交際が広がる。

翁は、一九二一年（大正十）、日米新聞社の特派員としてワシントン会議（海軍軍縮と極東問題を協議）を取材している。一九二四年（大正十三）、日米新聞社を退職し、三月、帰国。清沢洌が成沢金兵衛に翁を紹介し、東京朝日新聞社に十一月に入社、一九二六年（大正十五）五月、「週刊朝日」編集を任じられる。アメリカ時代の経験を生かし、ジャーナリストとしての手腕を発揮、「週刊朝日」は、発行部数九万部から一挙に三十万部を突破し、めざましい実績をあげた。編集の仕事の傍ら、エッセイ『宇宙人《コスモポリタン》は語る』（聚英閣、一九二八年）や自らの体験をもとにした長篇小説『道なき道』（甲子社書房、一九二八年）を刊行、日本の文壇へのデビュー作となった。一九三一年（昭和六）二月には十二篇の短篇を収めた『アメリカ・ルンペン』（啓明社）を刊行し、十三人倶楽部の作家としても活躍した。

高は、翁が『アメリカ・ルンペン』などの小説で描いたのは、移民とその残留者の悲惨な姿であり、彼らの悲劇を描くことは翁自身の傷を描くことでもあり、その傷こそ自分を翁に接近させたものだと感じた。

「アメリカ・ルンペン」にしろ「大陸の亡者」にしろ、全く末世的人間を取扱ひそれらが、著者が約二十年間生活したアメリカをバックにして、所謂、自暴と漂浪の生活を展開する。そこには詐欺師あり、殺人者あり、賣春婦あり、密行者あり、それらが末世的自棄の中で、泣き叫び、わめき滅んでゆく。これは、まことに根づよいリアリズムである。作者は鋭いメスをもつてゐる。冷めたすぎる位鋭い………。（中略）末世とは何か。末世こそ彼岸への道なのだ。作者翁久允氏が、淡々として畫いたこの末世的光景に、人々は感嘆してはいけない。この鋭い描寫に拍手を送つてはいけない。これを書かせた作者の現實の傷にふれてはじめて、人々は、藝術家としての作者に注目しなければならない。（中略）自由人であるべく許されるたつた一つの世界、藝術の中で、しづかに傷を癒そうとした作者を。そして作者のあたゝかさに、人間的な血に、はじめて拍手を送るのが至當なのだ。（高島高〈「アメリカ・ルンペン」と「大陸の亡者」〉「高志人」一九四七年三月号）

そして、高が幼少の頃から、移民文学者のホープとして記憶していた翁が、石川達三の「蒼氓」などよりずっと以前に優れた移民文学を多く執筆し、「週刊朝日」編集時代の華やかな椅子を捨て、単身草深い田舎に来て、文学的履歴には損失である郷土雑誌の編集に従事したことを、翁の人生観の根本的革命であり、自覚の中で新しい灯を求めたのだと認識した（高島高〈「翁久允著「釈迦如來」に就いて」〉「高志人」一九四七年一・二月号）。

「高志人」創刊

翁は、『アメリカ・ルンペン』刊行直後の一九三二年二月に朝日新聞社を退職、当時画壇で不遇であった竹久夢二と、世界一周旅行の後に共作の本を数冊出そうと企て、五月にハワイ経由でアメリカに渡航するが、意見が衝突して訣別した。

翁は、一九五五年（昭和三十）四月号の「高志人」の〈二十年を顧みて〉で、渡米後、雑誌創刊に至るまでのことを振り返っている。その内容は次のようなものである。

翁は再渡米から引き返してきた後、インド仏跡を巡礼した。それは西洋精神というものと共に東洋精神というものを書物の上からばかりでなく、民族の生活状態から実感したかったからである。新聞記者生活をやめ、余生を創作に邁進すること、生涯の意義ある生活として生きることが青年時代から翁が描いていたことでもあった。

東京に帰ってから、大森区の鵜ノ木の里に弟鳥荘と名付けた居を構え、これからどこへも行かず、再び文壇人と交流し、著作活動に専念する。しかし、二年ばかりの間に運動不足からすっかり健康を害してしまった。

一九三五年（昭和十）の秋、飛騨の高山の親戚の元で三ヶ月ほど保養中の翁は、詩人・福田夕咲を中心とした高山の文化人たちと交流し、飛騨の郷土史や民俗などの興味ある話を取り交わし、飛騨に関する文献などにも触れた。当時、プロレタリア作家の江馬修が「ひだびと」という郷土研究誌を出し、こうした活動が飛騨の文学仲間を中心に活発に行われており、翁は大いに刺激を受けた。

元来、散歩など好かない性質であったが、体のために、できるだけ高山の町や山や川を歩いた。

ある日、高山公園の一番高いところに登って、晩秋の景色を眺めていたら、仏教の世界観が現出していることが痛感されたという。ここで限りない妄想が生まれ、越中は飛騨という屋根から流れ出す水に含まれた無量の肥料によって生きているのだと気がついた。越中は自分の故郷だが、その故郷のことを一度も考えたことがなかったことを淋しく思った。我々の祖先はいつ頃あの地にたどり着いたのか、その長い年月に一刻の休みもなく飛騨の山々から、立山から肥料が含まれた水が流れていた。そうした恩恵といったものを越中人の誰かが考えたことがあるのだろうかと翁は考えた。過去を思えば何一つはっきりわかっているものもなく、未来はなおさらわからない（翁久允〈二十年を顧みて〉、「高志人」一九五五年四月号）。

翁がアメリカにいて排日問題が盛んだった頃、日本人であるがために、排斥されるという理由を発見したいがために、日本民族の根元を探し求めたことがあった。しかし、わからなかった。自分は創作をしながら余生を過ごそうと思ったが、それには、自分の今知っているものはあまりにも浅い。海外を放浪した見聞の広さはあっても、地球の広さから見たら大したことはない。

秋も深まり、翁は高山から下る道を越中路にとった。八尾で一泊して、富山市に入り、越中の歴史を知りたく、図書館で郷土の文献を漁った。越中人の祖先がどこから来て、どういう発展の道をたどってきたかが知りたかった。しかし、それらの古書は戦乱を中心とした武将や、多くの人民を犠牲にした者たちの栄誉を記録したものにすぎず、文学も思想もなかった。国家や権力の思う壺にはめようとするための一つの概念に押し込めたもので、越中史の多くはそれに準じたものだったので、翁が求める心の糧になるようなものはなく、満足できなかった。

翁はまず、自分の故郷というものを、もっと知らなければならない、そうでなければ、創作などできないと痛切に感じ、翌年七月、富山に帰り、「高志人」創刊の準備に取りかかった。

翁の郷土研究の究極の目的は、郷土の伝統や説話などの中から古代日本と大陸諸国との文化交流、山村僻地の建築物や、神社仏閣などの縁起や発掘品、出土品などから日本民族の系統といったようなものの研究を極めることであった。それは、郷土の真実を見極め、小さな郷土から大きな世界に通じる道を発見しようとしたものであった（〈二十年を顧みて〉）。

翁はその後、郷土史研究に専心、柳田國男から片口江東（漢詩人）を紹介され、相談の上、「高志人」を一九三六年（昭和十一）九月に十月号を創刊。これより、東京と富山の往復が頻繁となり、四五年（昭和二十）三月の東京大空襲後に帰郷。

翁の「週刊朝日」時代の人脈が生かされ、幅広いジャンルの作家や詩人たちが寄稿した。県内では高のほか、小又幸井《こまたこうい》（歌人、富山市）、北川蝶児（俳人）、高橋良太郎（俳人、滑川市）、高島掬翠《きくすい》（日本画家、歌人）らが寄稿。一九四五年後半から一時休刊したが、戦後の一九四六年二月に三月号を復刊し、翁が亡くなる一九七三年（昭和四十八）三月までの三十八年間、三九八号まで続いた。

「高志人」を中心にした翁の長きに亘る富山の民俗学研究、文学活動は、地元に大きな文化的遺産を残した。加えて、翁のアメリカ西海岸での移民地文芸の提唱と実践は、グローバル化の進む現代社会において今後さらに研究されるべきテーマであろう。

翁の創刊の言葉である。

史上に現はれた越中は千年か千何百年か前のことでしかないが、何萬年何十萬年か測りしれない太古から、越中そのものは存在してゐたし、私達の今日思ひもよらない現象や生活がくり返されて來たことだらうし、今日の越中人たるわれ〳〵も悠久なる自然界から眺めたら、混然雑然たる動植物界の諸現象と異らないのである。が、その混然雑然たる諸現象も、仔細に注意深く觀察したら、ある一定の法則をもつて無始から永劫に動いてゐるのである。人間の作つた文字や言葉を超越して、事實は事實のまゝに存在し流轉してゆくのだ。そして私達は今まで漸やくその文字や言葉の繼承に依つて私達祖先の生活を理解して來たのである。が、その理解は余りにも部分的であり、斷片的であり、余りにも人爲的であつた。

この赤ん坊が、これからどんな滋養分を吸収して、どんな發育を遂げてゆくか全く不明だが、この郷土の眞の血と肉と骨に觸れる爲めに、秘められた、埋もれた過去の寶庫の扉を開いて語らざりし者に語らしめ、思はざりしものを思はしめる使命を果たすことが幾分でも出來たら、その産れ出た意義が達せられるのである。

越中人はこの赤ん坊の誕生を祝福し、そして將來の健全なる發育を期して下さることを祈ります。

（翁久允「高志人」創刊号）

一九四一年（昭和十六）十月、高は「高志人」五周年記念号のアンケートに答え、「孤軍奮闘」と題した回答を送った。

一、『高志人』の孤軍奮闘はもつと認められてもいゝと思ふ。
二、主幹の『弟鳥巣』隨筆等愛讀
三、今後更に高度の純粹なる文化への追求飛躍あらんことを祈る。これは通俗と戰つてのみ眞の面目を發揮するものと思ふ。
四、文化はつねに人生の眞實を求めてのみ、はじめて文化としての生命を持つものと考へる。その意味においてあくまで文化の問題は、形式ではなく人間生活の眞實に徹してのみ、はじめて文化の問題となつてくるのである。かゝる覺悟をもつてこそ、眞の文化報國の眞志が生きてくるものと確信するものだ。

創刊から六年後の一九四二年（昭和十七）十月、同誌上で公募の詩を掲載する「高志人詩壇」が創設された。高は、その選者を任され、以後、投稿者の詩の批評や指導に加え、自身の詩に対する考えを明示し、地元の詩文化の発展に大きく貢献した。高は選者としての依頼に、次のように答えた。

指導といふことは、とうてい出來ないと思ふが、繁多な職業をもつてゐる中にもそれをお引き受けしたのは、一つに自分の藝術への、限りない愛からであつた。より高きものへ、より安定なるものへのたゆまざる精神は、藝術への深い愛の心の發露でなければならないであらう。自分は、日頃から、この國で、詩は多くの誤解をもたれてゐることを嘆いてゐるものの一人であるが、その誤解の内容の多くは、一般の人々は、概念で詩を眺めてゐる。卽ち、詩人への愛をもつに未だ到つてゐないからだと思ふ。

（〈高志人詩壇創設にあたりて〉「高志人」一九四二年十月号）

良寛への思慕

高の詩を郷土で認めてくれたのは翁で、「高志人」を介して親交を深めながら、高の文学活動を支えた。「高志人」は、高にとっては中心的な寄稿誌で、特に連載といったテーマを与えられずに、詩やエッセイなど、自由に書きたいように書いた、という印象である。

とはいえ、「高志人」の基本的な姿勢は、郷土の伝統や説話など、民俗学的研究を通して日本の文化を再確認することを基本とするものだったので、少なからず高はその方向性に影響を受けたと考えられる。特にエッセイは東洋思想的、仏教的な内容を持ったものが多く、高が「高志人」誌上で人物を書いたエッセイの中でも良寛についてのものが多く、深く敬愛していた。

良寛の漢詩である。

我生何処来／去而何処之／独坐蓬窓下／兀兀静尋思／尋思不知始／焉能知其終／現在亦復然／展転総是空／空中且有我／況有是與非／不如容些子／随縁且従容

（私の生命《いのち》はどこから来たのだろうか。去っていくとしてどこに行くのか。ひとり貧しい家の窓の下に座り、静かに思いを巡らす。考えても生命の始まりがわからないのに、どうしてその終わりがわかるだろうか。現在のわが生命も同じである。移り変わるものはすべて空《くう》である。空の中に自分の存在がしばらくのあいだあるにすぎない。ましてや是や非などあるわけがない。だから、このささやかな考えを受け入れ、縁に従ってゆっくりしているのがよい。）

高にとって、生命の行方を見つめた良寛の言葉は自分の考えを代弁するものに感じられたに違いない。

人は独りで生まれ、独りで座り、独りで想い、独りで死ぬ。

すべてが自然の成り行きであり、心をゆったり穏やかにして時の流れに身を任せること。おそらくこうした良寛が悟った境地に高も共感し、目指したと言える。故郷に帰り生涯を良寛研究と詩作に投じた相馬御風に対しても同様の思いがあった。まず中央で世渡り上手となり、憂き身をやつすより、たとえ過酷な境地になろうとも先人たちは自分の場所に戻り、己を見きわめなければならなかった。醜い競争の中で生きるより、故郷に帰り、自身の足元を見つめる。

仏教者として厳しい修行を積み、漢詩や和歌にその思いを託し、自らを大愚と名乗り、僧にあらず、俗にあらずとして寺院に住むことのなかった良寛。真の求道者にとって当時の寺は住むに値しなかったのかもしれない。本山も末寺もみな権力追随の姿勢であった。世の僧侶たちは昼も夜も読経と説教に声を張り上げているだけで、出家した者が仏道への志を持たないのは、何たる心の汚れようか。恩愛の絆を捨てて禅門に入ったのに、行を積まなければ、悟りも開いていない。檀家からいたずらにお布施をもらい、仏戒の三業《さんごう》も顧みようとしない、と良寛は嘆いた。乞食同様の生活をしながら、良寛は、俗にまみれ利得に走る僧たちの醜さを告発する。そうした僧の集団からは訣別したいと考えた。それはまた、自身へ矢を向けた戒めでもあった。

良寛の少年時代は、人見知りをする内気な子で、利発ではあったが神経質な性格であったという。また、素直な半面、それが強く働き強情と見られることもあった。読書好きで記憶力に優れていたともいう。高も同じような気質の子どもだったのではないだろうか。

高は問う。

百幾年前の現實社會から一乞食僧として見捨てられてゐた良寛禪師とはそもそも何者か。人生とは、このやうなところにこそ眞の姿を示してゐるものではないか。このやうなことを見逃がして人生のおもしろさが他にあるであらうか。いたづらに富貴にあこがれ、人をおとし入れる人間は、禪師の最も忌みきらつた人間たちであつた。かつて禪師もそのやうな人々から、うとまれたこともあらう。のゝしられたこともあらう。しかし解脱盤石の禪師は、それらに默々としてゐられたであらう。或ひはかへつてあはれみをもたれたかも知れない。しかし、百幾年の年月は、すでに消えてなくなつたものと、今も尙ほ脈々たる生命をたゝえてゐるものとに純正たる批判を與へてゐる。他は多く語る必要はない。魂とはこのやうに偉大なものである。

（高島高〈良寛禪師讃仰〉「高志人」一九四七年九月号）

高は、詩を問い続けた。生活と詩の一体化、生活と芸術の一致への希求は、良寛や芭蕉、そして千利休の生き方への共感と強い憧憬となっていった。

千利休の「道」

高の生き方に強い影響を与えた歴史上の人物に千利休がいる。利休は、お茶のたしなみを、茶道という「道」として完成させていった。

高は千利休を深く敬愛し、その時代を超えた精神と美意識に心酔し、たびたびエッセイに書いた。

眞なるものを見る！　この心構へがなくては、墓場の利休が死にきれぬのであり、利休の悲壮なる眞理への捨身が、傷められるのである。茶人と稱するものの、近頃のかへつて卑俗性は、それは、何んと云つても、茶人としての教養に缺けてゐるからではないかと思ふ。それがやはり、詩の心が缺けてゐるし、詩の心が、人生に無用なものと考へてゐる、あの卑俗の卑俗な考へにほかならない。利休を、古今をつらぬく、大詩人と考へるところにこそ、茶道が生きるのである。詩とは、人の無とするものが、一切の根だ。人の有とするものばかりを、行つてゐては、墓場の抛釜齋利休宗易居士も、片腹いたい次第であらう。魂をきたへること、魂の何ものたるかを知ること、それが、人が無としてゐるもののいちばん大きなものではないか。生きてゐる詩！　生きてゐること自身が大きな詩であることは、二千五百年前に、佛陀が、既に高く指し示めされたのである。ここで、云ふ詩は所謂書かれる詩のことではない。詩こそあらゆる人間のもたねばならぬ、魂のリズムのことである。そして考へれば、佛陀世尊こそ、人類が生んだ、最後の大詩人ではなかつたか。利休の茶も、佛陀の魂の中にふれたとき、はじめて、利休の茶となつたことを、ここでこそ固く固く記銘しなければならぬと思ふのである。

（高島高〈不問庵抄――利休と秀吉――〉「高志人」一九四四年二月号）

さらに、高は利休と詩について語る。

何をおいても利休においては道の発見こそ重大事であつた。それこそ永遠の生命であり、普遍の眞理であるからである。茶の湯において茶道を強調したのも、この魂の信じ方以外にはない。あらゆる意味において道こそ重大である。特に芸道の観賞は、この道を主眼とせずにはあり得ない。それを永遠の生命と名づけてもよかろう。老子によれば、それは無始にして、無終と云う。

厳然と人間の社会に存在すると喝破するのだ。これはあらゆる意味で、鑑識の中心となる。人間を見る場合も御多分にもれないと思う。道につながるかどうか、芭蕉の俳句の主点も、こゝにあつたのである。器用な其角より、不器用人の曾良のような人を重用視したことでもわかる。利休においても尚更である。利休は茶における古今独歩の宗たり得たのは、唯一つ道によつたからである。道の体得者にして、はぢめてよく成し得るからである。文芸の問題しかり、政治の問題しかりである。人間の偉大も、この道につながつているかどうかということにかゝわる。いくら肩書や勲章をもらつていてもだめである。それは単なる外形に過ぎない。道にかよつているかどうかである。

（高島高〈ある感想〉「高志人」一九五一年五月号）

利休を畏敬する高も、「詩はあくまで、道であり、片々たる一趣味などではないのである」（〈選者の言葉〉「高志人」一九四四年四月号）として、希求しようと試みた。天下人秀吉の卑俗性との戦いに打ち克った、その利休の人生に対する根強い態度、哲学、信念を尊び、現実を生きる上での光明を受けた。そして、人間の内面の完成なくしては茶道などとは言えない、茶の湯の持つ、無限の詩を理解しないで、茶の湯の作法をやることは愚かでナンセンスである。人生即ち茶道として、あくまでも生活に活き活きとして生きてこなくてはならない、と。

高の詩論

高島高という詩人にとって詩とはどのようなものだったのだろうか。

高が亡くなった一九五五年六月に刊行された詩集『続北方の詩』の巻頭に色紙として掲載された「わが言葉」と題した詩がある。

詩が光を生むのだ
光が詩を生むのだ

高は切り立つ様な生と死の境界で、死の意味について、生の源泉について、そして言葉について考えた。高にとって、言葉は生命の最も端的なシンボルであり、精神の運動が描く光景でもあった。そうした言葉に対して死ぬまで敬虔な信頼の念を抱かずにはいられなかった。そして、詩は現実の奥にある波動や輝きを探り、発見するものであった。

この詩の光とは人間の生の輝きのことを言うのだろう。あるいは、天上からの光こそが、人間に輝きをもたらすものだと伝えたかったのかもしれない。とすれば、ますます宗教的な境地に向かわざるを得なかったということを示すものだろう。宮沢賢治の宗教観に共感する高がここにも見てとれる。高は詩人と宗教との関わりについて次のように熱く語っている。

自分は、表現技巧などを口にしたくはない。云ひたいことは、魂のことだけである。何んとなれば、詩人とは魂の人間であるからである。魂の錬磨といふことを最も重大視する人間であるからである。この魂も、宗教的にまで高められなくては、本ものではないのである。詩と宗教は、不可避なるものであるが、多く詩の技術だけ、發達した詩人をみることは、遺憾である。人間の完成を目指さないが、技術の完成を目指すなどとは、凡そ、文化の名においても、許すことの出來ないものである。だから、詩とは、あくまで人間學なのである。さきにも云つたとほり、まぎれもない人間哲學なのである。詩人とは、價値を知る人間なのである。この識見を誰れよりも、持つべき人間なのである。それでなくては、詩は成り立たない。詩より宗教へ！　自分は近頃特に、この熱情を捨てることが出來ない。偉大な魂とは、宗教的にまで高められた魂のことをいふべきである。（中略）詩人とは、眞實を語る泉でなければならない。沙漠の中のオアシスでなければならない。あくまで、人間の魂の眞實さの、最後に踏みとどまる、勇士でなければならない。自分は佛陀世尊の御生涯に傾倒してゐるのも、そのためである。

（高島高〈選者の言葉〉「高志人」一九四三年四月号）

高は、詩の存立基盤を常に問うた詩人でもあった。そうした詩に対する考えを「高志人」の「高志人詩壇」の中で、たびたび書いているので紹介する。

一口に詩の探究と云へば、結局において、われわれの生の探究にほかならないのである。生の探究なくして、詩は絶對に表現せられるものではなく、もしも表現せられるとしたら、それは、一つの慰みものにすぎないだらう。そしてそれはもはや藝術とは云へないのである。生の探究とは、生れてから死ぬまでの探究である。卽ち生死の探究である。ここにをいて、誰れが眞の充實した詩を青少年のあそびと考へることが出來るであらうか。

（高島高〈高志人詩壇創設にあたりて〉「高志人」一九四二年十月号）

詩はやはり魂のひゞきだという気持ちが強くなつた。かつては、詩に対する技巧、方法論等が、私の詩に対する多くの部面をしめていたことがあつた。たとえば、詩の世界で問題であつた作品と生活の距離というものも、一つの大きな研究課題であつたことがある。しかし、作品が作者の肉体を具現することを知つた時、生活を考えずして、作品創造を考えることが出来なくなつた。即ち、作品の深化とは生活の深化をまたずして、なすことが出来ぬことを感ずるようになつた。

（高島鷹彦〈真の生活と作品〉「高志人」一九五四年三月号）

ここに高の詩への考え、宗教観を見ることができる。

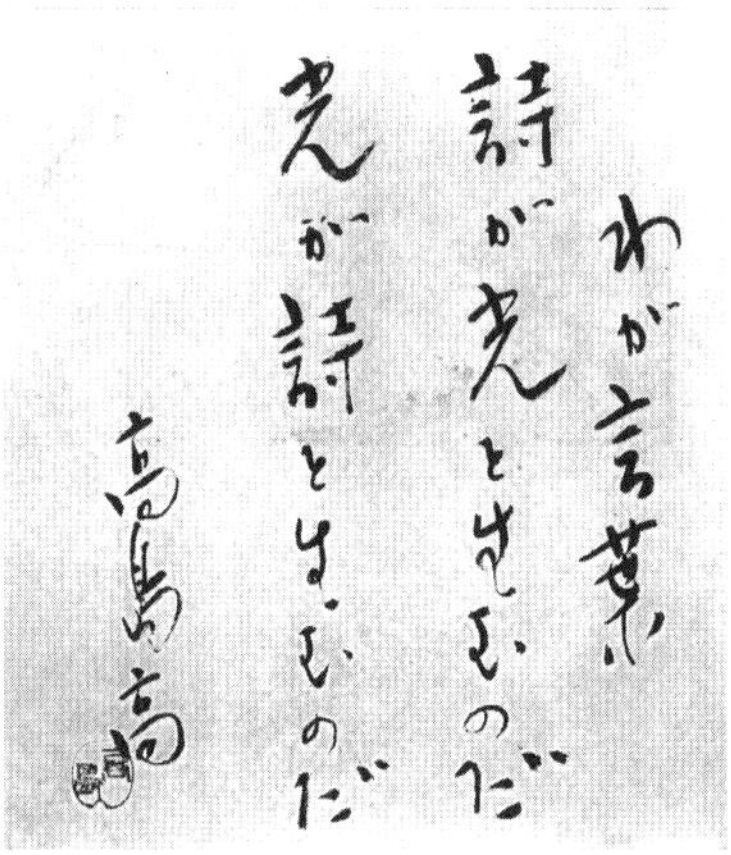

詩集『続北方の詩』に掲載された自筆色紙

第六章　『山脈地帯』――戦中

『山脈地帯』

高の第二詩集『山脈地帯』は、北川冬彦が編集したアンソロジー詩集『培養土』(麵麭詩集)と同じ日、一九四一年(昭和十六)二月二十日に刊行された。

『山脈地帯』は、第一詩集の『北方の詩』を方向性を示す標識として、山や風景をテーマにした詩など、類型的なものを多く集め、そこからいろいろ詩を変型させ、また、応用したものであった。

前年に、竹森一男と中岡宏夫の文芸誌「旗」(四一年、二六号より改題し「文學研究」)の同人となり何号かにわたって詩が掲載されており、この縁で竹森や旗社の関口順三らの協力により、旗社出版部から刊行された。

装幀は相澤光朗。表紙には墨で鳥の羽が表に三枚、裏に二枚描かれ、上部左上には正方形のエンジ色の札に中に細い毛筆でタイトルが書かれている。本扉には墨で描かれた北アルプスの上に長い木の枝に昇る猿の姿がある。A五判変型、上製本で一三二頁。

『山脈地帯』は、一部は初期の作品と戦争詩、二部は風景を中心とした詩とに分けられ、それぞれ十九篇、十八篇の詩が掲載されている。扉には、

　これらを親しき人々並びにわれを常に慰め、勵げまし、
復活せしめてくれる故鄕の山河にさゝぐ

と献辞が書かれてある。
前出の『培養土』にも掲載された高の詩四篇がこの詩集の巻頭を飾った。

北アルプス幻想

ガラス窓のガラスに冴えた白蠟色の山脈が見え
その襞のわづかな陰影が見え
凍つた湖のごとき天空が見え
ガラス窓のガラスにうつる
火鉢の灰にまみれたわづかな炭火が見え
雪が全く晴れ上つた
僕の眞白なスケッチブックが見え

高の家は、海岸に程近い北陸街道を少し山側の脇に入ったところにあり、正面が医院、続くその奥が自宅であった。

冬の日、ガラス窓から外を見ると、庭の向こうに白蠟色の山脈が見え、凍った湖のように、空気の張りつめた空が見える。窓のガラスには、家の中の火鉢の赤い炭火が見えて、冬の風景を描こうとして置いてあった真っ白なスケッチブックが映り込んでいる。

戸外と室内を隔てる緊張感のある一枚の窓ガラスに、鮮やかな空の青と白い北アルプスの雄大な風景と、赤い炭火と白いスケッチブックが重なって映し出されるというモンタージュ的な映像的詩表現がなされている。その視覚的表現は、単に内と外の景色を表したものではなく、閉ざされた冬の季節に静かに浮かぶ詩人の内面と、自然との関係を絵画的に表現している。当時のガラスは手作りで、表面に緩やかな歪みがあり、視線をゆっくりと水平移動させると、山脈の風景が緩やかに揺れながら、次第にスケッチブックに移り、変化して行く様子が想像される。

北アルプス雪景

急傾斜の皮膚がきらめいて
森がまるで鴉に見える
沈澱した雲といふものはきかないが
この空は畫家《ゑかき》には重すぎるだらう
たとへばクモリガラスとカットグラスとか
そんなものは氷となんの關係があるだらう

とにかく散在する森は鴉らで
風景が死線をそこから突破してゐる

萩原朔太郎は、「高島君の事を考へると、僕はいつも鴉のやうな詩人的風貌を聯想する。その鴉は、今この詩集の中で、北國の暗い森や、氷の張りつめた平原や、白く雪に光る山脈の上を飛びながら、ニヒリストの哀切な悲歌を歌つてゐるのだ。」と、『北方の詩』の序文で書いたが、高は、この詩で、山脈の上を飛ぶ黒い鴉ではなく、北アルプスの急斜面の氷に映る森を鴉のように見立て、氷に映る雲を沈殿したものとし、画家が描くにはあまりにも重たい空だと感じている。朔太郎が「鴉のやうな詩人的風貌を聯想」したのも、この詩にうたわれた「鴉」のように見える森からの連想であろう。高の詩を「ニヒリストの哀切な悲歌」と評したのは朔太郎ならではの慧眼と言える。

雪の湖

めぐりの雪をうつしてゐるので
雪はいまにも落ちこみそうにしてゐる
ここだけに世界があるといふやうに
それは平明な鏡だ

「北アルプス雪景」が垂直的で硬質な映像だとしたら、この詩は水平的な映像である。水は湖の表面であると同時に、平らな鏡でもある。湖のまわりの山の斜面の白い雪が逆さまになって水面に映り込み、今にも湖の中に落ちていきそうだ。それはやはり、孤独な詩人の精神をも映し出しているように思える。

立山颪

凍えたさざらに似た氣流は
屋根や森の頭だけのこした村々の雪に
つきあたり
遠く山脈の中腹へと白雪を追ひまくる
見よ白雪の織る白雪の襞
そのわづかな色の陰影について
はるかに骨灰の天をつきはなすはるかに骨灰の天をつきはなす
銃列のやうに鐵の意慾をもつのか
雪ふらば又もやちつては蹴り

雪の温度を奪ひさる

＊颪《おろし》「おろし」は山の斜面を吹き下りてくる強風。富山では山の名をつけて、富山の西側で井波の「八乙女颪」や福光の「医王（山）颪」、高岡の「二上颪」があり、東側で「立山颪」や剣御前から雷鳥沢へ吹き下りる「御前颪」がある。——著者註

立山から吹き下りる風が山の中腹の白雪を追いまくり、白い襞を「織」っている。骨灰色の空を襞の陰影が兵士たちの鉄銃のように降る雪を散らし、その熱い意思で冷たい雪の温度を奪っていく。この詩の中の「銃列」は戦時中の兵士たちの様子を立山を吹き下りる強風にたとえたものであり、時代の空気を伝えるものである。

第二詩集の序は当時、岡倉天心の紹介者として知られていた詩人・国文学者の淺野晃が書いた。

序

著者高島君、深く混沌を藏し、凛然たるものを求めて、碎くるを辭しない。
かような人を、私は純粹な詩人と呼ぶ。高島君は純粹な詩人である。日本の新しい詩歌の時代

のために戰つてゐる戰士である。君の詩を讀んで無感動な輩は恥づるがよい。

昭和十五年八月　　　　　　　　　　　　　　　　淺野　晃

續いて、高のあとがきの全文を引用する。

あとがき

詩集「北方の詩」を出してから、もう三年程經つた。「北方の詩」の以前に三つ程の詩集を出してゐるが自分ではぢめて第一詩集と云つたのはやはり「北方の詩」であつた。といふのは、「北方の詩」は僕にとつては、一つの標式のやうなものだつたからである。だからそのやうな類型なものを多く集めた。そこからいろいろな變形をなしたいと思つたからである。だからあの詩集のあとがきでこれは僕の詩のデツサンであると書いた。僕はデツサンといふ言葉は畫かきばかりに通用してゐる言葉だとは思はない。音樂家にでも、作家にでも、詩人にでもデツサンが出來てゐなくては困ると思つてゐる。僕が、詩のデツサンと書いた當時、二三の人が、そんな馬鹿な話がないと云つて來た。僕はたゞ笑つて答へなかつた。僕の云ふ意味のデツサンとは單に平面素描のことだけでなく魂の素描といふことも指してゐたのである。僕は思索にすらデツサンがなくてはいけないと考へてゐる。もつと云へば人間そのものにも。デツサンのない人といふものは、どうもペンキ繪のやうでいけないやうである。ときには大人が子供になつたやうで、子供が大人になつたやうには、どうしても考へられない時すらあることがある。これは餘談であるが、詩集「山脈地帯」がそのやうな變形の可能性をもつてゐるものであるかは別として、「北方の詩」以後公にした僕の第二詩集或ひは第三詩集といふわけである。この中には、隨分古いものもある。七八年前、もつとのものもある。だから第二詩集だからといつて、必ずしも新しいものばかりとはかぎらない。これを第一部と第二部とに分けた。僕の詩の個性の陰陽ともにとも思つて分けてみた。詩集の詩を選ぶといふことは仲々困難な仕事の一つである。なるべく公平にと思つてやつてみたが、どうもうまくいつたかどうかわからない。しかし根本のものだけは確かに選んだつもりであるのだ。何んにしてもこの三年間は僕にはめづらしく詩の作品が多かつた。この詩集の倍程の作品があるのだ。長く病氣で寢てゐたりした關係かも知れない。もうこわくてこんなには詩が書けないだらう。書いても嚴選しちやふだらう。第一部は多く戰争の詩を採つた。又極くはぢめの頃のものも入れてをいた。第二部はずつと古いのや新しいのがまざつて入つてゐる。いづれにしても、未熟ながら文學に手をそめたといふことは僕の宿命かも知れないと近頃しみじみ考へる。僕の周圍では僕のことをあんまり賞めたものでもないと云つてゐる。成程と僕は考へる。何故文學をやらねばならないか僕はそのことから又新しく出發しなければならないやうだ。しかしやつた以上は、それをあくまで貫徹してみたい覺悟はもつてゐる。拙いなら少しでも進歩させ、多難であれば尚更それにぶつかつてゆきたい。俗に云へば、矢つきるまでも。暴言多謝。

序文はアジアの先覺岡倉天心の紹介者で又評論家であられる淺野晃氏に北海道旅行の御多忙中のところを御願ひ致し、この拙い詩集の光彩となし得たことを、心より感謝いたします。尙、裝幀その他に一方ならぬ御世話にあづかつた竹森一男氏、裝幀をして頂いた相澤光朗氏、この詩集上梓に際し、少なからぬ御面倒をおかけした旗社の關口順三氏に厚く御禮申上げます。

尙、末筆ながら常日頃自分ごときを激勵して下さるあまねき先輩知友の方々に心からなる感謝の意を表します。

昭和十五年八月十日

保養中なる故鄕宇奈月溫泉水月「やよひ」の間にて　　高島高識

高にとっては「デッサン」とは絵画だけの用語ではなく、詩の骨格をなす基本であり、「魂の素描」であり、自身の思索にとって必須のものでもあったことがわかる。

詩集『山脈地帯』に対する書評を見ておこう。一九四一年、日中戦争が泥沼化し、太平洋戦争直前のこの時期、文学活動にも監視の目が光る中、どのような評価を得たのだろうか。

この詩人には、哀愁がある。だがその哀愁は健康な哀愁を投げ出す感受性の閃きの中に象徴される。そこにこの詩集の特質が見られる。市井的な對象に向う際の作者の愛情——あまりにも人間的な愛情は、自然のやまなみに向う時の冴え切つた觀念のポーズよりも親しめる

（「帝大新聞」批評）

「めぐりの雪をうつしてゐるので／
雪はいまにも落ちこみさうにしてゐる／
ここだけに世界があるといふやうに／
それは平明な鏡だ」

こういう詩を見ると、私は著者と同郷の郷倉千靱氏の或る作——たとえば雪の湖を畫いた——を憶い出す。

郷倉氏の童話風なまた常識的な手堅い纏め方はないが、陶器などのあの冷やかな感觸を持ち、薄蒼い陰影に充ちていてしかも澄明に冴えている。雪にある鉛いろの色に就いて「それは色そのものとして受ける感覺より温度を失つているという冷却感のせいかもしれない」と述べているが、さういつた妙に淸澄なトーンがそこはかとなく漲つていて、それがまたその凛然たる心情にも作用している。

（「藝園」宍戸儀一氏批評）

第二詩集が刊行された一九四一年（昭和十六）には、太平洋戦争が勃発。三七年からはじまった日中戦争によって中国戦線は激しさを増した。国内においては、三八年の国家総動員法の制定によって国家による統制が進み、その影響は文学、詩の世界にも及んだ。四一年、国家の変革、私有財産の否認を目的にした結社の組織、これらの加入、その指導などを取り締まる「治安維持法」（一九二五年成立）が全面改正、法的拘束力が強化され、この法律の拡大解釈によって思想弾圧の手段に利用された。中でも内務省直轄の特別高等警察（特高）が思想犯罪を対処するため、社会運動などの弾圧に当たった。シュルレアリストたちもその対象となった。

『山脈地帯』が刊行された直後の三月五日には、瀧口修造と福沢一郎が検挙されている。瀧口は当時の前衛美術の理論面での、福沢は実践面での指導者であり、フランスのシュルレアリストたちとの交流を通じて革命的思想を日本に持ち込んだとの疑惑から当局にチェックされていた。二人は、八ヶ月間の拘留の末、同年、十一月に起訴猶予となり釈放された。

瀧口は、富山県婦負《ねい》郡寒江《さむえ》村大塚（現・富山市）出身。高とは同郷であるが、高が詩集を送る以外の接近はなかった。主に自然をテーマに詩を書いていた高と瀧口とでは詩風も異なり、詩の世界では、高は、三年前に第一詩集を出したばかりの新人で、詩壇で影響力を持つ立場にもなかった。高の師である北川冬彦と瀧口とは「詩と詩論」を通じて交流はあったが、方向性の違いで決裂している。また、一九四〇年（昭和十五）頃になると瀧口はほとんど詩を書いておらず、前衛美術、写真批評が主な活動であったこと、またその頃、故郷へ帰り、その後軍医としてシャム（タイ）やビルマ（ミャンマー）などの南方に赴いた高との接点はなかったと考えても不思議ではない。

高はこの戦争の中で詩人としてどのように生きたのであろうか。

高は、決して政治的な人間ではなかった。そういう意味では、国家、戦争に対して抗する左翼、プロレタリア詩人ではなく、また積極的に戦争を先導し、鼓舞する立場の詩人でもなかったが、一九四〇年代に入り、文学の報国化が進み、国家による思想弾圧が強化されていくにつれ、多くの詩人たちが国家への協力を余儀なくされた。一九四一年に『朗讀詩集』（詩歌翼賛、第一輯）、四二年には『大詔奉戴』（愛国詩集）、『大東亞戰爭詩集』（甲子社書房）、『大東亞戰爭決戰詩集』（日本青年詩人連盟編）、四三年に『内原の朝』（青少年詩集、大政翼賛会文化部編）、四四年に『大東亞』（日本文学報国会編、河出書房）が刊行されている。

高自身もその流れに抗うことはかなわなかった。『山脈地帯』には八篇の戦争詩が収録されている。『山脈地帯』の冒頭の北アルプスを描いた四つの詩に続いて収録された、最初の戦争詩を紹介する。

夜戰塵

月の化けた山脈は

ただの繪ではない
光をのばす銃劔ら
僕はいつの日そこにゐたのであらうか
生きるもの死ぬるものこの刹那をかけて
幾千年前からの支那の月は
流血の慘敗になれてゐるんだらう
たちまち山脈の一角をとどろかす
巨砲の角度と影繪
支那の夜空にはいまでも龍がすむのか
眞紅の火を吹く龍ら
龍らをもおどろかすいかづちの類
無敵皇軍の包圍は
夜陰をこめて刻々と行はれる

もう一篇、一九三九年（昭和十四）五月に「早稲田文学」に掲載された詩である。

麥

——麥と兵隊に

ものの本で讀んだのだが
支那の空は
湖のやうに青く澄んでゐるさうだ
すてられた青龍刀にたまつてゐる一片の雲
雲ははるかの崩れた亡國の城壁を見ないですぎるであらうか
日本の兵士らの瞳には支那の雲はうつらない
あつち向いて休んでゐる兵士ら
こつち向いて語つてゐる兵士ら
兵士らの額の汗と共にふかくしみこんでゐる祖國
日の丸の旗は世界の果てででも透明だ
ふるさとの別れた人々の面影のやうに
風がなびけば
風景は無量のおもひの波をうつ

高が、戦争中に戦争に協力する詩を書いたことは間違いない。それらの詩の多くは、日本の若い兵士への思いを綴ったものであった。

『辻詩集』

一九四三年（昭和十八）十月に『辻詩集』が発行される。

タイトルは辻説法や辻商いの「辻」と同様、街の辻で朗読するための詩、といった意味であり、建艦運動のために企画されたアンソロジー詩集である。有名、無名の一八〇名もの詩人たちの作品が収められて、高の「それなら」、瀧口の「春とともに」が掲載されている。

高にとっては、このアンソロジー詩集の一人に選ばれたことは「光栄」なことであったろう。また、逆に瀧口にとっては半年間の拘留の後のことで、内務省警保局に対する「存在証明」を強いられた、苦渋のペンであったに違いない。

当時名の知られた詩人の作品を列挙するだけでも以下の通りである。「アジアの砦」安藤一郎、「詔を建艦に謹む」安西冬衛、「建艦」岩佐東一郎、「この春を讃ふ」井上靖、「ケチな親善使節の思ひ出」江間章子、「世界地圖を見つめてゐると」岡本潤、「僕の書いた詩篇が」岡崎清一郎、「アメリカ沫殺」川路柳虹、「山田長政と其僕」木下杢太郎、「火の海」木原孝一、「軍艦を思ふ」北園克衛、「大樹梢をはらふ」小林善雄、「生命の風車」阪本越郎、「若い漁夫の歌」更科源藏、「イギリスの男」神保光太郎、「大砲は生きてる」白鳥省吾、「くにうみ」城左門、「鍋」瀧口武士、「日本の一家」田中冬二、「島々は動く」田木繁、「春とともに」瀧口修造、「夜は夜で」竹中郁、「鐵瓶に寄せる歌」壺井繁治、

「街頭詩」土井晩翠、「わが艨艟」永田助太郎、「太陽の子」野口米次郎、「追憶散文詩」日夏耿之介、「地殼の精神」藤浦洸、「必死」堀口大學、「農村學校」真壁仁、「日本の大經綸」三木露風、「山海經」村野四郎、「大洋の鋲」百田宗治、「ふねをつくれ」森三千代、「屑鐵」山中散生、等。

国家総動員法の下、抒情派、自然主義派、モダニズム派といった作風の違いや政治思想の違いを問わずいかに詩人たちが根こそぎ動員されたかがわかる。国家のための建艦、愛国や郷土のための勇ましい詩が並ぶ。なお、萩原朔太郎や北原白秋や与謝野晶子は前年に亡くなっており、その名はない。戦争詩を書かなかった金子光晴は例外として、戦争に協力的であったはずの抒情派詩人の草野心平、高村光太郎や三好達治の名はなく、またモダニズム詩人の中では西脇順三郎、北川冬彦、上田敏雄、菱山修三などが入っていない。

編集は社団法人日本文学報国会、初版一万部。著者は日本文学報国会代表者・久米正雄となっているが正確には監修および編集ということだろう。サイズはB六判で四一五頁。装幀は田代光。発行元の八紘社杉山書店は、『辻詩集』のほかにも同じ編集、著者で同時期に『辻小説集』も発行している出版社である。杉山書店店主は杉山市三郎。一九四二年頃から四四年頃にかけて横溝正史や大佛次郎の小説や現代作家傑作文庫等を出し、『さくら士風』城昌幸著、『大陸の歌・他四篇』竹田敏彦ほか共著、戦時色の強い作品を出版し、ヒットさせている。

『辻詩集』に掲載された高の詩は次のようなものである。

それなら

眞實君は日本を愛してゐるならば
眞實僕も君にはまけないんだ
その愛しかたの深さくらべなんか
どうだつていゝんだよ
さあ文句を云はずに理屈を云はずに
たくさんの軍艦を作らうぢやないか
「米英をやつつける」と
今となつては例の口先や物識り顔だけではだめなんだ
大君の御ために大日本帝國のために
われわれの母國のために
もつてゐるだけの金屬を出し合つて
もつてゐるだけの資金を出し合つて
さあみんなの力でどしどし軍艦を作らうぢやないか
眞實日本人であることをほこつてゐる君よ

眞實日本人であることを自負してゐるわが兄弟よ國民よ

軍医としての仕事

太平洋戦争末期の日本は、不利な戦況を打開すべく陸海軍あげての大規模な作戦として「特攻隊」を組織した。まず、海軍が「神風特別攻撃隊」を一九四四年（昭和十九）十月二十五日から、陸軍が、フィリピンの飛行場を出撃地として特別攻撃隊「富嶽隊」を十一月七日から実行した。四五年（昭和二十）一月十二日、在フィリピン陸軍航空部隊、一月二十五日、海軍航空部隊の最後の特攻出撃をおこない、フィリピンでの航空特攻はこれで終結した。

この特攻作戦によって、前途有為な多くの青年たちの命が失われた。戦争末期の沖縄戦にいたっても特攻の戦術的効果が激減する中で延々と出撃を命じ続けた戦争末期の軍上層部の責任は大きい。つづく二月十九日、連合軍が硫黄島上陸作戦を開始し、戦況はますます連合軍が有利な形で展開していった。

高は、一九四三年（昭和十八）十月、軍医として応召され、南方戦線の航空部隊付きとなった。太平洋戦争後半、日本の戦況は悪くなり、高が所属した陸軍衛生部の装備は貧弱で、医療物資も食糧の備蓄も限られ、過酷な状況であった。特に外地での野戦病院は悲惨きわまりなかった。

高は、出発直前の陸軍航空見習い士官たちにブドウ糖や、ビタミンや強心剤などを注射する役目を担っており、彼らと深い関係を築いていた。内科医は担当する相手の言葉に耳を向け、身体だけでなく内面も知ることが仕事の中でも重要であった。高は軍医として彼らの体を管理することと以上に、むしろ心の相談相手としての役割を担っていた。それを支えたのは、高が文学を学びながら得た人間の精神への理解にほかならなかった。

高は、飛行場で、何十人もの陸軍予備学生、つまり航空見習い士官の特別攻撃部隊の出発を見送った。死を覚悟した見習い士官たちは、出発の日まで体をできるだけ強くしておこうと悲壮な気持ちを抱いて、年長であった高のいる医務室によくやってきた。ときには、治療のことなどそっちのけで、彼らの故郷のことや家族のことなどを語っていく青年もいた。国家のために挺身し、勇ましく語られる見習い士官たちも死を直前にして故郷や親や兄弟のことを思う普通の若者だった。自分を犠牲にして国のために戦う美談として語られる若者たちの実際は、死を恐れ、自身の精神を制御できずに苦しむ人間の生々しい現実だった。それは戦争による不条理な死への苦悩を意味した。彼らも、ひとたび出動命令が出されると、訣別の酒宴の後に、悠然と死の任務に就き、住み慣れた飛行場の上空を一回旋して、次々に飛び立って行った。「長々お世話になりました」と微笑しながら訣別の敬礼をする若者たちの胸に何が宿っていたのだろうかと常に考えた。自分自身、いつ命が果てるかもわからなかったが、死を運命づけられた出発前の彼らを思い、高の心を暗く閉ざした。

戦後の回想

戦後も高は、彼らを見送る朝の粛然たる気持ちを忘れることがなかった。戦後、高は戦没予備学生の死の直前に書かれた手記『雲ながるる果てに　戦歿飛行予備学生の手記』を読みながら、彼ら学生たちの出発の日の朝の死を覚悟を知り、心が再び動かされた。

『雲ながるる果てに』は、当時大学や高専を卒業、あるいは在学中の第十三期海軍飛行専修予備学生として一九四三年（昭和十八）九月に三重、または土浦の海軍航空隊に入隊して亡くなった神風特別攻撃隊の青年たちを中心とした遺稿集である。一九五二年（昭和二十七）に白鷗遺族会によって編集され、日本出版協同株式会社より刊行された。

序では戦後、戦没学徒の手記として出された『きけ わだつみのこえ』との立場の違いを述べ、「この中に盛られた総てのものが、内には今日を予言しつゝも、飽くまでも私達の國土を愛し、人間を愛し家を愛する魂によって、あの当時の私達に課せられた歴史的現実を直視し、「母性」のやうな生と死を一つに把握する隊大愛の精神に生きたことを物語ってゐるのであります。」と記している。

高は、かつて、シャム（タイ）にいたとき、医務室によく遊びにきた青年たちの笑顔を思い出した。自身も仕事の中で、生死の問題ばかりを考えていた。そのようなときは、行李の中に詰めてきた道元の『正法眼蔵』や親鸞の『歎異抄』、西郷隆盛の『南州詩抄』を耽読した。毎日が生死の境に立った日々であった。「いつ死ぬかわからない」「今日も生きた」といった感慨が、胸中に常に去来した。

若い予備学生たちの死が、高に強い死の印象を与え、戦場では死の哲学を学んだ。

「軍医殿、今日も衛生講話の代わりに死生観をきかして下さい」と言ってくる若い下士官もいた。

彼らは皆、生死のことを考えていた。「死」とは何か。そして「死」にはどのような意味があるのか。

「死」を直前にして、「生」を求める自分とは何か。

戦後になって、高はゆっくり空を流れる初夏の雲に見とれながら、あの頃の懐かしい戦友たちは今どうしているのだろうかと思い、もう二度と行くことのないだろうフィリピンやシンガポール、タイの空、そして椰子や芭蕉や、ゴムの木の茂みを回想した。

皆、泥まみれ、血まみれになって戦い、多くは死んでしまった。過酷な若者たちの運命の記憶をたどりながら、故郷の家でこのように感慨に耽ろうとは、あの頃夢にも思わなかった、と〈雲ながるゝ果に〉「高志人」一九五四年七月号）。

人々の命を救う医師という立場でありながら、死に向かう若者たちを身近なところから送る心情を思えば、言葉には言い尽くせないほどの苦渋に苛まれていただろう。

戦争が、詩人から心身ともに多くのものを奪い去った。戦友や部下たちばかりでなく、若き詩人の多くの可能性も奪った。軍医として戦地で常に傷ついた兵士、病気の戦友に対峙しながら、高自身が消耗し、失ったものも本人の自覚を越えてあったのではないだろうか。高自身、詩人として時代の影の中を生きねばならなかったことを深く嘆いたに違いない。

戦後、戦争について多くを語らなかったが、ときに去来する戦地での記憶を乗り越えながら、心身を立て直し、詩作を本格的に再開するまで一年ばかりの時間を要した。

第七章　戦後の詩と活動――戦後1

戦地からの帰還

高は一九三九年（昭和十四）に家業の医院を継ぐために帰郷、その後、一九四三年（昭和十八）十月以降、軍医としてフィリピン、シンガポール、タイを転戦し、タイで終戦を迎える。約一年間の厳しい収容所生活を送り、四六年六月、帰還。浦賀に上陸し、ようやく故郷の土を踏む。

高は、自身の肉体と精神の回復を期しつつ、戦争によって中断された創作活動を再開した。

人間

あの旅も
この旅も
あの日も
この日も
いのちいつぱい
業のやうに
幻のやうに
火のやうに

生きては
死んだと思ひ
死んでは
生きたと思ひ
いのちといふものは
いためつければ
いためつけるほど
つよくなるものだと思ひ
三年ぶりの
故郷の家の疊の上に
どつかとあぐらをかき
あたりの光景どもを見やりながら
おもむろに
ほこりまみれの旅装をときはぢめるのだつた

（「高志人」一九四六年七月号）

「人間」は、終戦から約一年後、最初に発表された作品である。まっすぐな心情をうたった詩で、戦地から帰ったばかりの高が戦争中の日々を回想している。敗戦後の虚脱感の中から、一人の人間として新たに生きる決意とともに、「故郷の家の疊の上に／どつかとあぐらをかき」ながら安堵する様子が浮かぶ。戦地で汚れた「ほこりまみれの旅装をとき」、新たな生活への第一歩を踏み出そうとしている。詩の冒頭に書かれている「旅」とは転戦したタイやシンガポールのことを指す。

戦後、「高志人」には、「人間」に続いて、「青空」（四六年九月号）、「光源」（十月号）、「二つの死」「李太白」（十一月号）「途上にて」（十二月号）などの詩が掲載された。

次に戦後、富山市東岩瀬の若き詩人、沖野栄祐らが県下でいち早く発行した詩誌「逍遥」創刊号（一九四七年一月）に詩「山脈地帯」を、二号にはエッセイ〈詩作のための覚書〉と詩「海」を発表。続いて、ガリ版刷りの「詩之家通信」二号（一九四七年七月、詩之家発行）に詩「青空」が掲載された。竹中久七は、佐藤の主宰する「詩之家」の中心的な詩人で、佐藤亡き後、「詩之家」と「詩之家通信」を編集した。竹中は、超現実主義とマルクス主義の批判的結合を試みて科学的超現実主義を唱え、ネオ・リアリズムを標榜する高とは立場も作風も違った。特別に親しかったわけではないが、佐藤という同じ師を持つ者同士という縁で繋がっていた。後述する高の「文學國土」（「文學組織」改題）第四集（一九四八年四月）には竹中の詩「寓話――ソ聯映画「石の花」に因みて――」が寄せられている。敗戦直後の活字に対する大衆の欲求は想像以上で、次々に雑誌などの印刷メディアが誕生した。それらは、質の悪い紙やガリ版刷りの印刷物であったが、観念や思想の飢餓にあえいだ人々の精神的空白を埋めるものであった。

また、一九四六年（昭和二十一）十二月、高は、かつて父・地作も参加し、中心的に活動した滑川の俳諧の結社「風月会」の宗匠・加藤烏外《うがい》の依頼により機関誌「凡人」の選者となり、詩ばかりでなく、俳句の分野でも地元の文化に貢献した。戦後、創作者としての立場に加え、郷土の文化を支え、指導する存在として期待されるようになっていったのである。

「文學組織」の刊行

高は一九四七年（昭和二十二）十月に初めて自らの編集・発行で詩誌「文學組織」を世に出した。「文學組織」は当初毎月一回の発行予定であったが、思うようには進まず、ほぼ二ヶ月に一冊の割合で、誌名を途中、「文學國土」、「北方」に変えて五〇年六月までの二年あまり、計十二冊刊行した。「文學組織」第一集の「編輯後記」に、決意表明を記している。

「文學組織」第一輯を世に送る。
「文學組織」の刊行は一年程前から考へていたが、三年あまりの南の旅の疲労のためと、生活のわずらはしさのためにこんなにおくれてしまつた。文化日本の再建ということが盛んに云はれているが、まだまだ政治、教育はぢめ、教養の普遍などといふ問題も、前途多難であると考える。又教養とは、學問よりも先ず魂の問題として取り上げねば何んにもならぬと思う。いろいろな感慨の中で、この雜誌を刊行する決心をした。

戦前、戦中を通じ、多くの詩雑誌に作品を寄せてきたが、こんどは自ら、故郷の滑川に戻って、地方から中央への発信基地となる媒体を本格的にスタートさせるのだという心意気が感じられる。そこで自分の思想や詩を自由に表明することが、自身の戦後の出発となると考えたのだろう。それはまた、戦前、戦中からの詩友たちと創作を通じて関係を結ぶ、重要で、有効な手段でもあった。
創刊号の寄稿者と作品は次の通りである。松岡讓〈作家の良心〉／淺野晃「たきぎの時」／竹森一男〈復員者の回想〉／山本和夫「道」／原田勇〈ナヴアルの女王マルグリツト〉／八十島稔〈上野の秋〉／高島高「北の貌——親不知附近の未明」／高島高「編輯後記」

高は南の戦地から帰ってきてから、ますます「生」について考えるようになった。

死を賭しての生！生の實感は、死という陰影によつて更に切實なものに、意義あるものに感じられてくる。そこから、必死という生の最大の活力が生まれてくるのだろう。（中略）安易をよろこぶ、やゝもすれば消極しようとする私自身の心を鞭打つ。環境に負けようとする、世俗に負けようとする私自身の心をあわれみつゝ鞭打ち活力底を得さしめようとする。ちよつとの惡罵や、ちよとの俗世間的評判などにも動かうとする私自身をやつつける。人間のはかなさ、人間の弱さを知れば知る程、私はこれらとたゝかわねばならないと思う。私自身と。（中略）思ひわづらひ！何んといふ人間にとつての毒薬であろう。しかし、われわれの日常は、このようなことでしめられている。このようなことで時を刻んでいる。四年ぶりでこの立山の見える故郷の町にかえつて來て、いつの間にか思ひわづらひの多い人間となり、しかも怯懦なるものを覺え、卑屈に毒せられている私をあはれみ、鄕愁のように、活力底ある生をしきりにと戀う。自分のような人間は駄目だと、しばしば考える中にも。

（〈立山をみつめて〉「文學組織」第二集、一九四七年十二月）

「文學國土」と「北方」

「文學組織」は第四集目からタイトルを「文學國土」と変えた。発行元も鷹鳴詩社から鷹鳴文学社と変えている。その理由を「文學國土」のほか、他の文学誌にも掲載した。

文學國土の主張（編集部）

「文學組織」で發足した本誌は、第四集より「文學國土」と改題した。「組織」は人体的組織と結成の二つを兼ねた意味をもつていたが、今度は、その領土を意味する「國土」と前進的改題をした。／從來、文學の同人雜誌は、既成文詩壇に認められるための足場としてのみ、そのレーゾン・デーテルを有していたようである。しかしこれでは實に方便的であり、いさゝか情ないように思う。（中略）そのためには、同人雜誌は、從屬的卑下を捨て、もつと獨立自主的に誇をもつていゝと思う。それ自身のもつ本質的意義をもつと反省すべきだと思う。（後略）

（「文學國土」第八集、一九四九年二月号）

——昭和二十三年九月號「三田文學」より轉載——

その後、高は「文學國土」をさらに改題することにしたが、「パンセ」にするか、「北方」にするか迷っていた。そこで、翁久允の朝日新聞時代からの友人で、「文學組織」への寄稿者であった松岡譲の進言により「北方」とし、四九年十二月に刊行、出版元も北方社と改名した。

一九五〇年（昭和二十五）六月、「北方」第十二集が刊行され、高編集の詩誌は終刊となる。ちょうど同時期に北川の第二次「時間」への同人としての参加があり、また草原書房から出版する詩集『北の貌』の準備があった。また、家庭的にも、社会的にも多忙な月日を送っていたため、並行して「北方」を刊行し続けることは困難となった。経済的な行き詰まりもあった。当初「文學組織」を出した頃は、市内の二軒の本屋では全部売り切れていたが、十号目を過ぎた「北方」あたりで本屋からは販売お断りの申し立てがあった。内容を見ずに、売れないものと決めつけるその姿勢に高はいらだちを覚えたものの、文学に対する情熱だけは失うことがなかった。

高の主宰する詩誌に寄稿した詩人、作家の中には、高の文学的興味、哲学や思想に関わる作家、編集者が含まれている。そのほか、戦前から活躍する北川や高の周辺のモダニズム系の詩人たち、室生犀星周辺の若手詩人、石川県や福井県など近隣の作家、プロレタリア系詩人、地元富山の新世代の詩人たちなど、その作風も個性も多様である。強い主張を前面にかかげ、同傾向の詩人たちを糾合するといった編集方針は見えてこないが、様々な詩人たちとの個人的な関係によって参加を得た詩誌であり、その寛容性こそが高という詩人の人間的個性を象徴するもののように思われる。

『北の貌』

高の戦後最初の詩集『北の貌』は一九五〇年（昭和二十五）六月一日に草原書房より刊行された。A五判上製、一一二頁、詩七十五篇収録、カバーと表紙、扉は洋画家、内田巖の絵で、下半分は海の波、上半分は空、左上には夕陽が描かれ、墨絵のようで、タイトルの毛筆と合わせ、日本的な雰囲気を醸し出している。第一詩集の『北方の詩』の西洋的なモダニズムとはうって変わり、抒情的な和風趣味ともいうべき佇まいである。この詩集には「觀世音菩薩」「良寛和尚頌」といった詩が含まれ、装幀の変化は高自身の意識の変化、即ち仏教的な価値観への傾斜と表れと捉えることもできる。扉にはタイトルの下に鯛が一匹、朱色の線画で描かれている。序文は相馬御風。

故郷挽歌　──僕は若き日の詩篇を愛するがゆえに憎む

雲は低くて暗く
その上光るのは
あれは立山連峰の雪のせいだ
こんなに重つたい空氣はめつたにあるものではなく
（つるぎたてやま）

こんな鋭い山脈系はめつたにあるものではないというのは
この地方の風景画家たちのエスプリらしいが
ところで僕はたつた今午後三時五十分着の
上野発列車から下り立つたばかりの旅の男だ
列車つかれの眼底には
はるか山脈の頂上の雪の層がきらきら光り
この停車場の古風なことは
いつまでたつてもまがつた針の柱時計や
朽ちた四角柱の陰影やこわれた窓の窓ガラス
窓ガラスの外の積荷の影には
幼なじみの×町のTさんやNさんがいるようだけれど
僕はなるべく知らないふりをしたいので
切符を渡すと帽子を眞深くかむり
さて雪道を先ず山麓の方に向けてとりたいと思う
町の中は今もやつぱり魚屋さんやお菓子屋さんや銀行や荒物屋さんでにぎわつているだろうけれ
　ど僕は今では帰郷者でもなく成功者でもなく
一介の行きずりの旅の男だし

又町中自転車や乗合自動車をさけたりするのがうるさいし
それにもまして町湯の噂たちに花さかせてやるのは業腹だ
僕の生れた町だというのはあの雪の中の灯だけでけつこう
あの灯たちを一つ二つとかぞえながら
今日はせめて夜中まであの山麓の雪道でもあてなくさまよい歩いてみよう

早朝、上野駅を発ち、故郷の滑川駅に降り立った詩人は知り合いの人々とは顔を合わせたくない。「幼なじみの×町のTさんやNさんがいるようだけれど／僕はなるべく知らないふりをしたいので／切符を渡すと帽子を眞深くかむり」といった気分をぬぐい去ることができない。一度故郷を離れた青年は、望郷心とは裏腹に、地元の人たちに対して距離感を感じている。生まれた土地であるのにデラシネの感懐を抱いている。風景と一人で向かい合いたい、一人の時間を邪魔されたくないという強い個の意識。ここには、孤独を友としたいという、いわゆる近代的自我が見え隠れする。また、「僕は今では帰郷者でもなく成功者でもなく／一介の行きずりの旅の男だし」といささか自虐的で、「町中自転車や乗合自動車をさけたりするのがうるさいし／それにもまして町湯の噂たちに花さかせてやるのは業腹だ」と故郷に対し排他的とも思える言葉を発している。「僕の生れた町だというのはあの雪の中の灯だけでけつこう」。

故郷とは何だろう。詩人として志なかばで東京を離れ、故郷では自分の詩の理解者もいない、根無し草のような存在。故郷喪失者としてこれからもこの土地に生きていくのか。時折、そういったことを考え、冷たい木枯らしのようなものが高の心をよぎったに違いない。詩のサブタイトルにあるように、「僕は若き日の詩篇を愛するがゆえに憎む」詩人は、「郷土を愛するがゆえに憎」んだのではないだろうか。

小驛待車

半曇りの空は引心器を失つたように
何か風景を浮き浮きとさせ
たとえば重量を失つた農家や
畔のはんの木たち
遠い山脈に
綿毛のような雲が一つ三つ浮き
まるきり掌でつかめそうな風景が
水橋口驛の構内に
上り三時三十二分發の
富山電鐵電車を待つている

僕の魂の中心にうつり
風もわずかに草をなでるぐらいに吹き
成る程これでは
大變
第六交響樂に似すぎて
歡喜と苦腦を
抱いたベートーヴェンも
あつちこつちと
歩くよう
（神の啓示というものを
再びわれわれは考えるとき
このような風景の中を
一人で歩むべきである）
小川は
時々光つた短刀をかざして流れ
水車はにぶくまわつている
（僕が住んでいる

滑川町の側面をながめるにも
都合がいゝし）
誰れもいないこの小つぽけな停車場の
この二十分の待車は大變すつきりして
ルナンを讀むにも丁度よい

北川冬彦が評したように、高は北アルプスの自然をうたった男性的な詩人という印象が強い。たしかに抒情に溺れることなく書かれた一連の立山や剣岳の詩には、澄み切った空気感や、重くのしかかる自然との対峙が見られる。

そうした大自然をうたう一方で、生活の一部をスケッチのように、力を入れることなく淡々と描写した詩もある。「小驛待車」では電車を待つ駅から見える田畑の風景にベートーヴェンの第六交響曲「田園」が響き合う。電車が来るまでの二十分の間に駆け巡るイメージと思索。この詩の「水橋口驛」は、現在の富山地方鉄道「西滑川駅」。東側の滑川駅は、現在、「あいの風とやま鉄道」と富山地方鉄道が走っている。

詩集『北の貌』を寄贈後に、詩人たちからお礼の便りが届いた。
「あなたの風貌のように、東洋も西洋も、科学も宗教も音楽も、酒の如くに呑み干して、時に日本の手まり歌に泣いている。大オーケストラの中のフリュートのひとふしに似たあなたの抒情を羨ましく思いました。」（昭和二十五年七月二十九日　丸山薫）。

「本の御名の通り、御生活の周辺から、たちのぼる北の匂いは、私をきびしくさせ、たまらなく高貴な花の匂いを嗅がせてくれたような思いがさせます」（昭和二十五年八月三日　江間章子）。

『北の讃歌』と『続北方の詩』

高が亡くなる一年前、一九五四年（昭和二十九）六月、『北の貌』に続いて出版しようと思っていた詩集『北の讃歌』を手書き謄写版刷で制作した。高の北方詩社発行。収録詩は四十八篇で、その主たるものは、「日本未来派」「時間」「麵麭」「文藝日本」で発表されたものであった。

『北の讃歌』を元に、一部構成を変え、『続北方の詩』とタイトルを変え、刊行を予定していたが、一九五五年（昭和三十）五月に高が亡くなって約一ヶ月後、本人の遺志により、同年六月十五日に妻・高島とし子が発行人、北方詩社が発行所として刊行された。

表紙は、前の詩集に続いて、カットを内田巖が担当し、象形文字のように馬や人や河、植物などが墨で描かれている。扉を開くと、

いざ来たりて、不滅なる自然の
眠りの帷《とばり》より立ち出づるを見よ。
かくて、われら、自然とともに

さしのぼる陽のいち早き光に蘇生《よみが》へらんとす！

と、フランス・ロマン派の詩人、アルフレッド・ド・ミュッセ（Alfred Louis Charles de Musset）の詩が巻頭を飾っている。

ミュッセは、ジョルジュ・サンドとの交際でも知られているが、詩や小説だけでなく、戯曲作家としても活躍した。大動脈疾患と過剰なアルコール摂取により、四十七歳の生涯を閉じた。高は四十四歳で亡くなっているから、高が死を予感して、その詩の内容も考え合わせ、ミュッセの詩を載せたのではないかとさえ、思えてくる。

次に、高の序詩が続く。ミュッセの詩に答えるかのような内容である。

こころ

雪のうす青きその透明
その陰影のふるいつつ
青天寒きそのしじま
ひびきも絶えて消え去りぬ

『北の貌』以来、五年ぶりに出された詩集『続北方の詩』はタイトル通り、最初の詩集の故郷の自然をテーマに描きながら、家族をうたった詩が三篇挿入され、高の人としての温かさを感じさせるものである。

詩人の孤独

戦後、たとえ生活人としての幸福を得たとしても、詩人としての高の十年間は、必ずしも恵まれたものとは言えなかった。現実社会と高の理想との乖離。戦後の現代詩との齟齬。かつての同士との別れ。関わる周囲の人々の文学への無理解と溝。精神と肉体の大きなズレ。医者としての仕事と詩作の両立の困難。

そうした孤独との戦いの陰で、最も近い身内である、とし子夫人と、同じく医師であった弟の学氏の惜しむことのない協力によって、大きな勇気を得ることができたと言えるだろう。もちろん、郷土の名士として広く知られていたし、文学仲間や後輩詩人たちから尊敬もされていた。しかし、周囲の「詩を作るより田を作れ」といった空気の中で文学活動を続ける苦悩の日々が続いた。また、このような状況の中で、暗闇をさまようように詩が書けなくなるスランプの時期も経験している。

詩人としてのデビュー当時、北川冬彦からは、「稀なる男性的詩人」と評価されたが、本来の姿は、きわめて神経の細やかな内面性の詩人であり、悠然と生きることを理想としながらも、それがかなわない自分自身に悩んでいたのではないだろうか。その北川が「僕は苦しい時にしか詩が書けない」といった詩に対する姿勢を、生の探求としてとらえ、高もまた「苦悩の打破、人生苦難の打破、その時こそ、詩はむくむくと全力量を発揮する」と考えた。

高は、真面目で勤勉な性格だった。自然をうたう高の詩は、単なる抒情詩ではなく、自己の内面を描く独自の心象詩と言えるものでもあり、厳しい精神性さえ感じさせるものだ。時代の功利主義や流行に抗し、自らの拠点を故郷の自然に求め、見つめ直したことは、この詩人にとっては文字通り自然な流れであった。

高の詩は、ロマンティシズムを拒否するかのような「冷たい炎」でもあった。わかりやすく言えば、人間臭がしないという言い方もできる。自然をテーマにした作品は、「古典」の部類に閉じ込められてしまうのだろうか。もはや静的な仏教精神が求められなくなった時代なのか。思惟の中で築かれた詩の宇宙が解凍され、再び人々の心に届くことはないのか。

現代詩を、戦後の新たな価値観をのもとに作られた詩だと定義するなら、高の詩は、戦前のモダニズムを経過した最後の「近代詩」と言えなくもない。いささか大げさに言えば、高の死は近代詩の終焉を象徴しているようにさえ思える。

高は戦後、孤高の境地のうちに生き、悟りの境地に至って、その世界観を詩篇とエッセイに刻み込み、晩年を費やした。しかし、主張すればするほどその孤立感が鮮明になり痛みさえ伝わってくる。

求道者のように生きること、それは生きる現実の中で人知れぬ苦悩をも伴うことを意味した。

高島高は、演説家でもなく、組織を作るタイプでもなかったため、普段、多くの人が彼の元に集まる、ということは特になかった。が、医者として、また、文学者として、周囲の人々からの人望も厚く、地元の詩人たちから尊敬の念を抱かれていた。しかし、高は、必ずしも自身の文学を理解されていると感じていたわけではなく、人一倍孤独感を抱き、その孤独感や抵抗感が深まるほど詩に向かうことになった。

人の存在の悲しさ

雪荒れる日に

ふつてくるものは雪ばかり
吐き出るものは溜息で
灰色はだらの天のあたりを
冷めたい窓ガラス越しにうかがいながら
おれは破れた椅子に坐つて
人の世の温度というものを考える
冬の日の午後三時もさびしいが

人の世の午後三時はなほ暗い
見てくれ
古びた書物部屋
無から生ずる有たちを
こゝには孤獨というものを
喰べて生きるひとりの人間が
ひとりばかりをもてあまし
素直すぎることをもてあまし
うなだれながらいきどほり
エリカ日の捨て犬のように
思想の灰色をみつめている
人と人との愛憎を
人と人との訣別を
その存在のかなしさを
遠い野火でもきくように
孤獨をひつぱりよせながら
思いつめるが

きりがない
ふつてくるものは雪ばかり
吐き出るものは溜息で
(かなしい生理を嚙みながら)

(「高志人」一九四八年一月号)

ここに書かれた詩は、人の存在の悲しさを思うひとりの詩人の孤独である。「ふつてくるものは雪ばかり／吐き出るものは溜息で」、雪国に住むものならばわかるだろうが、大きな牡丹雪が降り続け、眼前の景色が白銀世界に変わるとき、人はいつの間にか、痛いほどの沈黙の世界に引き込まれる。この沈黙の痛みは、孤独の痛みでもある。そして、詩人の宿命的な悲劇性さえ感じさせるものである。そこにあるのは、消し去りたくとも消えない、御しがたい私という人間の「かなしい生理」なのである。

そもそも、詩作という行為は極めて個人的で、内発的な衝動によって生み出されるものである。自律的な必然こそ創作の原点であろう。現実意識を持って、状況を見つめ、外部からの束縛に抗しながらも言葉を紡ぎ出すことが、詩人の使命であるとしても、現実との因果関係だけですべてが包括的に説明できるものでもない。そこに深く屈折した詩人の意識の層が浮かび上がる。

詩人は、ときに現実に接近し、ときに現実に背を向ける。現実が詩人を裏切ることの鏡であるかのように。高のように青年期にネオ・リアリズム運動に身を投じた詩人にとって、戦後の現実は、痛みを伴うものであっただろう。

高が歩んだ詩人としての道を考えるには、一番の師と仰いだ北川冬彦の活動を辿らなければならない。

一九二八年（昭和三）九月、「旧詩壇の無詩学的独裁を打倒し、今日のポエジーを正当に表現し得る、新しき詩壇の主導機関」の確立を目的として、春山行夫、北川冬彦が中心となり、安西冬衛、飯島正、神原泰、近藤東、竹中郁、三好達治、上田敏雄、外山卯三郎、瀧口武士の十一名の詩人が同人として参加した文学誌「詩と詩論」（一九三三年六月まで通巻二十冊刊行。十五冊目から「文學」と改題）を創刊。しかし、春山行夫ら芸術派の主知主義的編集方針、「現実遊離の傾向」に不満を持った北川は、神原泰、飯島正、瀧口武士、三好達治ら旧三校（現・京都大学）グループとともに脱退、北川、神原、飯島、淀野隆三が編集同人となり、一九三〇年六月に「詩・現實」を創刊（三一年六月まで通巻五冊刊行）する。現実との関連を重視する新現実主義を基本方針とし、雑誌名はこれに由来している。創刊号の「編集後記」に「我々は現實に觀なければならぬ。藝術のみが現實よりの遊離に於いて存在し得るといふのは、一つの幻想に過ぎない。現實に觀よ、そして創造せよ。」と、雑誌のスローガンが書かれた。こうした姿勢はプロレタリア文学とも結びついた。

北川はこの後、自身が主宰、「詩・現實」の流れを汲む「麵麭」（一九三二年十一月-）、「昆侖《こんろん》」（一九三八年八月-）を創刊。高が北川と出会うのは、一九三〇年代半ばである。「詩と詩論」や「詩・現實」から影響を受けながらも、越中谷利一や高見順といったプロレタリア文学者たちから多くの刺激を受けていた高には、北川の文学的姿勢を規範として素直に受け入れることができたのではないだろうか。

第二次「時間」

戦後、「文學組織」(一九四七年十月‐四八年二月)「文學國土」(一九四八年四月‐四九年十月)「北方」(一九四九年十二月‐五〇年六月)と続いた高主宰の詩誌は計十二号で終刊した。

一方、北川は旧「麵麭」同人を中心にした第二次「時間」の創刊を計画し、若い世代の詩人である高に一九四九年十二月「是非、御参加ください(編集同人として)いい雑誌にする自信を持っています。」と書いた勧誘状を送った。高は代表同人の一人として期待され、協力しなければならなかったことが自分の雑誌を終刊にした大きな理由だったと考えられる。

しかし、一九五〇年(昭和二十五)、「時間」六号に掲載された高の詩「白鳥について」の評価の中で、作品研究会で牧章造が言った「こんな高みに上ると偽ものの人間が出来るのだ。」という一言が、高に大きな衝撃を与えた。戦争のために中断された北川の会の活動、さらに言えば中央詩壇で活動の再開に大いに期待していたために、なおさらこの言葉は心に大きくのしかかった。

高自身は「高みに上」ったつもりはないのだろうが、帰郷後、良寛や御風に傾倒し、俗からはなれた宗教的な精神世界を求めていたことは間違いない。しかし、そうした人生観を持った高の一番嫌悪する存在が「偽ものの人間」であった。

対象となった詩、「白鳥について」を引用する。

白鳥について

けつして影はみだされることはない
それは生きることは滑ることだからだ
それはあくまで精神の火の統一による
雪よりも靜かな原始的な思念による

同じく

時には火刑は人生にとつて快適だとも思う
しかし薔薇よりもはげしく燃える日もあつたのだ
空の青にも湖《うみ》の青にも染まずただよう
その音のないリヅムが一瞬おれの生を救つたとも思う

（『続北方の詩』より）

高はこの件で「時間」からの脱退を決意した。高が、「時間」研究会などで同人たちが集う東京から離れ、富山に帰ったことによる、意志疎通の欠如が原因としてあったのかもしれない。同人とはいえ、高は牧と一面識もなかった。当然のことながら、「中心メンバー」といえども、医師の仕事で忙殺される高は「時間」の会合に参加できずに、言葉のやりとりも、書簡などによる時間のかかるものであっただろう。

北川は、一九五一年（昭和二十六）三月二十日、高宛に会に残るよう慰留すべく手紙を送った。

「ぼくは、「時間」の基盤的同人として「麵麭」からのあなた、桜井、長尾、殿内、町田、この「麵麭」からの人々にぼくはたよつているのです。十数年気持が通い續けるということは容易なことではないのです。人としても、こういう人はなかなかに得難いのです。その一人をうしのうことになることをぼくは淋しく思います。「時間」は今日の詩人として、自らを練磨するのにこれほどよい「場」はないと考えます。（中略）單なる「若年」の集団としては、考えない、雑誌としての行方があるのです。あなたが、批判をうけいれるのもいゝし、うけいれないのなら、それだけの根拠であなたの立場を主張伸展させることによつて、あなた自身の現代詩人としての発展があると思うのです。「未来派」の同人になっていられるようですが、「未来派」には、この推進力はないと思います。どうかお考えなおされることを希望します。少くとも四月号を見られてから、もう一度はつきり御決意をお帰し下さい。」

しかし、高が「時間」をやめた後に、続いて四月、牧も退会してしまった。この件の責任を取ってやめた、ということだろう。牧はこのとき、高に二度、私信を送り、高の誤解を解くべく努力した。

「時間」最後の寄稿

高は一九五二年（昭和二十七）五月号の「時間」の創刊二周年記念特集号に〈「時間」に寄せて〉という文章を寄せ、これが事実上、「時間」に対する最後の寄稿文となった。

「麵麭」が解散になつたのはたしか、昭和十三年頃であつたから、その後僕はいろいろと彷徨した。しかし、いつか麵麭の復活を夢見ていた。そのことは片時も忘れなかつた。そのことは、有形な雑誌が無くなつたが、主宰者としての北川先生が、いつも中心にいられ、事実上「麵麭」は解散しなかつたとも云えると思う。無形の「麵麭」は厳然として存在していたわけである。そのような感情の中で、僕は十幾年来ている。

それが、非常に僕を支えてくれたし、精進させ鞭達させてくれた。即ち、詩を書く態度はいつも「麵麭」に書くつもりで書いて来たし、そのことはいつも僕をひきしめた。昭和二十一年南方より復員後、直ちに「麵麭」の復活を思いたつたのもそのような心の基盤からであつた。そのような時に、「時間」が発刊され、戦後の混乱の中に、いち早く、ネオ・リアリズムの灯をともし、新しい方向を指し示めした。これは北川先生を中心としている以上、「麵麭」的方法の上に成り立ち、又詩の主体性への回復の運動であり、僕は早速代表同人として参加させてもらつた。こゝには急速的に有爲な人々があつまつた。僕は往時の「麵麭」を回想して、「麵麭」の流れとしての「時間」の発刊を誰よりも喜んだ。次から次と新しい精鋭な人々が参加して来た。僕もいくつか、ネオ・リアリズムに対する小論を試みた。しかし、僕は、拙詩「白鳥について」の批評だけでなく考えた。もしかしたら、ネオ・リアリズム運動は、全く新らしい運動ではないであろうか。僕のように「麵麭」への血脈の濃すぎる人間が、「麵麭」を基盤とする我説を述べることは、「時間」の運動への障害となるのではないであろうか？「時間」への親しみをもつているだけに、このことを考えねばならなかつた。卽ち、旧「麵麭」同人としての「時間」の好遇に甘んじていてよいだろうか。旧「麵麭」同人としては、二十年来北川先生と結ばれていることは、信じている。僕は本当に苦しんで「時間」から退いた。だから、今も尚、「時間」を愛している。けつして、牧章造君との感情のもつれなどではない。牧君の批評に反ぱつ論を書いたのは、ものを書くものの誠実をまもる、全く芸術上の問題からである。しかし、僕が退いた後、間もなく牧君が退いたようなので、しまつたと思つている。ネオ・リアリズムにとつて有爲な人を退かせたことは申しわけないと思つている。しかし、今も牧君とは、親しく文通をしていることをもつて、僕の退いたことは、感情の問題でなかつたことを理解していただきたいと思う。「時間」二周年記念に寄せる言葉としてまだまだ書きたいことがあり、これだけでは甚だ済まない次第だが、きめられた紙数をはるかに超過してしまつた。終りに「時間」のますますの発展を心から祈つて止まない。（会友）

一九五一年三月の末、「白鳥について」のトラブルについて、桜井勝美は高の退会の再考を葉書に書いて促した。そして、「麺麭」の旧友としてネオ・リアリズムへの努力を期待する、と記した。

高は「牧君とは、親しく文通をしている」と書いてはいるが、その後の同人の間の付き合いは薄かった。「時間」脱退の心境を自ら予見するように、一九四八年の「文學國土」四号の後記に、「一度裏切られた人間は、永久に人間を信ずることが出來ないものであろうか。春の宵。散る櫻。人を呪うことのいかにかなしきや。永遠の闇の中にすら、いつか神は光を與えるであろうか」と記している。

第二次「時間」は、その後多くの才能ある先鋭詩人たちが活躍し、退会し、巣立っていった。

高は脱退後、自らグループを組織することはなかった。先輩の立場として若い詩人たちに協力することはあったが、高に私淑するものは別として、直接自分の弟子を作るということもなかった。

高の詩風も、誰かに向かって呼びかけたり、鼓舞したりするのではなく、むしろモノローグに近い。内面性の詩人として、厳密な自己表現の道を選んだ。それは自然や周囲を見つめる視線であり、あえて言えば、自分への問いかけである。そして、あくまでも、詩人として孤高を守った。

第八章　高島高と近代詩の終焉——戦後2

詩人の死

丘の上の思想（遺稿）

生き方でなく
生そのものへだ
彼らのわらつているわらいは
それ自身一つの復讐であろう
彼らはわらつている
機械のように
いのちの根源を
その寒い心に
いたづらな時間が流れる
今日も一つの碧空を夢見る
宇宙的宇宙と
その道
その本源の中に

ペダンチックはない
仮空なおしやべりはない
無は一つの火花であり
力の原動だ
魂をさげすむものは
魂にさげすまれる
真実とは生きることだ
あらゆるものへの抵抗だ
永遠に風は死なない

（「日本未来派」六十六号、一九五五年六月）

一九五五年（昭和三十）五月十二日午前零時四十分、雨風がしきりに家の窓をたたき、愛犬パールの悲しい鳴き声が響く中、詩人・高島高は四十四年の短い生涯を閉じた。夜があけると愛犬は姿を消し、二度と帰ってこなかったという（「夫　高島高の想い出」、高嶋とし子「とやま文学」第四号、一九八六年三月）。死因はカタール性黄疸であった。それは軍医として戦時中の海外転戦での厳しい生活が原因であったとも言われている。

平常からあまり壮健ではなく、晩年になると人力車で往診していたが、ほとんど休みを取っていなかったという。医師としての激務は体にこたえたに違いない。

四月十一日頃、はっきりと身体が黄色くなってきて、十七日から他の病院に勤務する弟・学が代診をするようになり、ようやく休養をとることができた。しかし、その数日後、病気が急に悪化して、食べ物がまったく喉を通らなくなり、本人も家族も死を覚悟したという。高は自身の余命を知り、どのような思いでその死を迎えたのだろうか。

容態が悪く臨終に近いことが街の噂になっていたようで、死の前日の五月十一日、校歌（作曲は高木東六）を作詞した田中小学校から「先生の声を録音なさいませんか」と録音機が運ばれた。家族は言葉にはならないと思ったが、本人がやるというので録音することになった。ひどい苦しみの中、氷を口に入れ、ふりしぼるようにして声を出した。

人の生涯には必ず困難がつき纏うと思いますから信念と誠実を以って生きれば如何なることも克服されると信ずるのであります。努力と言うものは一層大切なものと信ずるのであります……

言葉使いに乱れはあるものの、詩人の生命力を感じさせる音声で、生命を終える間際に、子どもたちに伝えようとした最後のメッセージであった。実直な高らしい思いが込められていた。

五月十四日正午、自宅にほど近い養照寺において、参加者約二百人の盛大な葬式が行われた。天候は晴れ。翁久允が弔辞を読んだ。葬儀の後、高島順吾、小森典《つかさ》、沖野栄祐、亀田晶ら詩人たちが滑川市浜四ツ屋の小森典宅で高を偲ぶ句会を開いた。坂田嘉英は浜四ツ屋への途中、襲いくる寂しさに耐えきれず、ひとり高島家に引き返し、酒中の喪に服したという。

高は、富山の名家の医者の家に生まれ、文学の才に恵まれ、東京で生活していた二十代の後半に詩人として頭角を現わし、その名を知られる存在になった。その後、父の病のため帰郷し、三十代で戦争を経験、四十代半ばで生を閉じたが、詩人の死後、その名は時とともに次第に忘れられ、地元でも、代が移り、知るものが少なくなってしまった、というのが現状であろう。

高は、戦前のモダニズムの影響を少なからず受けた鋭い詩から、戦後は東洋思想的な思考へと移行していった。長く過去の詩人のように思われていたが、今あらためてその詩群に触れると、輝きと新鮮さをもって迫ってくる作品が多いことに驚かされる。

何万年と変わらぬ姿を見せる自然に対峙した人間の感情は、そう変わるものではない。そこでは、人間の生活をテーマにしたもの以上に、詩としての普遍性を読み取ることができるだろう。自然に何を感じ、思考し、見出すかが詩人の力量であり、個性でもある。

戦前のアヴァンギャルドの詩人たちは、大正期のロマン主義的な自然への礼賛を否定したが、高は自然にこだわり、礼賛はするものの、決して楽観的なものではなく、厳しい視点で臨んでいた。高にとっての世界の創造とは、まさしく自然に深く根ざしていた。

今後この詩人をより理解する人が出てくるように思うし、期待をしたい。残された詩群を今一度読み返し、反芻《はんすう》する。そしてあらためて、高が眺望した自然に向かうことで、その自然の存在を認識し、豊かさを享受することとなるだろう。その詩精神を感受できることはなんと幸いなことか。自然とともに高の詩がある。この北方の地に高島高という詩人を得たことを感謝したい。

追悼の言葉

高が亡くなった直後に、関わっていた詩誌に多くの追悼文が寄せられた。

一九五五年（昭和三十）七月号の「時間」では、北川冬彦の「好人物高島高」、桜井勝美の「高島高を悼む」が掲載され、同年六月の「日本未来派」では遺稿「丘の上の思想」と夫人が記した高の略歴、そして編集長の上林猷夫《かんばやしみちお》が、追悼文「高島高のこと」を書いた。

同じく六月号の「高志人」では、中山輝が「高島高君を憶う」、吉沢弘「悼高島高君」、翁久允「弔詞」、斉藤吉造「弔辞」、斉藤一二「弔詞」、坂田嘉英、神保恵介がそれぞれ「弔詩」を寄せた。

中山輝は、高についての詩人評を書いている。

高島君の詩は明るく清閑な底に憂愁さを湛えていたし、人生のノスタルヂアというものを流していた。逞しさとか、ダイナミツクなもの、或は沈痛なものなどはないが、淡々と平明を装いながら、奥深いものを覗かせていた。近年、高志人に発表していた詩は年齢に似合わず『寂』とか『侘』といつたものを湛え、いわば人生の峠を下りかけようとする人の心境のようなのがみられ、内容的には非常な進境ぶりを感じていたが、まさかこんなに早く死ぬとは夢にも思わなかつた。また、翁久允は、高の死を惜しみつつ、詩人として心の中に生き続ける、と深い愛情を持って追悼文を寄せた。

高島君！君は一口で言つたら「ほんとにいゝ人で」あつた。それは君の純情がいつも君の顔に口に手に足にそしてからだ全体にみなぎつていたことで誰でも感ずることが出来たのだ。さうした純情の中から君の詩は朝から晩まで湧いて流れていた。だから君は生れつきの詩人だつたのだ。四十四年の生涯は短かいように思はれるが、しかし、君は純情な少年として生き通した詩人なのだから普通の人間よりずつと長生きしていたわけである。人間高島高の姿は消えても詩人高島高の詩は永遠に生きているわけだ。だから私は今、人間なみに君の死を悲しんでいるけれど、実は君を死んだ人とは思われないのだ。

誰だつて人間なら一度は必ず死んでゆくに間違はないのだが、死んでも死なない人間と、死んだきりの人間とがある。君はその死んでも死なない人間の一人だ。話さうと思ふとき、君の詩集を手にとつて繙いたらそこへ君がぬうつと現はれて来るに違ひないからである。

高の周りの若手詩人の中でも、坂田嘉英が一番薫陶を受けた弟子と言える存在であり、師を失ったことの嘆きの大きさが伝わってくる弔詩を寄せた。
また、高と同じ滑川出身である神保恵介は、北園克衛の「VOU」に参加していたモダニズム詩人であったが、高という詩人に対する尊敬と感謝を持って、あまりに早いその死を悼んだ。

弔詩　　坂田嘉英

高島高先生
五月の爽かな正午
水のように流れていた電波が
不意に不気味な軋りで
私の耳に
先生の訃を知らせました
有り得べからざることが
不意に有り得たことの
非情の事実
理解せねばならぬ刹那の混迷が
私をもどかしくさせました

その夜
私は先生と過ごしました
大いなる詩魂は
不滅の光芒を放つて
先生の肉体は亡び
雲は飽くまで黒く空を閉ざし
僅に残された幾つかの星だけが
天涯の一角より
先生の死を凝視しておりました

その中で
北の貌の海は
角度の向うで
暗く壁画のように唖默り
不安げな眉を寄せ合つていました
先生
水橋口駅の柱時計の針は

先生の詩の中で曲つていた儘の曲り方で
今も曲つております

北の貌の町
北方の詩の町滑川は
先生の詩と共に生き
先生は既に在りません
先生
先生に師事して最も古く
御期待を裏切ること最も早かつた私は
愚かしくも今
萬斛の敬慕と慙愧に胞を裂かれつゝ
御霊前に
拙い詩を捧げました
何事もお許しになつた先生の
御恩寵に慣れて
遂に懶惰の淵に身を沈め果てた私をも

大慈無倦の先生はやはり許されるというのでしようか
念はくば先生の変らぬ
御恩情に代えて
百千の鞭を賜らんことを

弔詩　神保恵介

先生は口ぐせにおつしやつていました

一行の詩のために
百行の生活を　と

わたくしに詩はなく
一行の生活すらありはしない

けれど、

あ　あ

越中の小さな街の片隅で人力車の上に
星の詩心を燃やし尽くされた先生

先生を偲ふことは
詩を惟うことです

夕ぐれ
橋場からのぞむ街の灯が涙に濡れて滲むとき
先生の少年の日の悲願がわたくしの胸にもかなしく強く
燃えてくるのです

詩と生活

この詩人は、長く「ネオ・リアリズム」教の使徒のように「芸術」や「詩」を、「生活」と重ね合わせ、「詩」こそ「生活」、「生活」こそ「詩」、とすることをテーゼとし、「生きること」そのものが「詩」でなければならないと主張してきた。

詩は單なる表現ではないのだ。生活なのだ。ここが、考ふべきところである。生活とはあぶらぎった世俗の生活のことではない。あくまで魂の生活のことなのだ。この魂の生活の教養なくんば、眞實の詩は書けない。卽ち佛教で云ふ眞人間とならなければ、眞の詩が書けないとも云へる。

（〈選者の言葉〉「高志人」一九四四年五月号）

とはいえ「芸術」や「詩」と違い、「生活」は観念から作り出すことは難しい。また当然ながら、「生活」は自分一人だけで作り出せるものでもない。現実と理想との間で次第に生ずるその内的矛盾に、ときに悩まされ、そうしたことに耐えることが困難になっていったのではないだろうか。

山之口貘のように、身一つでルンペンのように自由に放浪することも、高見順のようにプロレタリア文学に身を投じて自己を解放することも、あるいは太宰治のように、家族の期待を裏切り、女性と心中をはかり薬に溺れることもできない。医者だから薬を使うことはあっても、溺れることなどできるはずもなく、官能の解放へ向かうこともできず、感情を常に理性で包もうとする性向がある。本当の意味での自由を得たいし、山之口や太宰のような破天荒な生き方に共感するが実際自分にはできない。それは本人も承知であっただろう。しかし、実は理知的であるより感覚的で、理性的であるより感情的であるところが、時々こぼれ落ちるように、詩やエッセイの中に表れる。挫折や苦悩に苛まれ、ぶれや揺れを抱えた、実に人間臭い側面を持ち合わせているのである。

詩人の苦難

高にとって詩は、趣味ではなく、遊びでもなく、論理でもない。すなわち詩は、生活であり、生の探求であり、生命より発するものである。現実の奥にある波動を探り、発見することである。また、詩は苦悶の表象であり、意志であり、魂の花火でもあった。

高は亡くなる前年、親しかった詩人、杉浦伊作の死に際し、次のように記した。

詩人の死が何故このように僕の胸憶を打ち、かなしませるのであろうか。詩人の生涯は、詩人と生れたために、より苦闘の生涯であるためであろうか。より荊の道のためであろうか。

現在日本において、詩人はいまだめぐまれない生活を送っている。通俗ばやりの日本では仕方のないことであろうか。詩はいまだ眞に理解されていない。そのためにこそ、詩人の生涯は苦難の生涯にならざるを得ない。いつの世にも、眞実に挺しようとする人間は拒まれる。どこえ行っても俗臭のつきまとう日本では、一人の詩人の生涯を荊の道とすることは必然だ。この苦難に耐えたもののみが、又本当の詩人の名に価するとも云い得る。

（高島高〈詩人断章（二）　詩人追悼記〉草稿、一九五四年七月）

杉浦は詩人としては、けっして華やかではなかったが、高潔であり、生存中に詩界の一城の主にすらならず脇役であり続けた。そうした、おもねることもせず、自然の姿を見せていた杉浦への尊敬の念をうかがわせるものだ。詩壇の寵児になることはこの詩人の本懐ではなく、何よりもまして詩を愛していたことが一番の輝きであり、尊いことである、と高は言う。

杉浦への追悼文でありながら、「荊の道」を歩み続ける詩人である自身に向けた心情の吐露のようにも思える。

義妹・鷲山昭子さんに聞く

高が一九五五年（昭和三十）五月に亡くなって、六十五年が経つ（二〇二一年三月現在）。生前の高のことを知る人はほとんどいない。その数少ない証人である高の妻・とし子の妹、鷲山（旧姓・高道）昭子さんに、二〇一八年（平成三十）四月と六月、富山市の自宅を訪ねてお話を伺った。

昭子さんより十二歳上の姉・とし子と高は見合い結婚で、高の姉ヤス夫婦が強く勧め、また、父があと押しをしたという。

高は、結婚して間もない一九三八年（昭和十三）十一月から、横浜市電気局友愛病院の内科に勤務し、翌年四月に父が病気となり、郷里・滑川に帰るまでの半年間、病院の官舎で生活した。昭子さんはその時期、姉夫婦に預けられ、共に暮らした。その頃、昭子さんは小学四年生で、高から、いつも富山弁で「いい子になられ」と言われ、随分かわいがられたという。

この頃、靴の裏革のない山之口貘が官舎に訪れ、とし子が料理を振る舞ったという。昭子さんは外で遊んでいたのか、直接この詩人と会ったわけではない。また、姉夫婦に横浜の伊勢佐木町によく食事に連れて行ってもらった楽しい思い出を語られた。

昭子さんが、東京・小石川の帝国女子専門学校（現・相模女子大学）に行っていた頃には、高からよく葉書や手紙をもらった。内容はまるで親から子へ送るような内容で、しっかり勉強するようにといった生活のアドバイスだった。

特に印象に残っているのは、石川啄木やベートーヴェンの話だという。高は、クラシック音楽ファンでもあり、ロシアの声楽家のフョードル・イワノヴィッチ・シャリャピンが一九三六年に来日したとき、会場の日比谷公会堂の一番前の席、すぐそばでシャリャピンの歌を聴き、大変感激したと昭子さんに話した。シャリャピンの、心理的描写豊かな表現法は観客を魅了し、日本公演では多くの大衆を巻き込んだ一大センセーションを起こした。義妹である自分を文化的に教育したかったのではないかと昭子さんは回想する。高はロマンチックな人だった、という。

高については、亡くなった姉ヤスや義妹に捧げた詩、幼い姪や甥のことを書いた詩もあり、愛情深い人間だったことがうかがわれる。一九四二年、十七歳で亡くなった義妹・敦子（昭子さんの姉）に捧げた詩である。

亡妹哀恨歌

外は雨だか霙だか
じめじめなんだか暗い音がする
そんな天の又天の
どこかに晴れわたつた一点があり
今宵おまえの蒼白い額のあたり
鋭い聰明な叡智も輝いて
瞳もきらきら光つている
それにもまして片えくぼ
十七年間のおまえの生涯の
全てを清く可憐にかざるもの
今宵はなんだか少し皮肉笑いさえ見え
いゝえこれは皮肉じやない
すつかりこの世のことをあきらめた
乙女の靜かなあきらめの顔だろう
（かあさん
唇痛い）
本當におまえの紅い小さな唇に

血までかすかににじみ出て
おまえの苦痛が
どのように
おまえが歯をくいしばつて耐えていたか
それがありく〵と立派に保證する
(だんだん死ぬんだ)
おまえの中肉の十三貫あつた目方が
今ではもう九貫位になつたという
足の細さや
腰の細さ
晴着着る日もあきらめて
雨や霙と一緒に
今宵どこかへ行こうという
おかあさん晴着をきせておやり
頬紅も充分可憐にぬつておやり
(こんど生れてくるときこないな苦労せぬように生れてくるわかあさん)

(『北の貌』より)

高没後、高氏の書簡や葉書、資料などがきれいに残されていたことなどから、妻・とし子の高への思いについて昭子さんに訊ねると、高を尊敬し、二人は深い人間的な繋がりがあったと話された。

高は帰郷して十年近く経って、いずれ医者を辞め、医院を弟に任せて上京して詩人として生きるつもりだった。戦争によって中断を余儀なくされた「青春」の再始動だったのか。しかし、希望を果たすことなく、病気で亡くなってしまった。

富山のモダニズム詩人たち

高島高はモダニズム詩人としてスタートしたが、志半ばにして帰郷し、医院を継いだ。それでも文学への志は捨てきれず、翁久允の「高志人」に寄稿。戦後、詩誌「文學組織」、「文學國土」、「北方」を編集発行するなど精力的に文学活動を続けた。それらの詩誌には高の文学的興味、哲学や思想がうかがえる執筆陣が多く寄稿した。

高だけではなく、富山は戦後、モダニズム詩人を数多く輩出した土地柄でもあった。主な詩人を見てみよう。

高島順吾（魚津市）は、高の十一歳年下で、旧制富山県立魚津中学校（現・魚津高校）時代に三浦孝之助（上市町《かみいち》）から英語を教わっている。三浦は、慶應義塾大学で西脇順三郎の指導を受けており、日本初のシュルレアリスム詩誌「馥郁タル火夫ヨ」（一九二七年十二月）や「衣裳の太陽」（一九二八年十一月創刊）に参加、日本の前衛詩運動の一翼をになった人物で、順吾は三浦から詩的感化を受けた。瀧口修造（富山市出身）、山田一彦（福野町出身）も西脇の指導を受け、「衣裳の太陽」に参加している。

師弟関係で言うと、西脇順三郎（慶応義塾大学で教鞭をとる）→三浦孝之助（魚津中学校教師）→高島順吾（滑川高校教師）→神保恵介（滑川市中町出身）、水橋晋（滑川市高月町出身）というモダニズム詩人の系譜が浮かび上がる。

順吾は、旧制第四高等学校（現・金沢大学）文科時代に友人、石上晃、満島俊次の三人で詩集『937世紀の Title 祭』（一九四二年）を刊行。シュルレアリスムの影響を受けた作品を書いている。「真ヒル／ホタテ貝ノ側ヲ／ステッキ振ッテ通ル／／星座ト星座ノ間ニ撒水車ガ停マリ／／カナリヤヲ耳ニ包ンダ印度洋ガ／カッフエーデ新鮮ナ芳名簿ヲ千切ル／／牧羊者ノ群ハ角笛ヲ研ギ／魚卵ニ潔癖ナ空ヲ透射シ／／秋ノ製図工達ノ白ク白ク戯レル頃／少年ハベンケイ草ノ影ニ現ワレテ人生ヲ考エル／／船脚ハ青ク尖リ／テープニ砂ノ光リガアロゥカ　ナカロゥカ」（「サボテン」）。

この詩集について、村野四郎、北園克衛の詩誌「新詩論」五十八号（一九四二年三月）誌上に北園の書評が掲載されている。これが機縁となり、四六年、北園の勧めで「VOU」に参加（「cendre」［一九四八年創刊］にも参加）、「VOU」（復刊第一号、一九四六年十二月）巻頭に順吾の「あわただしく詩と会見する」と題したアフォリズムが掲載される。四九年、順吾の依頼で北園は、滑川高校の校歌の作詞の依頼を引き受けている。北園の書いた校歌はこれ一作であろう。同年に順吾は滑川高校の文芸部の顧問となり、機関誌「ぱるどん」を発行。部員の活躍はめざましく、先の神保恵介、水橋晋は当時、すでに注目すべき才能を見せていた。『定本高島順吾自選詩集』(一九八九年)の解説は水橋晋が書き、順吾の詩について「恣意的な思惟を表現することだけではなく、それをも包みこんで単に自意識の流れをそのまま書きとめるのではなく選択的にイメージを自動記述として構想することであり、同時に新しいレアリテを戦闘的革命的に表現することを宣言している」と述べている。

高と順吾は詩風は違うが、順吾は高の厳しい孤独感を持った求道的精神を評価し、高は順吾のユニークな発想と因習を破ろうとする表現形式を評価した。高が人力車に乗って隣町の魚津の順吾の家に泊まりがけで遊びに行き、詩の未来を語り合うこともあった。

神保は、順吾の指導を受け、早い時期から詩作をはじめ、一九五三年(昭和二十八)四月には詩誌「ガラスの灰」を創刊。上村萍《ひょう》(朝日町)、坂田嘉英、林昭博(高岡市)のほか、県外からは諏訪優、鳥居昌三ら「VOU」の詩人が多く寄稿した。神保自身も五九年、「VOU」に参加している。神保は六六年に第一詩集『存在の傷痕』(装幀は北園克衛による)を刊行。北園はまえがきで「このような詩はこれまで誰も書かなかったし、これから後も書かれないかもしれない。それはこの詩集の著者自身のイマジネーションだけがこれらの詩を可能にするからである」と書いた。

冒頭の詩「開く」は冷たい抽象絵画のような独自のイメージである。「黒い一群の点がゆっくりと過ぎていく／／白い果てしない空間／／砂が崩れ／長い影が立ちあがる／／その鋭い亀裂を走る冷えた火／／落下する黒／／散乾する緑／／存在は濡れていく／拡がる白い時間／／いっぽんの線が溶け／

空洞の風が割れ／／黒い弾痕のある／意味のない黒い扉が開く」。

坂田嘉英は、戦後の富山詩界の中で異才を放っている。沖野栄祐、高島順吾と三人で「逍遥」（一九四七年一月）を創刊。敗戦後の困難から立ち上がり、新たな詩精神を郷土に植えようとした。わずか二号で廃刊となったが、地方文化の前衛的な仕事に先鞭をつける役割を果たす。その後、順吾の「E-MIR《エイミア》」（一九五一年十二月創刊）に参加。自らも詩誌「泡」（一九五三年一月）を創刊、社会批判を込めたアフォリズムを発表した。「傷痕の爪が水面を摑んで沈み。／華麗な泡沫がしばらくつゞき。／永遠に濡れて眼は水底に横わってゆき。／流れは黒さを加えて速く　次第に速く。」（「抵抗の感傷」）。

坂田は一九七〇年（昭和四十五）に、第二詩集『斜視的風景』を刊行。出版記念の席で、翁久允は「富山にこれほどすぐれた詩人がいるとは知らなかった」と賛辞を述べたという。

高は、「文學國土」第五集（一九四八年六月）にいち早く詩誌「逍遥」の中心メンバーの作品を掲載した。沖野の「廃園風景」、坂田の「蜃気楼」、順吾の「エヂプト手品」など。高は「逍遥」創刊前からアドバイザー役として協力した。高は師弟関係を好まず、弟子を持たなかったが、坂田は高に私淑し、「文學國土」の編集を手伝った。高は坂田に愛情を持って接し、高を慕って度々やってくる坂田に酒を振い、語り合ううちに患者が待っていることを忘れることもあったという。その後、坂田は滑川市行田《ぎょうでん》公園内の高の詩碑建設や、上村萍の遺稿詩集刊行に尽力した。

瀧口や三浦によって灯され、連綿と続いた富山のモダニズム詩の影響は神保恵介や水橋晋の後の世代以降に一見、継承されていないように見える。富山は、保守的な地のように思われがちであるが、一方で、眼前に高く聳える立山連峰を越えようとする気風には、革新的な精神が息づいている。

戦後の富山の同人誌

戦後まもなく、富山では若い詩人たちを中心に、詩人たちの組織を作ろうという動きがあった。敗戦から二年後の一九四七年（昭和二十二）、富山駅の駅前のヤミ市のバラックの裏の「モナミ」という小さな旅館の二階で詩話会が開かれ、会は数年続いた。高が指南役として呼ばれ、小森典、高島順吾、萩野卓司《たかし》など戦地から帰った詩人や、稗田菫平《ひえだきんぺい》や市谷博《いちたに》、坂田嘉英といった若手詩人たちが参加。会を続けるうちに、次第に各派や主義主張にこだわらず、県内在住の詩人の親和を意図する会を持とうという気運が起こり、組織を作ろうということになった。

一九五〇年（昭和二十五）、坂田は高を誘い、高をリーダーとした「富山詩人会」創設の準備会を持ったが実現には至らなかった。また、小森は、金沢で北陸三県の詩人を集め詩誌を作ろうという計画が持ち上がっていることを知り、高を誘い、金沢まで連れ出すことまで成功したが、目論見はうまくいかなかった。

高にとって詩はあくまで個人の創作であり、組織を作ることでおのずと権威主義が生まれることを危惧し、積極的になれなかったのではないだろうか。その後、小笠原啓介や萩野卓司らによる北陸詩人会結成の試みなどもあったが、いずれも実現しなかった。

高が亡くなって七年後の一九六二年（昭和三十七）の夏に稗田菫平の同人誌「琅玕《ろうかん》」の合評会の席上で詩人の組織の話題が沸騰した。十月、萩野卓司、稗田菫平、神保恵介らが世話人となって、「富山現代詩人懇話会」が発足し、一九六三年十月に年刊詩集『富山詩人』第一集を刊行。後記に、萩野は「各派や主義主張にこだわらず県内在住の詩人の親和を目的にしたい」と記した。事務局は富山市総曲輪富山新聞学芸部内とした。最初の集会では、神保がいささか投げやりな卑下した言い方で設立の宣言を読み上げ、発足早々論議を巻き起こす船出となった。

当時県内では続々と高い志を抱いた詩誌が刊行され、活況を呈し、富山戦後詩の黄金時代に入っていた。市谷博、高島順吾、石田敦らの「象」は、それぞれが個性的でありながら、現実的なイメージを鋭く裁断し、現代文明をシニカルに批評。野海青児《のみせいじ》に小森典、上村萍、山本哲也らが加わった「奪回」は、超現実の詩を奪い返すように県詩壇アヴァンギャルドの先端に立った。神保恵介、上村萍、林昭博を中心に、野口嘉一、吉野禽、竹田アキ、田中悦子らが参加した「ガラスの灰」は北園克衛の「VOU」に呼応する前衛グループで、「写真展」にも意欲を見せていた。「琅玕」の萩野卓司、伊東恭子、上野英夫、松山道子、森幸一、稗田菫平らは抒情の美を精神的に捉え、現代に生きる困難を詩で形象化した。ほかに中山輝、早川嘉一、沢田静子、青塚与市らの「北日本文苑」や、永沢幸治、富田良らの「叢」、桑原修二、室谷紀暲らの「河童」などがあった。

「富山現代詩人懇話会」は、二年後に「富山現代詩人会」（初代会長・萩野卓司）と改称され、県内発行の同人誌の合評会や、年刊詩集（三二号まで）の刊行、詩と音楽の会、詩人の夕べ、現代詩懇談会など多彩な活動を繰り広げた。

一九六三年四月には同会主催で「VOU形象展」が開かれ、富山市の稲垣画廊に数十展の作品を展示、北園克衛が初めて富山に来遊した。二十七日の夕刻に、富山荘で北園を囲む夕べが持たれ、四十人が出席、八ミリ映画「VOU習作」が映された。神保、林、野海、埴野《はの》吉郎ら若き詩人たちは北園の前衛的な映像を目の当たりにし、「VOU」は県内詩人の中に根をおろした。林（「VOU」一九五四年、三九号より四十六号まで寄稿）、神保（一九五九年、六五号より一九七八年、最終一六〇号までほぼ毎号寄稿）に続いて埴野（一九六六年、一〇三号より一九七八年、最終一六〇までほぼ毎号寄稿）もこの後「VOU」に参加した。

二〇〇五年、「富山現代詩人会」が解散。十一月、富山現代詩人会の会員でもあった高橋修宏、本田信次が中心となり、「富山県詩人協会」を設立、会員四十五名で初代会長は田中勲。その後、十九年まで池田瑛子が会長を務め、現会長は高橋修宏。現在に至っている。

最後に

これまで見てきたように、高島高は一九一〇年に富山県滑川町の医者の家に生まれ、十三歳のときに母を急病で亡くしている。その悲しみは、高のその後の生き方や創作に大きな影を落とした。高は、戦前から戦後の激動の時代をくぐり抜けて、数々の作品を残してくれた。戦前のモダニズムの影響を受けた作品から、ネオ・リアリズムに進み、戦後は良寛や千利休、松尾芭蕉などについてのエッセイを書くなど、人生的で東洋思想的な思考へと移行し、孤高の詩人として晩年を過ごしたという印象が残る。

「假面」という二十四歳のときの短い作品がある。

假面をかむると踊りたくなる
假面はかなしい惡魔です
僕はいつまでも假面をかむつていたい

（詩集パンフレット第二集『ゆりかご』より、一九三四年）

「假面」とは何だろう。この詩には高の矛盾した自己、屈折した内面をさらけ出した暗い調べがある。素の自分はあまりにも弱く、「假面」をかぶらないと踊ることも、生きていくこともできない。

だから「假面」は悲しい、悪魔のようなものなのだ、とたった三行の詩は表している。

高は、つねに詩とは何か、詩を書く自分とは何かを問い続けた。生きること、そして詩を書くことの眩い光と深い影。喜びの裏側にある底知れぬ悲しさをこの詩人は教えてくれる。詩から浮かび上がるのは、繊細なポエジーを抱いた孤独な詩人の姿である。

高の晩年の詩に故郷をうたった「春と滑川」がある。

こちらは「假面」を外した穏やかな詩人の表情が見える。春の早朝、澄み切った心地良い空気の中で、「純白蠟のような」山脈や菜花に止まる蝶々などの鮮烈なまでに明るいイメージ、おおらかな詩的空間が描かれている。

ここには一人の詩人のささやかな「生の喜び」がある。驚くほど素直で優しい感情表現で、はるか遠くの人々への想いが表されているのである。

春と滑川

あゝいゝな
さつぱりするな
山脈は純白蠟のようにきらきらかゞやき

濃紺色の大空をくぎつて連つているし
巻きつ雲も素敵に刷けて光つている
（劔・立山・アルプス幕下）
そこで僕は曹洞宗独勝寺裏の
菜種畑の中の高い一本のはんの木と並び立つて
蝶々が菜種の花に靜止するのをぢつと見ている

（チロル地方つて横光利一氏の欧州紀行の中では
大変論理的に描寫されている）

こんな風にこんな田圃の中にひとりふるさとの山脈と並び立つている僕を
東京の友人たちはちつとも知らないだろう

今日はあの人たちにあてゝ長い長い手紙を書かうと思う
菜種の花はいゝ花だと

（『続北方の詩』より）

巻末資料

高島高著作・作品掲載雑誌

高島高の詩集・句集

太陽の瞳は薔薇　1932年（昭和7）

詩集パンフレット第1集『太陽の瞳は薔薇』
表紙

うらぶれ　1934年（昭和9）

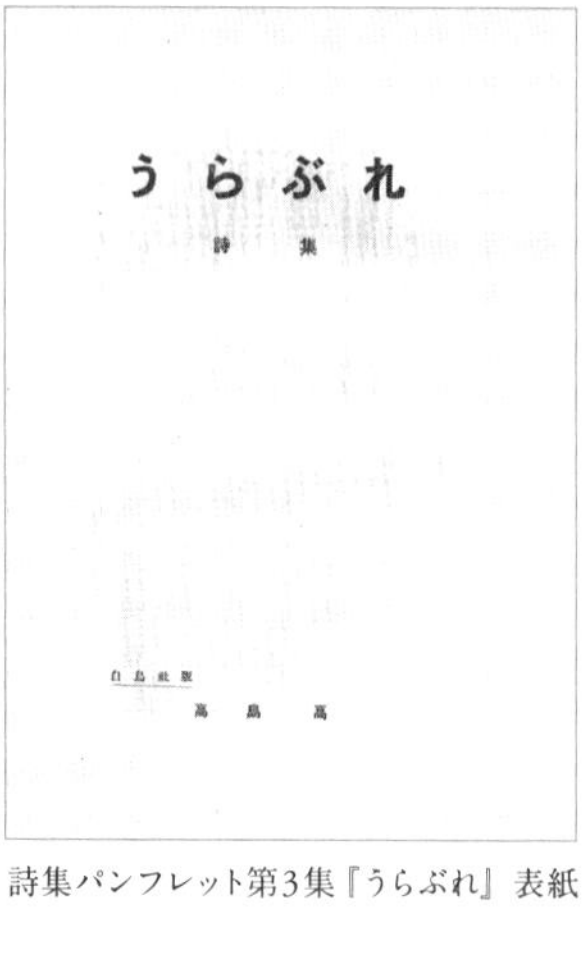

詩集パンフレット第3集『うらぶれ』表紙

ゆりかご　1934年（昭和9）

詩集パンフレット第2集『ゆりかご』表紙

北方の詩

1935年（昭和10）
1938年（昭和13）

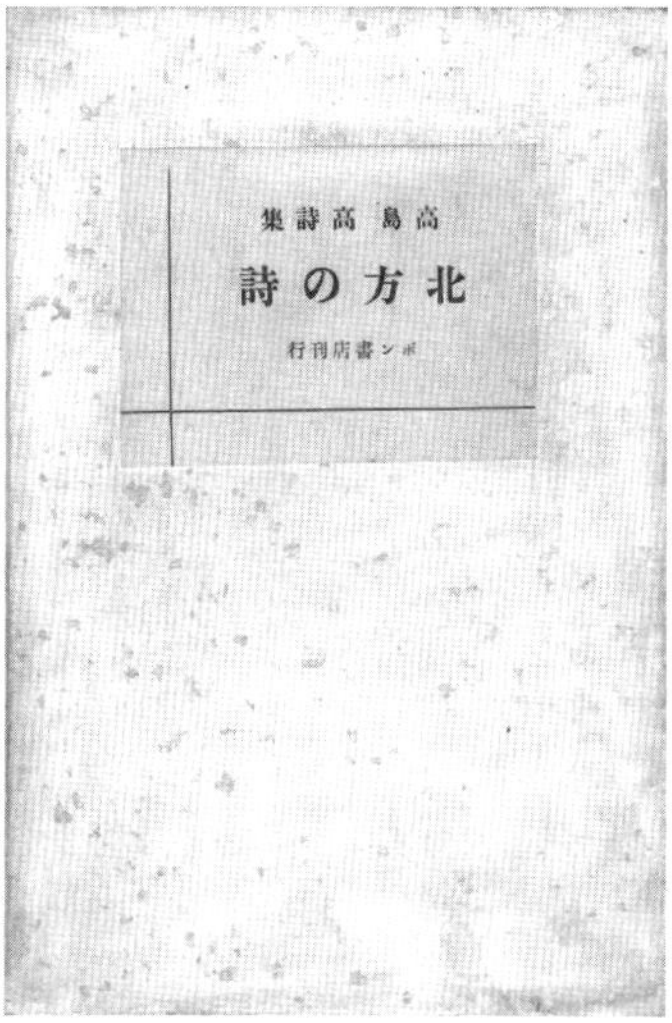

詩集『北方の詩』（ボン書店）函

詩集『北方の詩』（私家版）表紙

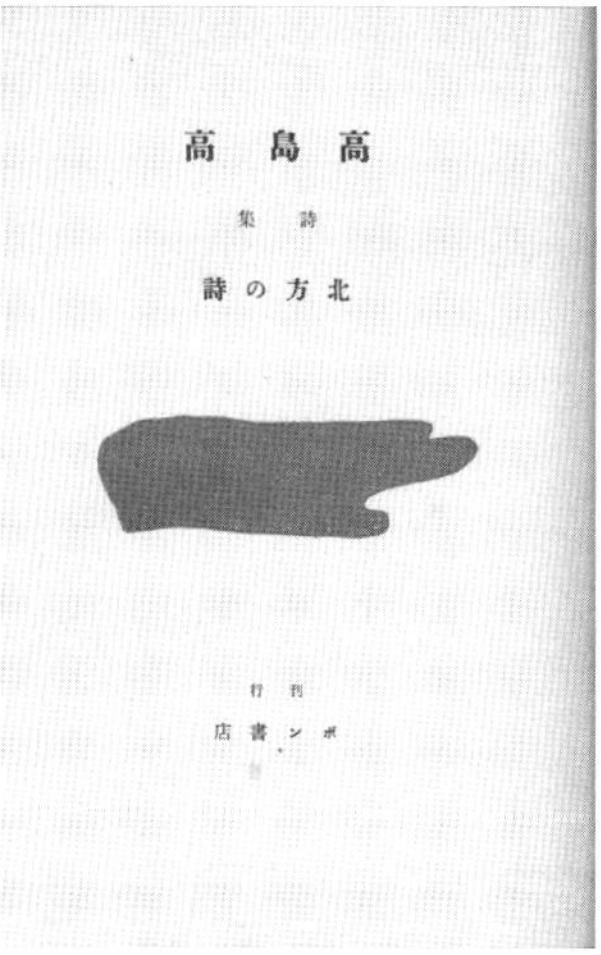

『北方の詩』（ボン書店）扉

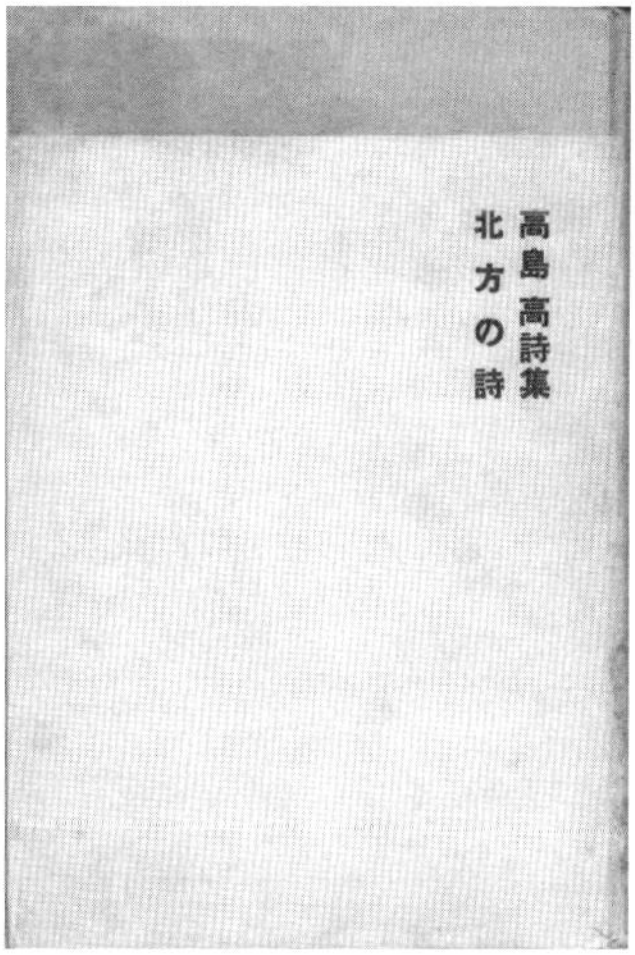

『北方の詩』（ボン書店）表紙

山脈地帯 1941年（昭和16）

詩集『山脈地帯』表紙

『山脈地帯』扉

北の貌 1950年（昭和25）

詩集『北の貌』表紙

『北の貌』扉

人生記銘 1942年（昭和17）

久遠の自像 1941年（昭和16）

左/詩散文集『人生記銘』表紙
右/詩散文集『久遠の自像』表紙

句集 鷹 1949年（昭和24）

句集『鷹』表紙

真理序説 1943年（昭和18）

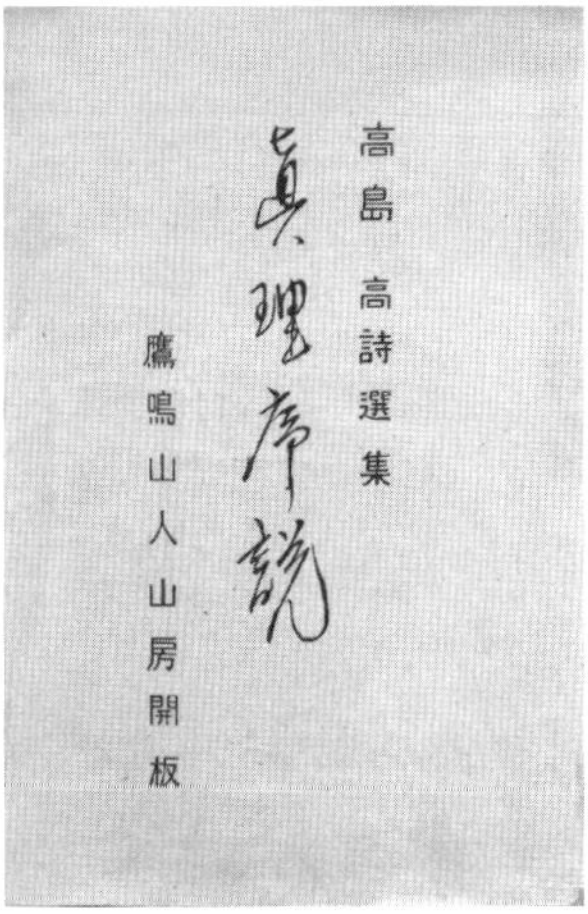

詩選集『真理序説』表紙

北の讃歌 1954年（昭和29）

詩集『北の讃歌』表紙

句集 季節の貌 1952年（昭和27）

句集『季節の貌』表紙

名作選 高島高詩集 1984年（昭和59）

詩集『名作選 高島高詩集』表紙

続 北方の詩 1955年（昭和30）

詩集『続北方の詩』表紙

高島高編集詩誌

文學國土 1948年（昭和23）4月

第4集

文學組織 1947年（昭和22）10月

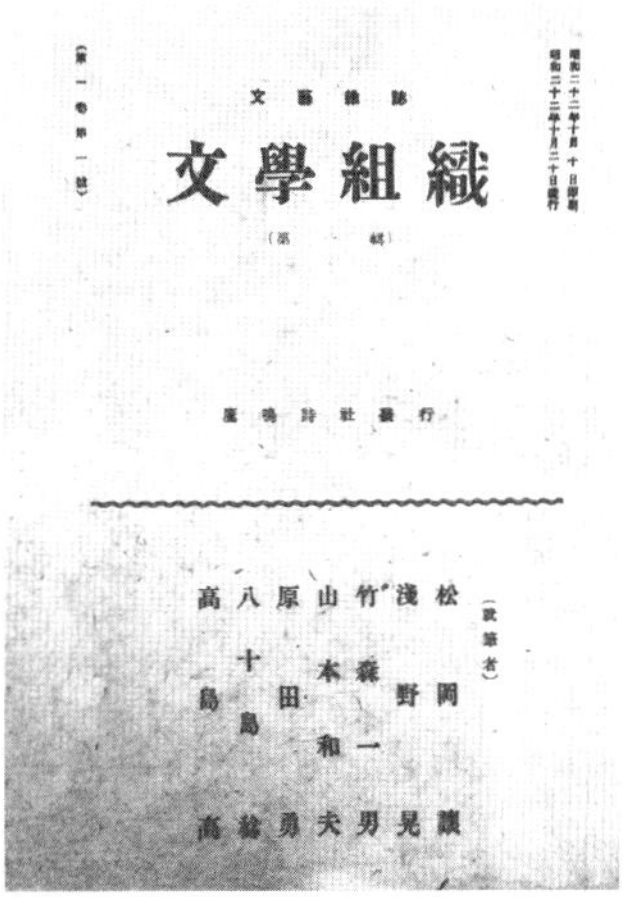

第１集

北方 1949年（昭和24）12月

第11集　表紙画:棟方志功

文學國土 1949年（昭和24）7月

第9集　表紙画:棟方志功

高島高詩収録アンソロジー

全日本詩集 1939年（昭和14）

第2巻　前田鐵之助編　詩洋社

新日本詩鑑 1938年（昭和13）

第1集　村上成實編　詩報発行所

新鋭詩集 1935年（昭和10）

日本詩編集部編　アキラ書房

培養土 麵麭詩集 1941年（昭和16）

北川冬彦編　山雅房

昆侖詩文集 1941年（昭和16）

北川冬彦編　昆侖社

現代日本**年刊詩集** 1941年（昭和16）

山田岩三郎・村上成實編　山雅房

日本詩人全集 1952年（昭和27）

第6巻　北川冬彦編
創元社

日本現代詩大系 1951年（昭和26）

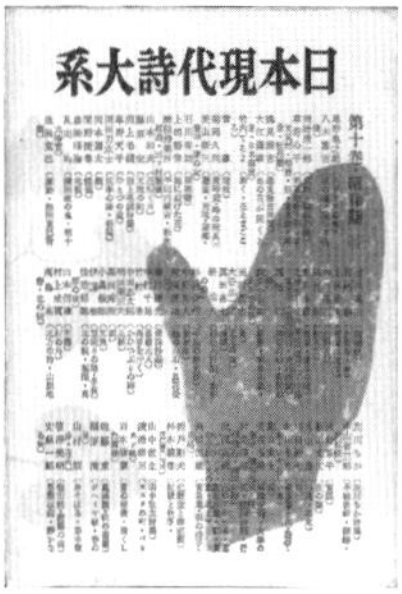

第10巻　中野重治編
河出書房

辻詩集 1943年（昭和18）

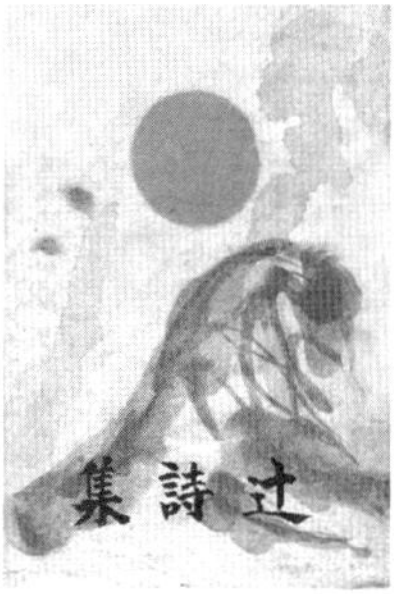

日本文学報国会編
八紘社杉山書店

高島高寄稿雑誌［戦前］

昆侖 1938年（昭和13）10月

第2冊　田畔忠彦編

第1次麺麭 1936年（昭和11）2月

2月号　千田規之編　麺麭社

風流陣 1938年（昭和13）11月

第32冊　八十島稔編　風流陣発行所

三田文學 1938年（昭和13）4月

4月号　西脇順三郎発行　三田文学会

日本詩壇 1940年（昭和15）1月

新年特集号　吉川則比古編
日本詩壇発行所

文學層 1939年（昭和14）3月

創刊号　岡勇編集発行
赤塚書房

昭和文学全集 1954年（昭和29）

第47巻　角川書店

死の灰詩集 1954年（昭和29）

現代詩人会編　宝文館

日本未来派詩集 1957年（昭和32）

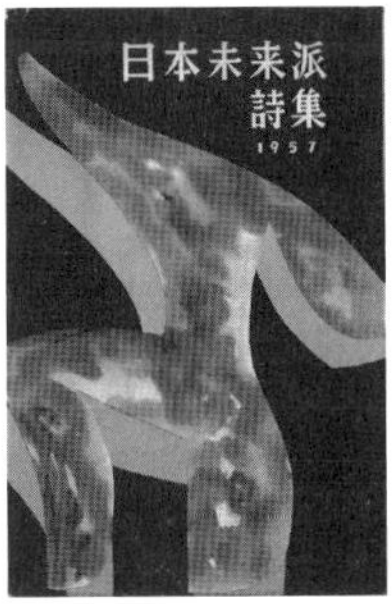

土橋治重編　近藤書店

高島高寄稿詩誌［戦後］

現代詩 1949年（昭和24）1月

1月号　杉浦伊作編　詩と詩人社

新生 1947年（昭和22）9月 詩特集号

9月号　小谷剛編　新生文化協会

詩之家通信 1947年（昭和22）7月

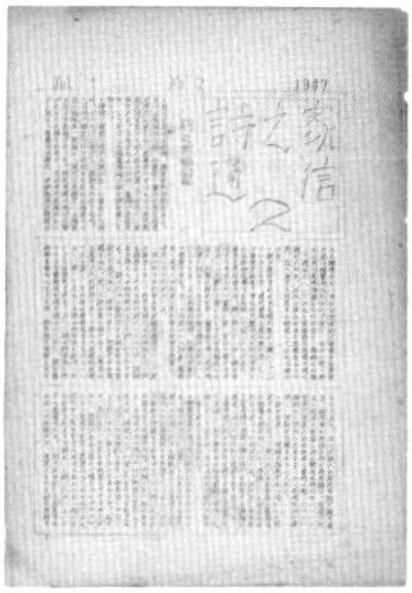

第2号　竹中久七編集発行

詩文化 1950年（昭和25）9月 作品特集号

第19号　小野十三郎編　不二書房

詩學 1950年（昭和25）5月 全国詩雑誌推薦詩人集

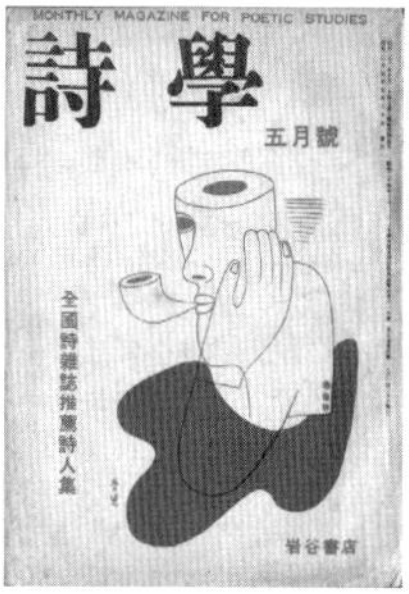

5月号　岩谷満編　岩谷書店

文學集団 1949年（昭和24）9月 昭和文学の源流

9月号　三好貞雄編　草原書房

文藝日本 1954年（昭和29）5月

5月号　大鹿卓編　文藝日本社

第2次麵麭 1953年（昭和28）8月

1号　家城寛編　麵麭の会

ロマン・ロラン研究 1952年（昭和27）6月

第4号　蜷川譲編　ロマン・ロラン協会

高島高寄稿詩誌［富山県内］　▼高島高追悼記事掲載

せゝらぎ 1949年（昭和24）2月

第3集　市谷博編　せゝらぎ社

逍遙 1947年（昭和22）4月

2号　沖野栄祐編　逍遙社

日本未来派 1955年（昭和30）6月

第66号　上林猷夫編　日本未来派の会

新風 1953年（昭和28）6月

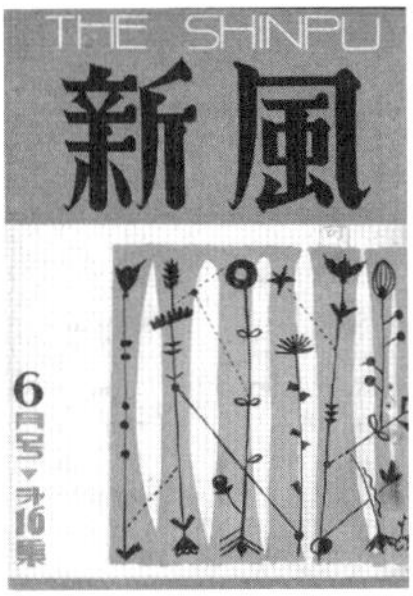

第16集　浅地央編　新風詩社

昆虫針 1949年（昭和24）9月

第10集　市谷博編　せゝらぎ社

第2次時間 1955年（昭和30）7月

7月号　田畔忠彦編　時間社

百花 1953年（昭和28）10月

第2集　稗田菫平編　木兎書房

詩人座 1949年（昭和24）11月

第9集　稗田菫平編　詩人座発行所

高志人 1955年（昭和30）5月

6月号　翁久允編　高志人社

関連詩誌概略

「麺麭」

一九三二年（昭和七）十一月から三八年一月まで通巻六十一号。月刊。発行所は麺麭社。菊判、各巻平均八十頁。「麺麭」の編集発行人は山口孫太郎で、表紙画は妹尾正彦、金田新治郎。創刊号は、小説では仲町貞子、汐見純之助、東一郎、石川俊平が、詩では神保光太郎、神原泰、矢原礼三郎、永瀬清子、評論では半谷三郎らが参加。政治性を最優先したプロレタリア文学、現実遊離と知的泥沼に陥った「詩と詩論」などの偏向に抗し、社会的現実との密接な関係を重視した「時間」「詩と散文」が合流した「磁場」六冊を経て「麺麭」の創刊となった。詩の実作では「殆ど散文形態によるが常にこの形態に対して反省の跡が見えること」が特徴的で、淺野晃（「麺麭」の前期から中期にかけて刀田八九郎を名乗る）が叙事詩を試み、半谷三郎がモンタージュ詩法を唱えた。北川冬彦主宰で、仲町貞子、神保光太郎、矢原礼三郎、永瀬清子、神原泰、半谷三郎、らが初期同人となり、伴野英夫、中田宗男、堀場正雄、井出文雄、山下勇、木村辰二、久慈徹三、樋口直、片岡武也、首藤正紀、古賀一久、長野龍郎、佐野展生、飛鳥井文雄、荒木信五、渡邊津奈夫、淀野隆三、中務保二、正木一之介、小幡義治、二瓶貢、京都伸夫、古谷綱武、妹尾正彦、岩松次郎、井原彦六、片岡武也、石井奈良夫、芹川鞆生、高島高、崔東一、大隅次郎、岡本喬雄、沢村勉、安田貞雄、方等みゆき、高橋勇、中川愛子、西堂岸、桜井勝美、剣持兵衛、小笠原武、佳野勢二、町田志津子、服部稔、張赫宙、鎌原正巳、片山修三、鹿島みを子、十國修、宗村恒代、殿内芳樹、井上良雄、尾崎一雄、瀧口武士らが参加。梶井基次郎、萩原朔太郎、横光利一、小野十三郎、高橋新吉、丸山薫、中島健蔵、井上良雄、森敦、高見順、渋川驍、伊藤整、三好十郎、菊岡久利、飯島正らが寄稿した。詩人、小説家、評論家、映画批評家、音楽家までを含んだ大集結であった。その活動は、麺麭詩集『培養土』（北川冬彦編、山雅房、一九四一年）としてまとめられ、高の初期作品が「北方光景」として詩「北アルプス幻想」、「北アルプス雪景」、「雪の湖」、「立山颪」四篇が載った。

「麺麭」創刊号

「昆侖」

一九三八年（昭和十三）八月から三九年七月、活版印刷版を四冊。三九年十月の五号から四三年五月まで肉筆回覧版として十二冊。通巻十六冊。昆侖社発行。モダニズム運動の流れの中で、「亞」（亞社、一九二四年）、「詩と詩論」（厚生閣書店、一九二八年）、「詩・現實」（武蔵野書院、一九三〇年）、「詩と散文」（詩と散文社、一九三一年）、「麵麭」（麵麭社、一九三二年）などに精力的に参加し、短詩運動、新散文詩運動や、新現実主義を次々と唱導してきた北川冬彦が中心となり、「麵麭」同人が参加した、詩と散文の同人誌。同人は北川冬彦ほか高島高、桜井勝美、長尾辰夫、永瀬清子、菊岡久利、町田志津子、細川玄華洞、十国修、鎌原正巳、淺野晃、飯島正、それに瀧口武士、雨邊都良夫らが毎号寄稿。太平洋戦争突入前夜の暗鬱な空気の中、印刷費、紙の高騰もあって、四号をもって活字印刷不能となったが、五号以降、詩精神の保持を目的に、同人の生原稿を綴じた肉筆回覧誌として十六号まで続刊した。北川冬彦編『昆侖詩文集』（昆侖社、一九四一年）がある。

「昆侖」創刊号

第二次「時間」

第二次「時間」は一九五〇年（昭和二十五）五月から九〇年七月まで全四八二号。戦後五年後に創刊、ネオ・リアリズム、新現実主義を標榜した。田畔忠彦（北川冬彦の本名）が編集兼発行人。北川冬彦が監修し、安西冬衛、村野四郎、安藤一郎、池田克己、大江満雄、深尾須磨子、吉田一穂ら七名が賛助者となった。第一次「時間」の段塚青一、雨邊都良夫、「麵麭」の桜井勝美、高島高、殿内芳樹、井出文雄、長尾辰夫、町田志津子らをはじめ、牧章造、鵜澤覺、鶴岡冬一、高村智、木原啓允、影山誠治、澤村光博、杉本直、桑原（滝口）雅子、富樫勝司、小檜山健、木暮克彦、山崎馨、

第 2 次「時間」創刊号

安田博、佐々木高見、岩倉憲吾、後藤省平、江川秀次、川崎利夫、三島潤、松崎粲、稲住頼光、船水清、三樹実、片岡敏、橋本理起雄ら三十四名の同人が集まった。昭和初期に活発な新詩運動をおこなった「時間」の名をもう一度使おうという北川の提言で第二次「時間」は誕生した。戦後の混迷の現実の中で、創刊趣意書には「われわれはネオ・リアリズムの立場に立って詩活動を開始する。およそネオ・リアリズムは現代詩の基盤をなすものであるが、同人各個の創造的エスプリによってそれに抜なる屈曲を与え、素朴単調なる詩のリズムを多様化し、行詰れる現代の打開進展を企画する」と決意を掲げた。戦後の余りにも唯物論的な社会詩派と、遊戯的な芸術詩派に抗して、「詩の根底に深く社会性の錨をおろし、表現は平静で芸術の香り高い現代詩を想像しよう」という理想を掲げて出発した。創刊号の「編集記」では「ネオ・リアリズムを唱えるが敢えてこれを旗幟とすると云うよりも、ネオ・リアリズムは目標である」と記してある。毎号三十〜四十頁前後の小冊子で、表紙、カットは金田新治郎。本誌のほかに、『現代詩入門』(一九五五-五六)、年度ごとの『時間詩集』(時間社)を並行して刊行した。「時間同人会ニュース」、月刊の研究会誌「レゾナンス」、会員読者のための「培養土」の発行など、きめ細かい活動があった。創刊後十年間の画期的な活動があり、時間社から多くの同人詩集を刊行。北川の『馬と風景』(一九五二年)、『夜半の目覚めと机の位置』(一九五八年)、現代訳『神曲〈地獄篇〉』(一九五三年)、殿内芳樹『断層』(一九五〇年)、長尾辰夫『シベリヤ詩集』(一九五二年)、桜井勝美『ボタンについて』(一九五三年)、町田志津子『幽界通信』(一九五四年)、鵜澤覺『磁気嵐』(一九五四年)、影山誠治『人間雑草』(一九五四年)など。のちに江頭彦造、澤村光博、鶴岡善久らも参加、九十年の終刊までに四二〇名が参加。新人の発掘、育成に取り組み、終刊号以外は月刊発行を堅持し続けたが、北川の死去で休刊となり、最終号は北川冬彦追悼号。高島高没後の一九五五年七月号に、北川の「好人物高島高」と桜井の「高島高を悼む」を掲載。

「日本未来派」

一九四七年(昭和二十二)六月、日本未来派発行所刊行。創刊時の編集責任者は池田克己。五三年二月に池田が死去した後は、上林猷夫、土橋治重、佐川英三、田村昌由、松下次郎、南川周三と変わった。発行所も札幌、東京、鎌倉と移った。雑誌名は、ヨーロッパの「未来派」ではなく、日本の未来への共同の場という意味である。池田は創刊号の「後記」で「「日本未来派」は、一箇の思想や、観念の共通によって、結びつき、発生されたものではない。各人それぞれがこの敗戦後の混沌の中に、未来に向っててたどろうとする、愛や誠実の協同による、連帯の場である。このような中から、日本の現代詩の社会性や思想性の把握、総じていえば、現代詩の、正しい性格の追求等というようなことも、当然の懸命さが、展開されて行くであろう。「日本未来派」は生々しいムーブメントとしての、切実さの中にある。」と記している。当初は池田が鎌倉で編集をし、八森虎太郎が札幌で印刷・発行した。最初に編集に携わったのは、池田克己、菊岡久利、緒方昇、高見順であった。また、八森虎太郎、小野十三郎、植村諦、佐川英三、宮崎譲らが創刊同人として名を連ねている。初期の同人として、土橋治重、高橋宗近、小池亮夫、安西冬衛、高島高が参加。金子光晴、高橋新吉、安藤一郎、永瀬清子、平木二六、及川均、長島三芳、高田敏子らが執筆している。戦争で作品を発表できなかった三、四十代の詩人たちが参加、戦後の日本の詩における絢爛たる表現の場となった。党派性を排除し、狭義の目標を持たないことで批判も受けたが、各詩人たちの多様な価値観に彩られた表現を結実させたことに存在意義を見出せる。全国の詩人たちと連帯、門戸を開き、現代詩運動に大きな広がりをもたらした意味も大きい。日本未来派発行の詩集として、『池田克己詩集』（一九四八年）、真壁仁『青猪の歌』（一九四七年）、小池亮夫『平田橋』（一九四九年）、『高橋新吉の詩集』（一九四九年）、及川均『第十九等官』（一九五〇年）、高見順『樹木派』（一九五〇年）、長島三芳『黒い果実』（一九五一年）、上林猷夫『都市幻想』（一九五二年）、佐川英三『若い湖』（一九五二年）、扇谷義男『願望』（一九五二年）、土橋治重『花』（一九五三年）、大滝清雄『氷地』（一九五三年）、永瀬清子『山上の死者』（一九五四年）、坂本明子『雪崩の楽章』（一九五四年）、武村志保『白い魚』（一九五五年）、港野喜代子『魚のことば』（一九五五年）、内山登美子『炎える時間』（一九五五年）、高田敏子『人体聖堂』（一九五五年）、緒方昇『天下』（一九五六年）、鷲巣繁男『メタモルフォーシス』（一九五七年）、八森虎太郎『コタン遠近』（一九五七年）、田村昌由『武蔵国分寺』（一九六一年）などがある。一九五七年九月にアンソロジーとして『日本未来派詩集』を刊行。高は、第二次「時間」同人を脱退した後も、「日本未来派」に拠り、詩やエッセイを発表した。最初の寄稿は一九四九年十一月号の詩人現地報告アンケートの「僕の風土記」で、一九五五年六月の六六号に高の追悼記事が載り、遺稿「丘の上の思想」、遺影、とし子夫人がまとめた高島高略歴、上林猷夫「高島高のこと」が掲載された。

「日本未来派」創刊号

「風流陣」

一九三五年（昭和十）十月一日に創刊された日本のモダニズム詩人たちによる俳句雑誌。創刊号の編集兼発行人は岩佐東一郎で、第六冊以降は八十島稔（本名・加藤英彌）が担当。この移動に伴い、発行所も文藝汎論社から六号より八十島宅の風流陣発行所に移った。表紙の題字は恩地孝四郎。判型はほぼ菊判で十六頁。三百部限定で書店販売はなかった。「風流陣」は一九三五年七月発行の「文藝汎論」の特集・詩家俳句集に端を発し、岩佐が中心となり、北園克衛や八十島が援助する形で創刊することになった。八十島は北園克衛が中心となって三五年七月創刊した「ＶＯＵ」の同人であった。「風流陣」という名称は風流気のない自分たちに似つかわしく、もし風流に溺れ風流人と考えることがあれば、風流陣の終わりを告げるときだと考えていた。創刊号の「風流陣記」によると、「在来の枯渇した俳句に、新生命を吹き込むと云ふ大野心のもとに創刊したものであります」。第二冊（一九三五年十一月）の「風流陣記」では、「風流陣は飽までも俳句の本道を歩まねばなりません。俳句の本道とは何であるか、その人の個性の表現に他なりません。宗匠俳句よ、くたばれ！理論のコンクリイトに固められた所謂新興俳句よ、消え失せろ！どこまでも道は自由でありたいのです。」と書かれ、既成の師弟制度で凝り固まった詩壇を乗り越え、個人の自由を重んじる詩人の考えが、浮かび上がってくる。創刊号は、室生犀星、津村秀松、竹村俊郎、岡崎清一郎、田中冬二、吉川則比古、扇谷義男、亀山勝、八十島稔、川田総七、荘生春樹、岩佐東一郎、北園克衛、城左門が参加。内務省警保局の指示で一九四四年五月に第六十六冊で終刊。高の作品は、第三十一冊の一九三八年九月号「秋」から第六十五冊の一九四四年一月号「應召」まで四年半で三十回掲載。風流陣俳句文学叢書として、花巻弌『水輪』（一九三八年十二月）、佐藤惣之助『春羽織』（一九三九年一月）、八十島稔『柘榴』（同年四月）、小名木滋『樹齢』（同年五月）、那須辰造『天窓』（同年六月）、北園克衛『句経』（同年七月）、川田総七『庭柴』（同年八月）、中村千尾『掬水集』（同年九月）、室生とみ子『しぐれ抄』（同年十一月）、秦はま『嫁菜の花』（同年十二月）、岩佐東一郎『晝花火』（一九四〇年一月）、城左門『半夜記』（同年二月）、草野壮次『貝殻』（同年三月）、安藤一郎『雪解』（同年四月）、正岡容『日日好日集』（同年五月）、高橋鏡太郎『空蟬』（同年七月）刊行。

「風流陣」創刊号

「高志人」

翁久允は一九三六年（昭和十一）から郷土史研究に専心、柳田國男とも相談して十月に、月刊誌「高志人《こしびと》」を創刊。久允は小説家で、「週刊朝日」編集担当であったので、創刊以来、作家や詩人の執筆者が多く、内容は幅広い。県内では、石田外茂一、小又幸井、北川蝶児、片口江東、高島高、高橋良太郎、原枕雨、藤井尚治、増田五月堂らが寄稿した。「高志《こし》」は『古事記』にも記された古い呼称で、「古志」とも書かれた。「高志人」は越の国の人のことをいう。「高い志」を持つという思いも込めたのだろう。越の国は、新潟、富山、石川、福井までも含み、二〇〇四年の中越地震で大きな被害を受けた新潟県の山古志村は古代の名を今に残すといわれている。「越国《こしのくに》」は八世紀以降の書き方で、のちに令制国への移行に際して分割され、越後国・越中国・能登国・加賀国・越前国となった。「高志人」の「創刊号の言葉」で久允は、「史上に現はれた越中は千年か千何百年か前のことでしかないが、何萬年何十萬年か測りしれない太古から、越中そのものは存在してゐたし、私達の今日思ひもよらない現象や生活がくり返されて來たことだらうし、今日の越中人たるわれ〳〵も悠久なる自然界から眺めたら、混然雑然たる動植物界の諸現象と異らないのである。が、その混然雑然たる諸現象も、仔細に注意深く觀察したら、ある一定の法則をもつて無始から永劫に動いてゐるのである。人間の作つた文字や言葉を超越して、事實は事實のまゝに存在し流轉してゆくのだ。そして私達は今まで漸やくその文字や言葉の繼承に依つて私達祖先の生活を理解して來たのである。が、その理解は余りにも部分的であり、斷片的であり、余りにも人爲的であつた。」と書いている。高島高は、一九四一年（昭和十六）十月号の記事で、「今後更に高度の純粋なる文化への追求飛躍あらんことを祈る。これは通俗と戰つてのみ眞の面目を發揮するものと思ふ。文化はつねに人生の眞實を求めてのみ、はじめて文化としての生命を持つものと考へる。その意味においてあくまで文化の問題は、形式ではなく人間生活の眞實に徹してのみ、はじめて文化の問題となつてくるのである。かゝる覺悟をもつてこそ、眞の文化報國の眞志が生きてくるものと確信するものだ。」と書き送っている。その後、高と「高志人」の関係は長く、一三〇を越える詩やエッセイを毎月のように寄稿した。これらのエッセイから戦中から戦後にかけての高の思考を読み取ることができる。

「高志人」創刊号

高島高　年譜

一八八一年（明治十四）
三月二十日、射水郡（射水市）塚原村に蒲田（のちに高嶋）地作誕生。
一八八八年（明治二十一）
八月三十日、高嶋玄俊・ハツの三女、静枝誕生。
一九〇五年（明治三十八）
医師・蒲田地作と高嶋静枝が結婚。
一九〇八年（明治四十一）
長女・ヤスが誕生。
一九一〇年（明治四十三）
七月一日、二男・高嶋高生まれる。富山県中新川郡滑川町西町（現・滑川市加島町）。父・地作は火傷治療の名医として知られていた。兄・弘が四年前に幼くして亡くなったため、跡取りとして育てられる。
一九一二年（大正元）
十月、三男の弟・明大が誕生。
一九一五年（大正四）
二月、高道とし子（のちの高の妻）、富山市西田地方町《にしでんぢがた》の高道米次郎・ちよの長女として誕生。
一九一七年（大正六）
四月、滑川男子尋常高等小学校（現・寺家小学校）入学。家の近所にある浜沿いの加積雪嶋神社でよく遊ぶ。
一九一九年（大正八）
七月、四男の弟・学誕生。

一九二一年（大正十）

四月、高道とし子の妹・敦子誕生。

一九二二年（大正十一）

小学校六年生のとき、中・下新川郡（現在の立山町から富山県東部の全市町村）の小学校争覇戦野球大会にピッチャーとして出場、優勝する。体格は大きかったが、繊細な神経を持った少年であった。

一九二三年（大正十二）

四月、祖母・ハツ病死。

一九二四年（大正十三）

旧制魚津中学校（現・魚津高校）入学。この頃から詩作を開始。野球部と柔道部に籍をおく。将来、野球のできる学校に入って野球選手で一生を終わりたいと考える。

五月、母・静枝急病死。享年三十五歳。母の死が高に人生の意味、死について考えさせ、のちに文学へと進む方向を決定づけた。

父・地作が石原正太郎と共同で、宇奈月に一相庵という名の別荘を持っていたため、中学の頃から奥宇奈月に行くようになり、立山や黒部川などの自然に親しむようになる。別荘の二階で、こっそりとチェホフやトルストイ、ドストエフスキーを読む。

一九二五年（大正十四）

秋、姉・ヤスが富山県上新川郡上市町北島村の富樫六与右門の長男、保智と結婚する。

一九二六年（大正十五）

春（中学二年生）、詩「母の思ひ出」を書く。

一九二七年（昭和二）

野球部と柔道部に籍をおき、三年生のとき、野球の北越信大会に投手兼二塁手として出場する。

野球部の部長をしていた法律・経済・歴史・修身担当の畑久治先生に強い影響を受け、哲学や文学を本から学び、詩や散文を書くようになる。『夢十夜』など夏目漱石を読む。学友の島崎藤一と親しくなり、互いに本を貸し合う。

「文章倶楽部」などに詩を投稿する。

中学五年のとき、幼なじみでもあった学友・斉藤吉造らとともに雑誌「揺籃」を編集発行。同誌に批評「チェホフ小論」を書く。英語教師に見つかり、学校より廃刊を指示される。

一九二八年（昭和三）
三月、魚津中学卒業時の学友会誌に詩「惜春の賦」、短歌「懐かしの加積」が掲載される。
文学をより学ぶため、上京。日本大学の文科予科に進む。東京市芝区三田三丁目、聖坂下の石若宅に下宿。
読書による眼精疲労と脚気に苦しむ。この頃より、中学で秀才であった弟・明大の病重くなる。

一九二九年（昭和四）
日本大学の文科に入学。週刊雑誌に詩や散文のほか、冬木牧人のペンネームにてコントを発表する。冬木牧人の名は二十四、五歳くらいまで使う。友人といろいろな同人誌を企てるが、思うようにならず失望する。

一九三〇年（昭和五）

父の願いを受け入れ日本大学を中退。

四月、昭和医学専門学校（現・昭和大学医学部）に入学。学校のある旗ヶ岡（現・旗の台）に程近い大岡山（東京都大田区）に下宿を移す。昭和医専では雑誌部（編集部）に入部、「学友会誌」の編集などに参加。

その頃、地下運動が盛んになっていたためか、下宿を変える度、交番の巡査が本名かどうかを訊ねに来るようになる。

九月、体調を崩し、実家の滑川に帰省し、療養する。

十二月、昭和医学専門学校「学友会誌」三号に小説「孤独なる日記」を寄稿。

一九三一年（昭和六）
実家の高嶋医院、滑川ではじめての洋館を建築。

一九三二年（昭和七）
一月、昭和医学専門学校「学友会誌」四号に小説「山の秋」と詩「冬の夜の海邊の家で」を寄稿。

詩集パンフレット第一集『太陽の瞳は薔薇』発行。「太陽よ」「幻想」「憂鬱」など収録詩二十四篇。

十二月、「学友会誌」五号に詩「波止場で」「夜」、小説「島に憩ふ」。

一九三三年（昭和八）

若手詩人の登竜門であった萩原朔太郎、北川冬彦、千家元麿、佐藤惣之助が選考を務める詩コンクールに「北方の詩」が一等当選。

心理学に興味を持ち、この方面の研究に従事し、恩師木村於菟に私淑する。

この頃、高はプロレタリア作家・越中谷利一に認められ、越中谷、ドイツ文学者・原田勇編集の雑誌「城南」の会員となる。同氏の家に出入りしているうちに、若手作家・高見順、新田潤、大谷藤子を知る。また、放浪の詩人・山之口貘と親交を深め、詩人として立つ志を固める。

八月、横浜の塩田光雄が創刊した詩誌「地平線」の同人となり八月号に詩「速力」が掲載される。

十二月、「学友会誌」六号に小説「寂光」、詩「蒼白き断層」「相寄る絶望」「雨」。

一九三四年（昭和九）

三月、東京市荏原区（現・品川区）中延町二七六の桜井宅に下宿に転居。一九三七年の六月まで住む。

詩集パンフレット第二集『ゆりかご』発行。「月夜の思慕」「母」「日暮るゝ街」など収録詩十七篇。

詩集パンフレット第三集『うらぶれ』発行。「死の舞踏」「影」「假面」など収録詩四十篇。

七月、文芸と映画の雑誌「オアシス」に随筆「白銀繁生を悼む」。

十二月、明松次郎編集の詩誌「日本詩」十二月号に詩「海辺朝景」「母」「埋火」。

一九三五年（昭和十）

一月、「学友会誌」七号に小説「杉」、詩「埋火」「顔」「面影」「ひとりで笑つて」「夜半の感情」。

二月、『新鋭詩集』に詩「空腹」「夕釣り」掲載。

八月七日、北川冬彦より麵麭の会の同人参加の勧誘の書簡を受ける。

九月、第一詩集『北方の詩』（私家版）発行。「北方の詩」「北方の春」「力」「意慾」「海」「泉」「野景」「墓」「雨模様の街」

計九篇収録。同月、吉野信夫主宰の「詩人時代」の同人になり、九月号に詩「北方の詩」を掲載。「日本詩」新鋭詩人号応募の作品より推薦詩人を集成したもの。伊福吉部隆編集の「羅曼」同人になり、詩「北方の詩」「愛のことば」「日没」「夜更け」「雨模様の街」掲載。

十月、北川冬彦に麵麭の会入会承諾の手紙と「麵麭」に掲載する詩「北の貌」を送る。

十月二十五日、世田谷区北沢の麵麭社で開かれた麵麭の会に出席。

一九三六年（昭和十一）

一月十三日、新宿の白十字で開かれた第二回東京麵麭の会に出席、入会。

「麵麭」一月に詩「北の貌」、二月に詩「力」「泉」、三月に詩「亜寒帯の唄」、四月に随筆「詞筆集「龍」のこと」、六月に詩「馬込風景」、随筆「隋感手帖より」、七月に詩「胸」「風」、八月に詩「北海」、随筆「詩論への詩論」、十一月に随筆「チエホフと醫学」、詩「北方の秋」「醫学放談」。

昭和医専三回生の卒業記念写真帖のアルバム委員になり、編集に参加。

三月、昭和医学専門学校卒業。

七月、弟・明大が死去。享年二十三歳。

秋、両国の猪鍋料理店「ももんじや」で開かれた吉川政雄詩集『秋風の歌』の出版記念会に参加。

一九三七年（昭和十二）

三月、「麵麭」に詩「暗い日に」、四月、詩「月明」。

夏、滑川の実家に転居。

九月、村上成實の「詩報」に入会する。

十一月、「麵麭」に詩「山礼賛」。

十二月、「麵麭」に詩「北の銃後」。

一九三八年（昭和十三）

一月六日、泉潤三主宰「はくてい」五号に詩「雪二題」。

一月、「麵麭」に散文詩「杉」。「麵麭」廃刊後、長尾辰夫らと「昆侖」の同人となる。

二月二日、北川冬彦より詩集『北方の詩』はボン書店から出すのが良い旨の葉書が届く。

二月十二日、女子医学薬学専門学校出身の高道とし子と結婚。とし子は富山市西田地方町の出身。

同月、ボン書店の鳥羽茂に詩集刊行の依頼をし、二十二日、鳥羽から引き受けるとの返事の葉書が届く。

三月三十一日、詩集のデザイン、ページ数の決定、用紙を選択中の知らせが届く。

四月、「三田文學」十三巻四号に詩「北方的風景」。

四月十五日にボン書店より校正ゲラが高と北川に、二十三日に萩原朔太郎に一通ずつ送られる。

七月、詩集『北方の詩』、ボン書店より刊行。詩四十四篇掲載。萩原朔太郎、北川冬彦が序を寄せる。

「科學ペン」より、宮沢賢治の再来と激賞される。科学ペンクラブ会員となる。

八月、とし子の妹・敦子死去。享年十七歳。

八月、「昆侖」第一冊に詩「渓譚譜」。

同年より、岩佐東一郎や城左門、八十島稔など、日本のモダニズム詩人たちなどが多く集う「風流陣の会」に参加。

九月、「風流陣」第三十一冊に「秋」掲載。これより四四年一月まで三十回寄稿。岩佐、八十島のほか、室生犀星、佐藤惣之助ら多くの作家と交流を持つ。俳号は鷹鳴。

十月末、横浜の病院の宿舎に転居の準備のために上京。

十一月、横浜市電気局友愛病院の内科に勤務。病院の官舎に転居。

十一月、「歌謡詩人」十一月号に詩「牧歌的風景」を寄稿。

十二月、『新日本詩鑑』第一集に詩「野景」。

十二月、山之口貘が高の住む官舎に来訪。

十二月二十八日、伴野英夫が官舎に来訪。

一九三九年（昭和十四）

二月、「昆侖」第三冊に詩「北方五光景」。

二月十日、新宿高野フルーツパーラー三階で開かれた青柳優の『現実批評論』の出版記念会に出席。

二月二十六日の横浜詩人クラブ主催の詩話会、第十六回「燈下会」の誘いを受け、参加。ほかに出席者は、岩佐東一郎、城左門、八十島稔など。場所はミモザ館。

三月、「文學層」創刊号に詩「夜戦塵」。

四月、「科學ペン」四月号に随筆「医学放談」。

四月二十二日、京橋京美屋で、八十島稔の句集『柘榴』の出版記念会に出席。「風流陣」会員が集う。出席者は、高のほか岩佐東一郎、伊藤月草、川田総七、一戸務、正岡容、城左門、北園克衛、佐藤惣之助、十和田操、八十島稔、永田助太郎、小林善雄、乾直恵、那須辰造、佐藤四郎、高橋鏡太郎、藤田初巳。

四月末、突然、父が病気となり、郷里滑川に帰って家業の病院を継ぎ開業。自宅の離れを「北方荘」と名付ける。

この年、故郷の大伴家持の遺跡などをめぐり、万葉集を再認識する。

五月、「早稲田文学」六巻五号に詩「麥」。

六月、佐藤惣之助が来訪、宿泊。滑川の橋場の突堤で釣りを楽しむ。

七月、「昆侖」第四冊に詩「横濱風景」「波止場」。

八月、『新日本詩鑑』第二集に詩「泉」「母」。

八月、『全日本詩集』第二巻に詩「風」「胸」。

八月、北川から「昆侖」を第三冊から原稿のまま綴じた回覧雑誌として出していきたい旨の手紙を受ける。

十二月、心臓疾患で倒れ、数ヶ月療養。

一九四〇年（昭和十五）

竹森一男、中岡宏夫の文芸誌「旗」同人となる。内田巖、坂田徳男らを知る。

三月、「文藝汎論」に詩「雪のふる感情」。

四月、「藝園」九巻四号に詩「ある墓碑銘」。

七月二十八日、高岡の詩人・関沢源治と高岡劇場の前の喫茶店で会う。方等みゆき、俳人・鍋島豊朔も加わる。

十一月、原田勇と竹森一男が滑川に来訪。一緒に宇奈月温泉に行き、原田、竹森は二十六日の夜行で東京に帰る。

十二月、『中部日本詩集（紀元二千六百年記念）』（詩と民謡社）に詩「内部」「處生圖」「北の貌」掲載。

一九四一年（昭和十六）

二月、横浜で勤務医をしているとき、第二詩集『山脈地帯』編纂。収録詩三十七篇。「帝大新聞」、「三田文學」より好評を得る。

二月、北川冬彦編『培養土』（麵麭詩集）に、「北方光景」として詩「北アルプス幻想」「北アルプス雪景」「雪の湖」「立山颪」収録。

七月、「三田文学」十六巻七号に書評、新刊巡礼「山脈地帯／高島高著」。

七月、『現代日本年刊詩集』（昭和十六年版）に詩「大西郷頌」「ロダンと彫刻」。

十月八日、上京し翌日赤坂区台町の八十島稔宅（「風流陣」発行所）を訪問。

十月、「高志人」十月号に通信「孤軍奮闘」。

十一月六日、父・地作死去。享年六十一歳。

十一月、北川冬彦編『昆侖詩文集』（昆侖社）に「弧剣集」として詩「山脈地帯」「桜」「下山」「ある日の家持」「同じく」「同じく」。

十一月、昭森社から出す予定だった詩散文集『久遠の自像』を開戦に続く応召により出版に至らず、謄写刷りで刊行（散文「寂光」掲載。約三十部）。

十二月、「文藝汎論」に詩「小駅待車」。

一九四二年（昭和十七）

五月十一日、萩原朔太郎死去。葬儀委員長を務めた佐藤惣之助が、その四日後に死去。

六月、「青年作家」の同人となる。

九月、日本文学報国会の文芸座談会が富山館で開かれ、参加。佐藤春夫、久保田万太郎、佐藤一英らが来遊。

九月、「高志人」詩壇の選者となる。「青年作家」に詩「大西郷頌」。

十一月、父の一周忌に『聴濤庵半茶遺稿集』刊行。

十二月八日、「読売報知新聞」に詩「劔の夜明けに」。

十二月、詩散文集『人生記銘』刊行。

一九四三年（昭和十八）

二月、山本和夫来訪。

六月十三日、自宅の庭に父・半茶の句碑を建立。表に「蘭の香や／茶を汲む水の／湧くところ／半茶」と刻む。

十月、軍医として応召。陸軍東部第四十八部隊石坂隊に入隊。金沢陸軍病院出羽町分院に配属、十三班兵舎に住む。

その後、フィリピン、シンガポール、シャム（タイ）、ビルマ（ミャンマー）を転戦する。タイのバンコックで弟・学が駐屯することになり、単身、高は学を訪ね、感激の対面をする。

十月、『辻詩集』に詩「それなら」。

十二月、詩選集『真理序説』発行。

一九四四年（昭和十九）

三月十日、「読売報知新聞」に詩「日本正氣歌」。

六月、東部八五部隊伊隊に配属。戦地シンガポールより「高志人」へ、随筆「昭南南兵舎近くにて」、詩「ふるさと」送付。

一九四五年（昭和二十）

航空部隊付軍医として幾十人もの陸軍予備学生（航空見習い士官）の特攻の出発を見送る。

弟・学の師団が転進する際に二人の別れの写真を撮る。シャム（タイ）で終戦を迎え、その後ナコンナヨーク収容所で一年間の捕虜生活。高千穂座野外劇場として、作詞した「復員の歌」「マラリアの歌」「バンコックの秋」などを上演。

この間、師団の文化顧問に任命され、「文学講座」を担当する。

一九四六年（昭和二十一）

六月、南方より帰還。浦賀に上陸し、復員する。

夏に沖野栄祐、坂田嘉英が「逍遙」発刊の相談のために訪れる。

八月四日、「北日本新聞」に随筆「魂についての断想」。

十月五日、「滑川新聞」に詩「小駅待車」。

十月十三日、富山の歌人・藻谷銀河の追悼歌会（西別院にて、高志人社主催）に参加。

十月二十日、「滑川新聞」に詩「曇日」。

十一月五日、「滑川新聞」に詩「人生」。

十一月、「文藝首都」の同人になる。

十二月、かつて父・地作も参加した滑川の俳諧の結社「風月会」の宗匠・加藤鳥外の依頼で機関誌「凡人」の選者となる。

一九四七年（昭和二十二）

一月、「逍遙」創刊号に詩「山脈地帯」寄稿。

四月、「逍遙」二号に随筆「詩作のための覚書」と、詩「海」寄稿。「逍遙」は二号で休刊となったが、その後、富山駅の駅前のバラックの裏の「モナミ」という二階の喫茶店で詩話会は続いた。詩話会には稗田菫平や詩誌「昆虫針」編集の市谷博、小森典、高島順吾、萩野卓司等も顔を見せた。

二月、弟・学が京都大学医学部に戻ることになり、京都の東山に住む科学思想家・坂田徳男に学の下宿先を依頼する。

七月、「詩之家通信」第二号に詩「青空」。

七月二十四日、野口米次郎を偲ぶ会が富山地方鉄道会議室で開かれ、高、中山輝ら詩人が野口の詩の朗読を行なう。

八月、剣岳登山のために富山に来た深田久弥が高島邸を訪れる。

十月、「現代詩」に詩「北アルプス」。

十月？、父の七回忌の引き出物を求め、越中瀬戸村を訪れ、青年陶工村山久義に会う。

十月、「文學組織」第一集を責任発行。松岡讓、淺野晃、竹森一男、山本和夫、原田勇、八十島稔らが寄稿。

十一月一日、「トヤマタイムス」に随筆「このごろの感想」。

十二月、松岡讓来訪。同月、「文學組織」第二集を編集発行。第二集以降は北川冬彦、杉浦伊作、宮崎孝政、竹内てるよ、翁久允、稗田菫平らが寄稿。

一九四八年（昭和二十三）

二月、「詩之家通信」三号に随筆「佐藤惣之助と越中滑川」

二月、「文學組織」第三集、四月、「文學國土」（「文學組織」改題）第四集、六月、第五集、十月、第六集、十二月、第七集を編集発行。「文學國土」は「三田文學」より全国主要十一同人雑誌に選ばれる。

六月一日、「山とスポーツ」に詩「心象の立山」。

七月二十日、「ザ・ニュースクール・ライフ」に随筆「竹内てるよへの私信（抄）」。

八月四日より九日まで、竹内てるよが来遊。滑川女子高校、富山東部女子高校、富山放送局で講演会、座談会を催す。

九月、「三田文學」九月号に、「「文學國土」の主張」転載。

十月?、腹部および心臓疾患のため倒れる。病床中も「高志人」の詩の選考を続ける。

十月、『現代日本代表作詩集』（東京海口書店）に、詩「北アルプス」。

十一月、高作詞「寺家小学校校歌」制定。

一九四九年（昭和二十四）

二月、「文學國土」第八集、七月に第九集、九月に第十集、十二月に「北方」（「文學國土」改題）十一集、編集発行。

三月、詩人でドイツ文学者の笹澤美明来訪。

四月、魚津の詩人・高島順吾宅に招かれ、宿泊。高・三十八歳、順吾・二十八歳。「郷土に若い詩人たちと新しい文学思潮を生み出そう」と意気投合。酒宴の後、高島順吾夫妻と夜の街に出て、「カチューシャの唄」を歌う。

四月、翁久允の招きで十一日から二十一日の間富山に旅行した福田正夫が高島邸に来訪、一泊する。

七月二十九日、竹内てるよが来訪、二泊する。

八月一日、砺波の市谷博と佐藤昭次が来訪。

八月十三日、深田久弥、剣岳に登るため、高島邸に一泊。

九月、「文學集団」十四号に随筆「回想の麵麴」。

九月、高作詞の田中小学校校歌「希望の丘」制定。

十月、句集『鷹』、文學國土社発行。収録句一九五句。題字は松岡譲、跋は高島高。俳号は鷹鳴。庵号は北方荘。

十一月、滑川市立早月中学校落成記念に、高が所蔵する萩原朔太郎、西條八十、高見順、北原白秋、佐藤惣之助、西脇順三郎、高村光太郎ら詩人、作家の書簡、色紙、原稿の展覧会が同校で開かれる。

十二月、「北陸文藝」一巻一号に詩「心象の窓」。

同月、北川より翌年創刊予定の第二次「時間」の同人になるよう誘いを受ける。

一九五〇年（昭和二十五）

一月、稗田菫平が来訪、一泊する。

一月十五日、大町に住むスガキ印刷工業社長の須垣久作の家に従兄の石黒卜風と共に訪れ、良寛の茶掛け、半切、屏風などの名品を拝観する。

三月、高の詩集刊行にあたり、「北の貌」後援会が市谷博を発起責任者として設立される。

五月、第二次「時間」創刊より代表同人となる。

五月八日、私淑していた相馬御風死去。

六月一日、詩集『北の貌』刊行。印刷は富山市のスガキ印刷工業。七月二十一日より、東京の書店に配布される。

六月、「北方」十二集発行。

七月二十日、「広報滑川」に随筆「生活断片」。

八月、浦田啓男来訪。

九月、「日本未来派」三十八号より参加。「詩文化」十九号に詩「アルプス図譜」。

九月十七日、富山市の「白樺」で、市谷博や坂田嘉英らが主催する詩話会で高が中心に話をする。

九月二十日、「広報滑川」に随筆「夏の日記」。

十月十六日、「新川週報」に随筆「新聞随想（上）」、三十日「（下）」。

十月、「詩学」五巻九号に詩「宇奈月温泉にて」。

十月、『現代詩辞典』（飯塚書店）で高村光太郎の『智恵子抄』、草野心平の『蛙』などとともに『北の貌』が二五年べスト五に選ばれる。

十一月、「時間の会」第一回会員コンクール詩の選考委員になる。

十二月二日、「新川新聞」に随筆「日記抄　其の一」。

一九五一年（昭和二十六）

一月一日、「広報滑川」に詩「朝空」。

一月、翁久允の清子夫人が亡くなり、「高志人」二月号に、詩「悼詩——清子夫人の死を悼みて」を献じる。

三月、「時間」三月号に「二つの感想」を載せ、第二次「時間」を脱退。北川から辞めないようにと手紙を受ける。

四月はじめ頃より、京阪の植物園から菊の苗木数種を取り寄せ、菊作りをはじめる。

五月四日、ラジオ（富山放送局）の文藝放送で詩の選評を放送する。以降、五月、八月、十月と行う。

五月十三日、「富山新聞」に随筆「母を想う」。

七月二十七日、「富山新聞」の欄「人物春秋」で「自然と人生を直視」する詩人として紹介される。

十一月、中野重治編『日本現代詩大系』第十巻（河出書房）に、詩「北海」「雪の湖」「雪のふる書に」。

十一月、『世界現代詩辞典』（創元社）に略歴が紹介される。

一九五二年（昭和二十七）

一月?、小杉小学校の校歌の歌詞の依頼を受け、小杉町を訪れ、町を巡る。依頼のための紹介状を書いた片口江東邸を訪れる。高が、作曲を芸術院会員の信時潔に依頼する。

五月、「時間」創刊二周年記念特集に「『時間』に寄せて」を寄稿。

六月、「ロマン・ロラン研究」四号に随筆「人の世について——ロマン・ロランに捧ぐ」。

七月一日、集中豪雨と奥山の融雪出水によって片貝川で災害が発生、滑川東部も洪水被害をうける。

八月、北川冬彦編『日本詩人全集』第六巻（創元社）に、詩「北の貌」「北アルプス幻想」。

八月、句集『季節の貌』発行。

八月十五日、「富山新聞」に随筆「現代詩について」。

九月十八日、「北日本新聞」に随筆「私の読書遍歴」。

十月二十二日、「富山新聞」に随筆「秋の手紙」。

一九五三年（昭和二十八）

一月二十五日、「東京労働」に詩「迎春の譜」。

五月、姉・富樫ヤスが死去。享年四十六歳。

五月十五日、「富山新聞」に随筆「俳句私感」。

六月二十六日、「富山新聞」に随筆「ロダンと彫刻」。

七月、上京し、山之口貘、椿島兼次と共に沖縄料理店「おもろ」に行き旧交を温める。

八月三日、「富山新聞」に随筆「ある感想」。

八月、第二次「麺麭」の同人になる。「麺麭」に、詩「乗車」「銀座松坂屋屋上より」。

十二月十七日、「北日本新聞」に詩「十二月の詩」。二十九日、「中部日本新聞」に随筆「ある感想」。

一九五四年（昭和二十九）

一月二十二日、高がＮＨＫで随想「雪の夜の話」を全国放送。

二月、高作詞「滑川市の歌」、「北日本新聞」など新聞紙上などで発表。

三月二十二日から「富山新聞」に随筆を連載「文芸家印象記（一）」、四月五日「（二）」、五月十日「（三）」、五月十七日「（終）」。

四月、三尊道舎の観桜会で、中山輝の紹介で白鳥省吾と会う。

滑川に高志人会支部が結成される。支部代表は斉藤一二。高は幹事。

六月十五日、「日本未来派」「時間」「麺麭」「文藝日本」などの詩誌に発表してきたものをまとめ、詩集『北の讃歌』刊行。

六月末、高が書いた東京の第一美術協会の歌が芸大音楽教授の井上武士により作曲され、上野の東京都美術館で発表。

七月のはじめに上京し、協会歌のレコードと記念品として第一美術協会の高橋亮の富士を描いた油絵を受け取る。三田と自由が丘の旧居を訪ねる。ブリヂストン美術館ではルオーやマチス、ピカソ、青木繁などの絵を鑑賞する。

八月十五日、父の墓参りの後、父が名刹であると言っていた高岡・下田子の国泰寺に参行する。

九月二十一日、「富山新聞」に随筆「万葉の現代的意義」。

十月、『昭和文学全集』第四十七巻（角川書店）に、昭和期詩人一〇三名の中に選ばれ、詩「北方の詩」「意慾」「胸」「北の貌」「母」「ロダンと彫刻」「曠野」。

十月、『死の灰詩集』（宝文館）に、詩「光の抗議」。

大鹿卓、淺野晃、外村繁、榊山潤らの「文藝日本」の同人になる。

十二月七日、「富山新聞」に随筆「冬の手紙」。

一九五五年（昭和三十）

一月三日付の「富山新聞」に富山大学図書館長・大島文雄との対談「順コース・逆コース」が掲載される。

三月、高、カタール性黄疸発症。

四月三日、椎名麟三が北陸路の旅の途中に滑川に立ち寄り、夜更けまで高島と語らう。

四月十一日頃からはっきりと体に色がみられるようになり、弟・学が代診をするようになる。食べ物が取れずリンゲル液を朝晩二回投与するが、五月十一日、本人が死を覚悟し、リンゲル投与を断る。

五月十二日、午前零時二十分に意識がなくなり、四十分、肝臓がんにて死去。享年四十四歳。法名北方院釈鷹鳴。

五月十四日正午、同市川端町の養照寺にて盛大な葬儀が行われる。来会者二百名余。天候晴れ。翁久允が弔辞を読む。

葬儀の後、高島順吾、小森典、沖野栄祐、亀田晶が浜四ツ屋の小森典宅にて高を偲んで句会を開く。

六月、前年刊行の『北の讃歌』を改題し、故人の遺志でまとめてあった遺稿集『続北方の詩』を刊行。

六月、「日本未来派」六六号、高島高追悼。遺稿「丘の上の思想」掲載。「高志人」六月号、高島高追悼。

七月、第二次「時間」第六巻七号、高島高追悼。

戦後、高は県内詩壇で「逍遙」「SEIN」「詩の谷間」「結晶文学」「二人」などを指導。

一九六五年（昭和四十）

五月、『北方の詩　復刻版』刊行。

五月十二日、坂田嘉英らの尽力により滑川市行田公園に北川冬彦の筆による詩碑が建立。「剣岳が見え／立山が見え

／一つの思惟のように／風が光る」。北川冬彦、翁久允ほか百数十名来訪。
一九八三年（昭和五十八）
七月二十一日〜八月十日、「ふるさとの詩人　高島高展」開催。滑川市文化センター三階展示室に詩や俳句のパネル、色紙軸装、楽譜、著書、雑誌、遺愛品を展示。主催：滑川市教育委員会、滑川市立博物館。
一九八四年（昭和五十九）
十月、『名作選　高島高詩集』刊行。
一九八六年（昭和六十一）
三月、「とやま文学」第四号、「高・修造・冬二の世界」を特集。高に関する執筆者は、坂田嘉英、小森典、高嶋とし子、山本哲也、金子忠雄、堀博一。対談：高島順吾、萩野卓司。目録：太田久夫。
二〇〇一年（平成十三）
七月、滑川市文化センター内にあった滑川市立博物館が単独の施設として滑川市開《ひらき》に新設。第一常設展示室の郷土の先賢コーナーに高の関係資料展示。
二〇〇五年（平成十七）
八月六〜二十八日「いのち輝くとき　孤高の詩人――高島高展」開催（滑川市立博物館三階企画展示室）。主催：滑川市教育委員会、滑川市立博物館。後援：滑川市書道連盟、滑川市美術協会。作品解説・記念講演：稗田菫平。
二〇一三年（平成二十五）
三月、『ふるさと文芸　あゆみと高島高』刊行。『ふるさと文芸』編集委員会編、滑川市教育委員会発行。
十月、『詩が光を生むのだ――高島高詩集全集』刊行。
二〇一四年（平成二十六）
高志の国文学館で六月十三日より、常設展示「ゆかりの文学者たち」に高島高が加わり、詩「常願寺川」が紹介される。
二〇二〇年（令和二）
十二月十二日、「高島高　青き時代の詩」講演：伊勢功治（「大伴家持文学賞記念講座　郷土と文化」講演）高志の国文学館。

高島高　書誌

◎詩集／句集／詩文集／編著

『太陽の瞳は薔薇』詩集パンフレット第一集　一九三二年
収録詩三十四篇　B六判　序文：白銀繁生　手書き謄写版刷
非売
「太陽よ」「風景」「波止場風景」「貧しい街の夕暮れ」「都會解剖」「幻想」「プリヅム」「画題」「アンジュラスの鐘」「火龍」「雨」「夜」「波止場で」「恋」「負傷」「恋の車」「思い出」「受難」「蒼白き断想」「埋火」「寝顔に」「都會放浪」「貧しき妻に」「通夜」「詩」「憂鬱」「スキー」「都會断想」「ある感情の交錯」「秋の日」「朝」「月」「ある断想」「冬の夜の浜辺の家で」

『ゆりかご』詩集パンフレット第二集　白鳥社　一九三四年
収録詩十七篇　B五判　非売
「ある感情の交錯」「波止場で」「まり」「愛人」「月夜の思慕」「母」「埋火」「秋の日」「海濱朝景」「劇場街夜景」「夕釣り」「日暮る丶街」「雨」「月をみつめて」「湯の町」「波止場夜景」「ゆりかご」

『うらぶれ』詩集パンフレット第三集　白鳥社　一九三四年
収録詩四十篇　B五判　序文：越中谷利一、原田勇　非売
「夜半の感情」「病臥」「畫面」「喫茶店」「晩秋」「面影」「顔」「ある日」「死の舞踏」「白」「雪の夜」「晩餐」「アミ」「影」「假面」「春の海」「波止場詩曲」「手」「涙」「窓」「河口夕景」「空腹」「別レ」「鸚鵡」「燈臺」「仔犬」「愛情」「絆」「悲哀」「雪のふる感情」「眠り人形」「愛人」「部屋」「風による一つの幻想の抛物線」「別離」「夢」「悲戀」「にひる」「挨拶」「言葉」編集後記

詩集**『北方の詩』**私家版　一九三五年九月　収録詩九篇　十九頁　B六判　序文：山之口貘　非売
「北方の詩」「北方の春」「力」「意慾」「海」「泉」「野景」「墓」「雨模様の街」後記

詩集**『北方の詩』**ボン書店　一九三八年七月　収録詩四十四篇、八十頁　A五判上製　序文：萩原朔太郎　北川冬彦
「北方の詩」「北方の春」「北方の秋」「北方の冬」「北の貌」「力」「意慾」「海」「胸」「埋火」「楽譜」「泉」「荒野」「北海」「黒潮」「母」「影」「風」「亞寒帯の唄」「冬景色」「北方的風景」「同じく」「同じく」「雪山の思ひ出」「岩氷」「雪崩」「吹雪」「迎春」「松」「雪二題」「或は」「早春」「冬の北海回想」「波止場」「雪」「冬の海」「寒流」「暗い日に」「化石」「墓」「村の中」「窓」「噴水」「野景」「模様」「雨模様の街」あとがき

詩集**『山脈地帯』**旗社出版部　一九四一年二月　収録詩三十七篇　一三一頁　A五判変型上製　序文：淺野晃　装幀：相澤光朗
第一部　北方五光景（「北アルプス幻想」「北アルプス雪景」「雪の湖」「立山颪」「北方」）「夜戰塵」「麥」「征野」「日本人に

題す」「熱河」「櫻」「戰ひ」「溪潭譜」「北方山水」「馬込風景」「大井町の記憶」「靑空について」「立證ある詩論」「北の貌」「橫濱山上の詩」「橫濱風景」「北の銃後」「野戰病院への手紙」第二部「山脈地帯」「故郷挽歌」「若き日山に登る」「バッハ」「自畫像」「戀愛行」「執念」「業」「内部」「ある頁」「海」「茶談」「光る意志」「處生圖」「雪國小景」「綠ヶ丘追想」「劍の夜明けに」「銀座で」「フロイドと詩の理解（エッセイ）」あとがき　著者略歴

詩散文集**『久遠の自像』**一九四一年十一月　手書き謄写版刷
非売

詩散文集**『人生記銘』**一九四二年十二月　手書き謄写版刷
非売

『聴濤庵半茶遺稿集』高島半茶　私家版　一九四二年十一月
収録句六十句　四六判並製　十七頁　高島高編　序文：高島高追悼：小杉放庵、高島高、高島学、石黒卜風、後記：高島高

『真理序説』高島高詩選集　私家版　一九四三年十二月　収録詩五十八篇　A五判並製　詩杯：内田巖　序詩：吉田一穂
「立山頌歌（本多鐵麿作曲）」「父と娘」「觀世音菩薩」「良寛和尚頌」「親子」「親」「勝敗」「眞理序説（朗讀詩）」「出征」「鬼人」「人生」「義妹敦子臨終」「男」「巖の身」「父は强し」「訓

「近代正氣の歌」「澤庵禪師」「劍の夜明けに」「佛陀」「父」「亡き父」「母」「月」「新竹取物語」「立山」「虹（わらべうた）」「大西郷頌」「ロダンと彫刻」「寒驛待車」「宇奈月にて」「岡倉天心頌」「橫山大觀頌」「小驛待車」「詩人」「死」「一茶」「曠野」「日記帳より（清閑　故萩原朔太郎　北川冬彦　故佐藤惣之助　淺野晃　翁久允）」「處世」「螢烏賊」「雪のふる感情」「牧歌的風景」「島」「同じく」「歌三つ」「人生大法」「寂光院の秋」「夜又王」「利休」「光」「北方の詩」「北の貌」「景色」「老子出關」
跋：高島高

句集**『鷹』**文學國土社　一九四九年十月　収録句一九五句
B六判並製　五十四頁　題字：松岡讓　跋：高島高　手書き謄写版刷

『北の貌』草原書房　一九五〇年六月　収録詩七十五篇　A五判上製　一一二頁　序文：相馬御風　序詩：吉田一穂　詩盃：内田巖　装幀：内田巖
「北の貌」「人間」「海邊にて」「立山」「故郷挽歌」「歴史」「人生歌」「北アルプス」「劒岳」「胸」「北方の詩」「常願寺川」「ある日」「觀世音菩薩」「良寛和尚頌」「まりつき良寛さま」「神」「雪」「寒驛待車」「バッハ」「小驛待車」「自虐」「詩頌歌」「心象の立山」「光」「人生」「海」「こころ」「北方」「同じく」「夜半の感情」「面影」「顔」「手」「仔犬」「光源」「ある頁」「途上にて」「雪ふる書に」「空天の話」「靑空」「旅の日に」「死

「假面」「夏も終りに」「晩秋歌」「宇奈月旅情」「病院」「曠野」「宇奈月にて」「山の療養所」「横濱旅情」「アルプス圖譜」「心象の窓」「雪のふる感情」「亡妹哀恨歌」「美紀子」「蜃氣楼」「螢烏賊」「螢烏賊」「ロダンと彫刻」「秋日帖」「北方譜」「冬」「人生理法」「利休」「春と新任」「老子出關」「詩作ノート（課題愛　酒　抵抗について　詩について三篇）」あとがき

句集『**季節の貌**』北方詩社　一九五二年八月　五十頁　手書き謄写版刷

詩集『**北の讃歌**』北方詩社　一九五四年六月　収録詩四十八篇　A五判並製　一〇六頁　序詩：高島高　カット：内田巖　手書き謄写版刷

「北の讃歌」「春に立てば」「北のカレンダー」「北の故郷」「アルプス図譜」「信仰とその価値」「冬」「ベートーヴェン頌歌」「冬」「北方物語」「下山」「海」「或る日の北国」「白鳥について」「銀座松坂屋々上より」「春」「雪」「直江津挽歌」「薔薇」「牧歌的風景」「島」「東京の日」「雪と思想」「克服の頌」「風流「道標」「祖先の墓」「冬の旅」「鷹の歌」「雪国抄」「典子詩抄」「思想の冬」「立山颪」「翹望」「曇日」「波止場で」「螢烏賊」「菅公の図に」「月明」「富山城跡」「富山駅頭にて」「流離の歌」「生とその価値」「別れ」「蛍烏賊」「胸」「ロダンと彫刻」「田中川有感」「春と滑川」あとがき／著者略歴

詩集『**続北方の詩**』（『北の讃歌』改題）北方詩社　収録詩三十五篇　一九五五年六月　九十頁　A五判上製　こころ（序詩）：高島高　カット：内田巖

「続北方の詩」「北の讃歌」「ベートーヴェン頌歌」「北のカレンダー」「北の故郷」「アルプス図譜」「冬」「冬」「春に立てば」「翹望」「下山」「白鳥について」「雪」「鷹の歌」「北方物語」「東京夜景」「或る日の北国」「薔薇」「李太白」「人間」「水のほとり」「牧歌的風景」「島」「典子詩抄」「曇日」「克服の頌」「雪の思想」「波止場で」「螢烏賊」「直江津挽歌」「冬の旅」「別れ」「螢烏賊」「田中川有感」「春と滑川」あとがき／追録

『**北方の詩　復刻版**』高島高詩碑建設委員会　一九六五年五月　収録詩四十四篇　A五判上製、八十頁　非売

「北方の詩」「北方の春」「北方の秋」「北方の冬」「北の貌」「力」「意欲」「海」「胸」「埋火」「楽譜」「泉」「荒野」「北海」「黒潮」「母」「影」「風」「亜寒帯の唄」「冬景色」「北方的風景」「同じく」「同じく」「雪山の思ひ出」「岩氷」「雪崩」「吹雪」「迎春」「松」「雪二題」「或は」「早春」「冬の北海回想」「波止場」「雪」「冬の海「寒流」「暗い日に」「化石」「墓」「村の中」「窓」「噴水」「野原」「模様」「雨模様の街」あとがき

『**名作選　高島高詩集**』稗田菫平編　高島高詩集刊行会　一九八四年十月　収録詩九十九篇　A五判上製　一七六頁

序文：淺野晃

北方の詩／「北方の詩」「北方の春」「北方の秋」「北方の冬」

「北の貌」「力」「意欲」「海」「胸」「埋火」「楽譜」「泉」「荒野」「北海」「黒潮」「母」「影」「風」「亜寒帯の唄」「冬景色」「北方的風景」「同じく」「同じく」「雪山の思ひ出」「岩氷」「雪崩」「吹雪」「迎春」「松」「雪二題」「或は」「早春」「冬の北海回想」「波止場」「雪」「冬の海」「寒流」「暗い日に」「化石」「墓」「村の中」「窓」「噴水」「野原」「模様」「雨模様の街」
山脈地帯（抄）／「北アルプス幻想」「北アルプス雪景」「雪の湖」「北方」「大井町の記憶」「横浜山上の詩」「横浜風景」
北の貌（抄）／「立山頌歌」「人間」「浜辺にて」「故郷挽歌」「歴史」「北アルプス」「常願寺川」「ある日」「まりつき良寛さま」「雪」「小駅待車」「光」「人生」「海」「こころ」「顔」「途上にて」「雪ふる昼に」「旅の日に」「仮面」「晩秋歌」「宇奈月旅情」「曠野」「山の療養所」「心象の窓」「亡妹哀恨歌」「美紀子」「蜃気楼」「螢烏賊」「螢烏賊」「春と新任」
続北方の詩（抄）／「続北方の詩」「翹望」「白鳥について」「同じく」「薔薇」「島」「同じく」「典子詩抄」「同じく」「同じく」「同じく」「曇日」「螢烏賊」「別れ」「螢烏賊」「田中川有感」「春と滑川」俳句篇　高島高年譜／後記

『詩が光を生むのだ――高島高詩集全集』
一巻**『北方の詩』**、二巻**『山脈地帯』**、三巻**『北の貌』**、四巻**『続北方の詩』**、別冊**『焔のように生命燃やした詩人　高島高』**
立野幸雄編　高嶋修太郎発行　桂書房　二〇一二年十月

◎アンソロジー／詩掲載書籍／辞典

『新鋭詩集』日本詩編集部編　アキラ書房　一九三五年二月
詩「空腹」「夕釣り」

『新日本詩鑑』第一集〈詩報作品版〉村上成實編刊　詩報発行所　一九三八年十二月
詩「野景」

『新日本詩鑑』第二集〈詩報作品版〉村上成實編刊　詩報発行所　一九三九年八月
詩「泉」「母」

『全日本詩集』第二巻　前田鐵之助編　詩洋社　一九三九年八月
詩「風」「胸」

『中部日本詩集（紀元二千六百年記念）**』**詩と民謡社　一九四〇年十二月
詩「内部」「處生圖」「北の貌」

『培養土』（麺麹詩集）北川冬彦編　山雅房　一九四一年二月
「北方光景」として詩「北アルプス幻想」「北アルプス雪景」「雪の湖」「立山颪」

『現代日本年刊詩集』（昭和十六年版）山雅房　一九四一年七月
詩「大西郷頌」「ロダンと彫刻」

『昆侖詩文集』北川冬彦編　昆侖社　一九四一年十一月
「弧剣集」として詩「山脈地帯」「桜」「下山」「ある日の家持」「同じく」「同じく」

『戦時日本詩集』河西新太郎編　国民詩人協会　一九四二年

詩「近代正氣の歌」
『**辻詩集**』日本文学報国会編　八紘社杉山書店　一九四三年十月
詩「それなら」
『**現代日本代表作詩集**』一九四八年版　日本未来派発行所編　東京海口書店　一九四八年十月
詩「北アルプス」
『**日本現代詩大系**』第十巻（昭和期三）中野重治編　河出書房　一九五一年十一月
詩「北海」「雪の湖」「雪のふる晝に」
『**日本詩人全集**』第六巻（昭和篇一）創元社　一九五二年八月　詩「北の貌」「北アルプス幻想」
『**昭和文学全集**』第四十七巻（昭和詩集）角川書店　一九五四年十月
詩「北方の詩」「意慾」「胸」「北の貌」「母」「ロダンと彫刻」「曠野」
『**死の灰詩集**』現代詩人会編　宝文館　一九五四年十月
詩「光の抗議」
『**百花詩集**』稗田菫平編　木兎書房　一九五四年十月
詩「ロダンと彫刻」「胸」
『**日本未来派詩集**』一九五七年版　土橋治重編　近藤書店　一九五七年十月
詩「北の手紙」「続北方の詩」
『**立山と黒部**』富山県郷土史会　一九六二年
詩「常願寺川」
『**日本現代詩大系**』第十巻（昭和期三）（河出書房、昭和二十五－二十六年刊の復刊）中野重治編、河出書房新社　一九七五年
詩「北海」「雪の湖」「雪のふる晝に」
『**ふるさと文学館第20巻　富山**』水上勉、三浦哲郎、松永伍一、阿刀田高監修、八木光昭責任編集、ぎょうせい、一九九四年八月
詩「北海」「海辺にて」「北方の詩」「続北方の詩」「常願寺川」
『**現代日本詩集：**1927年～1944年』第四巻、不二出版　二〇一〇年五月
詩「風」他一篇
『**世界現代詩辞典**』創元社　一九五一年十一月
高島高略歴
『**日本現代詩辞典**』分銅惇作、田所周、三浦仁編　桜楓社　一九八六年二月　高島高
『**富山県文学事典**』富山県文学事典編集委員会編　桂書房　一九九二年九月　高島高
『**詩歌人名事典**』日外アソシエーツ一九九三年四月　高島高
『**現代詩大辞典**』安藤元雄、大岡信、中村稔監修　三省堂　二〇〇八年二月　高島高

◎新聞
「**北国新聞**」北国新聞社
詩「東洋の秋に立ちて」一九四〇年九月二十八日
随筆「詩人の覚悟」一九四一年一月十一日、十二日
「**読売報知新聞**」読売新聞社

詩「劔の夜明けに」一九四二年十二月八日
詩「日本正氣歌」一九四四年三月十日

「滑川新聞」鏡田正信編　滑川新聞社
随筆「探照灯」一九四六年九月十九日
詩「小驛待車」一九四六年十月五日
詩「曇日」一九四六年十月二十日
詩「人生」一九四六年十一月五日

「国際タイムス」国際タイムス社
評論「日本詩の現象」第二七二号　一九四七年六月一日

「北陸文化新聞」太田倖造編　北陸文化新聞社
詩「秋日帖」一九四七年十月十五日

「トヤマタイムス」高井左岸編　富山タイムス社
随筆「このごろの感想」　新刊紹介「文學組織」一九四七年十一月一日

「山とスポーツ」佐々木啓志編　北アルプス協会（富山市）
詩「心象の立山」第一号　一九四八年六月一日

「ザ・ニュースクール・ライフ」滑川女子高等学校文化部
随筆「竹内てるよへの私信（抄）」一九四八年七月二十日

「富山新聞」富山新聞社
詩「宇奈月旅情」一九四八年八月十三日
通信「読書について　読者の感想」一九四八年十月二十八日
詩「新春偶感」一九四九年一月一日
詩「雪と子供」一九五〇年一月七日
選「自由詩」一九五一年一月一日
詩「母を想う」一九五一年五月十三日
随筆「現代詩について」一九五二年八月十五日
随筆「秋の手紙」一九五二年十月二十二日
選「自由詩　小学校の部　中学校の部」一九五三年一月一日
詩「元旦の手紙」一九五三年一月十二日
随筆「俳句私感」一九五三年五月十五日
随筆「ロダンと彫刻」一九五三年六月二十六日
随筆「ある感想」一九五三年八月二日
詩「新春図譜」一九五四年一月四日
随筆「文芸家印象記（一）萩原朔太郎」一九五四年三月二十二日
随筆「文芸家印象記（二）高見順氏のこと」一九五四年四月五日
随筆「文芸家印象記（三）山之口貘さんのこと」一九五四年五月十日
随筆「文芸家印象記（終）佐藤惣之助と花田清輝」一九五四年五月十七日
詩「奥黒部バラード」一九五四年七月二十六日
随筆「「万葉」の現代的意義」一九五四年九月二十一日夕刊
随筆「冬の手紙」一九五四年十二月七日夕刊
大島文雄氏との対談「順コース・逆コース　「満年」もう返上だ　ヘーゲル「無」を解せず」一九五五年一月二日
随筆「魂の場　日本人の生活と伝統について」一九五五年二月二十二日夕刊
随筆「イエスを憶う（上）」一九五五年五月八日夕刊

「北陸夕刊」北陸夕刊新聞社

随筆「佐藤惣之助の印象」一九四九年十二月十三日
「講和とわれらのアンケート」一九五一年九月六日
「**労組の友**」東京都労働局
詩「業」　第四六号　一九四九年十月二十五日
「**廣報なめりかわ**」石田武英編　滑川町役場
随筆「生活断片」一九五〇年七月二十日
随筆「夏の日記」一九五〇年九月二十日
詩「朝空」一九五一年一月一日
「〝滑川市の歌〟作詞者の言葉」一九五四年二月二十五日
「**新川週報**」二川新義編　滑川新聞社
随筆「新聞随想（上）」一九五〇年十月十六日
随筆「新聞随想（下）」一九五〇年十月三十日
「**新川新聞**」二川新義編　新川新聞社
随筆「日記抄　其の二」一九五〇年十二月二日
「**東京労働新聞**」栖島兼次編　東京都労働局
詩「北アルプス幻想」一九五〇年十一月二十五日
詩「曇日」一九五一年八月二十五日
詩「人間」一九五一年十二月十日
詩「迎春の譜」一九五三年一月二十五日
「**中部日本新聞**」中部日本新聞社
随筆「ある感想」一九五三年十二月二十九日
「**富山読売**」読売新聞社
随筆「故郷の詩心」一九五四年二月三日
「**北日本新聞**」北日本新聞社

随筆「魂についての断想」一九四六年八月四日
随筆「「道なき道」を読む」一九五〇年十一月二十九日
随筆「初夏十題」一九五一年五月二十七日－六月七日
随筆「独立に寄せて」一九五二年四月二十八日
随筆「私の読書遍歴」一九五二年九月十八日
詩「迎春の譜」一九五三年一月三日
詩「大滑川を祝す」一九五三年十一月一日
書評「笹沢美明著〝リルケの愛と恐怖〟」一九五三年十二月
十一日
詩「十二月の詩」一九五三年十二月十七日　絵：佐藤洋（独立）
詩「迎春譜」一九五四年一月四日
詩「年頭の詩」一九五五年一月五日
「**滑高新聞**」古沢康守発行　滑川高等学校新聞部
詩「海」一九五三年一月三十日
詩「人の世について」一九五三年十一月二十一日

◎詩雑誌／同人誌　　（ ）内は創刊年
「**学友会誌**」県立魚津中学校学友会詩
詩「惜春の賦」短歌「懐かしの加積」一九二八年三月
「**学友会誌**」昭和医学専門学校学友会
三号　一九三〇年十二月　桑原忠太編
小説「孤獨なる日記」
四号　一九三二年一月　原薫編
小説「山の秋」　詩「冬の夜の海邊の家で」

五号　一九三二年十二月　稲村稔編
詩「波止場で」「夜」　小説「島に憩ふ」
六号　一九三三年十二月　森川彰編
小説「寂光」　詩「蒼白き断層」「相寄る絶望」「雨」
七号　一九三五年一月　西村東一郎編
小説「杉」　詩「埋火」「顔」「面影」「ひとりで笑つて」「夜半の感情」

「地平線」（一九三三年六月－）塩田光雄編　秋山書店（横浜市）
詩「速力」一九三三年八月

「オアシス」（一九三一年九月－）東京ミッカ會
随筆「白銀繁生を悼む」一九三四年七月

「日本詩」（一九三四年九月－）明松次郎編　アキラ書房
詩「海辺朝景——音信としての東京のＹへ」「母」「影」「埋火」
一九三四年十二月

「羅曼」（一九三五年五月－）伊福吉部隆編発刊　現代詩研究所
詩「北方の詩」「愛のことば」「日没」「夜更け」「雨模様の街」

「詩学」（「レスプリ・ヌウボオ」を改題　一九三五年三月－
鳥羽茂編　ボン書店
詩「北方の詩」一九三六年十二月

「詩人時代」（一九三一年五月－三六年十一月）吉野信夫編
現代書房
詩「北方の詩」五巻九号　一九三五年九月

「麺麭」（一九三二年十一月－三八年一月）麺麭社
詩「北の貌——親不附近の未明」「北方の冬」五巻一号
一九三六年一月
詩「力」「泉」五巻二号　一九三六年二月
詩「亞寒帯の唄」　随筆「間違ひの學説と純粋詩表現に就て」
五巻三号　一九三六年三月
随筆「詞筆集「龍」のこと」五巻四号　一九三六年四月
隋感手帖より　随筆「一、醫學と文學に就いて」「二、現實と非現實の問題」「三、表現と逃げる言葉」　詩「馬込風景——或は早春の田野」五巻六号　一九三六年六月
詩「胸」「風」五巻七号　一九三六年七月
詩「北海」「黒潮」「雨模様の街」「野景」「模様」「埋火」　随筆「詩論への詩論」五巻八号　一九三六年八月
随筆「吉野信夫氏の死」五巻九号附録　一九三六年九月
詩「醫学放談　診斷、死體解剖、解熱劑、第四性病、手術」
五巻十号　一九三六年十月
随筆「チエホフと醫学」　詩「北方の秋」五巻十一号
一九三六年十一月
「冬の北海回想」として詩「波止場」「雪」「冬の海」「寒流」
五巻十二号　一九三六年十二月
随筆「父半茶がこと」六巻一号附録　一九三七年一月
「雪山の思ひ出」として詩「岩氷」「雪崩」「吹雪」六巻二号
一九三七年二月
詩「暗い日に」「化石」六巻三号　一九三七年三月
詩「月明」「同じく」「同じく」六巻四号　一九三七年四月
詩「村の中」「窓」六巻六号　随筆「流行歌を斬る」六巻六

号附録　一九三七年七月
詩「梅雨空」六巻八号　一九三七年九月
随筆「船橋氏の「新胎」」六巻九号　一九三七年十月
詩「山礼賛」六巻十号　一九三七年十一月
詩「北の銃後」六巻十一号　一九三七年十二月
詩「杉」七巻一号　一九三八年一月
「**凡人**」（一九二三年－）凡人詩社（滑川）
詩「迎春」「松」一九三八年一月
「**三田文学**」（一九二六年一月－四四年十一月）和木清三郎編
西脇順三郎発行　三田文学会
詩「北方的風景」「同じく」十三巻四号　一九三八年四月
「**歌謡詩人**」（一九三一年－）藤田健次編　歌謡詩人社
詩「牧歌的風景」一九三八年十一月
詩「和田の浦」随筆「石川啄木不倫」「詩壇批評」一九三九
年三月
随筆「立原君のこと」「帰郷のこと」「短歌抄」一九三九年七月
「**藝園**」（「歌謡詩人」改題　一九四〇年四月－）藤田健治編
藝園社詩「ある墓碑銘」九巻四号　一九四〇年四月
随筆「横山大観頌」一九四一年四月
「**昆侖**」（一九三八年八月－四三年九月）田畔忠彦編集発行
昆侖社
詩「渓譚譜」第一冊　一九三八年八月
随筆「詩集『思辯の苑』の作者」第二冊　一九三八年十月
詩「北方五光景」第三冊　一九三九年二月

詩「横濱風景」「波止場」第四冊 一九三九年七月
詩「萩原朔太郎居士」第十五冊　一九四三年四月
詩「乗車」第十六冊　一九四三年五月
「**はくてい**」（一九三七年－）泉潤三主宰　白灯会
詩「雪二題」五号　一九三八年一月
「**スバル**」（一九三八年一月－）広田宙外編　スバル文化会（富山市）
詩「夜戰塵」二巻四号　一九三九年七月
詩「櫻」三巻五号　一九四〇年十月
随筆「久世まどかへの批評」
ゲーテ詩二つ「竪琴弾きは歌う」「漂泊人の歌」訳
一九四〇年十二月
すばる詩集批評「わが愛の批評」一九四一年四月
「**科學ペン**」（一九三六年十月－四一年十二月）長田恒雄編　科
学ペンクラブ
随筆「醫學放談「診断　死體解剖　解熱剤　第四性病　手術」」
一九三九年四月
第三次「**早稲田文學**」（一九三四年六月－四九年三月）青柳優
ほか編　早稲田文學社
詩「麥」六巻五号　一九三九年五月
「**文學層**」（一九三九年三月－）岡勇編集発行　赤塚書房
詩「夜戰塵」創刊号　一九三九年三月
「**文藝汎論**」（一九三一年九月－四四年二月）岩佐東一郎編
文藝汎論社
詩「雪のふる感情」一九四〇年三月

詩「小驛待車」一九四一年十二月
「文化組織」（一九四〇年十月－）文化再出發の會編
詩「北方山水」創刊号　一九四〇年十月
「旗」（一九三〇年七月－）　栗林一石路、竹森一男編　旗社
詩「海」一九四〇年二月
詩「ある頁」一九四〇年六月
詩「心象の窓」「故郷挽歌」一九四〇年十二月
「詩原」（一九四〇年三月－）　赤塚三郎編　赤塚書房
随筆「フロイドの詩の原理」一巻二号　一九四〇年四月
詩「北方山水」一巻三号　一九四〇年五月
随筆「處生図」一巻四号　一九四〇年六月
詩「熱河」一巻五号　一九四〇年七月
詩「劔の夜明けに」一巻十号　一九四〇年十二月
随筆「大岡山今昔物語」二巻三号　一九四一年三月
詩「早春の賦」二巻四号　一九四一年四月
「日本詩壇」（一九三三年四月－四四年四月）現代詩人自選詩華集　吉川則比古編　日本詩壇発行所（大阪市）
附全国詩誌一覧表、全国詩人住所録
詩「麥」八巻一号　一九四〇年一月
「文學研究」（「旗」改題　一九四一年十月－）　旗社
詩「義妹敦子臨終」二十六号　一九四一年十月
詩「老子出關」二十七号　一九四一年十二月
詩「石」二十八号　一九四二年五月
詩「小驛待車」二十九号　一九四二年十一月

「青年作家」（一九四二年二月－）青年作家社
詩「近代正氣の歌」一九四二年八月
詩「大西鄕頌」一九四二年九月
俳句雑誌**「風流陣」**（一九三五年十月－四四年一月）　岩佐東一郎編　文藝汎論社　六冊より八十島稔編　風流陣発行所
恩地孝四郎：題字　鈴木信太郎：絵
一九三八年
「秋」三十一冊　九月三十日　秋天批判号
「秋思帖」三十二冊　十一月二十日
「波止場」三十三冊　十二月二十日
一九三九年
「梅」三十四冊　二月二十日
「春四鈔」三十五冊　四月二十日
「歸鄕句抄」三十六冊　五月二十日
「六月句抄」三十七冊　六月二十日
「小旅句抄」三十八冊　八月二十日
「秋つれづれ」三十九冊　九月二十日
「黑部の紅葉」四十冊　十一月二十日
一九四〇年
「雪の横濱」四十一冊　一月二十日
「病三月」四十二冊　六月二十日
「夏日巷談」四十三冊　七月二十日
「螢」四十四冊　八月二十日
「今朝秋」四十五冊　九月二十日

「秋日和」四十六冊　十二月二十日
一九四一年
「冬の町」四十七冊　一月二十日
「返り花」四十八冊　三月二十日　俳論特集号
「梅など」四十九冊　四月二十日　作品特集号
「禪寺所懷」五十一冊　七月二十日
「病室にて」五十三冊　九月二十日　作品特集
一九四二年
「氷雨」五十六冊　一月二十日　新春随筆特集
「戰争句抄」五十七冊　三月一日　大東亞戦争特集
「初櫻」五十八冊　五月十日　大東亞戦争特集
「夏季句抄」六十冊　九月十日　風俗文選特集
「旅句抄」六十一冊　十二月二十日
一九四三年
「雪四句抄」六十二冊　三月十日
「春日抄」六十三冊　六月十日
「秋の月」六十四冊　九月五日　芭蕉特集号
一九四四年
「應召」六十五冊　一月二十日
「**高志人**」通巻三九九号（一九三六年九月-七四年三月）一
時期改題「**高志**」（一九四四年六月-四五年六月）高志人社
一九四〇年　五巻
通信「大和民族の理想及信仰」三月
通信「ドストエフスキーを讀み直す」九月
一九四一年　六巻
通信「孤軍奮闘」十月
一九四二年　七巻
詩「大西郷頌」通信「生死の問題」七月
詩「老子出關――故父半茶が愛藏放庵子の繪に選して――」八月
俳句「無題四句」九月　＊十月号より「高志人」詩壇の選者となる。
詩「芭蕉と利休」通信「高志人詩壇創設にあたりて」十月
詩「岡倉天心頌」「選者の言葉」十一月
詩「義妹敦子臨終」「選者の言葉」十二月
一九四三年　八巻
随筆「科學精神を克服」詩「立山」「選後餘録」一月
詩「近代正氣の歌」「選者の言葉」二月
詩「生活詩抄」「選者の言葉」三月
詩「男」「選者の言葉」四月
詩「良寛和頌」「無想劍」五月
随筆「鷹鳴抄」詩「劍の夜明けに」六月
詩「下山」七月
詩「ある日の家持」「立山頌歌」随筆「竹風庵抄」八月
随筆「故舊忘らるべき」詩「北の貌」選「感想」九月
詩「眞理序説（朗讀詩）」随筆「詩精神」十月
詩「出征」「観世音菩薩」十一月
詩「鬼人」わらべ歌「虹」十二月
一九四四年　九巻
随筆「竹風庵鷹鳴抄」詩「父と娘」短歌「海上日出」一月

随筆「不問庵抄――利休と秀吉――」 詩「物語」「立山」「山の挿話」二月
随筆「五柳先生」 詩「日柳燕石頌」「選者の言葉」三月
詩「日本正氣歌」「選者の言葉」四月
随筆「良寛さま」「選者の言葉」五月
随筆「正氣の行手」 詩「ある日の家持卿」 詩「征野の弟を憶ふ」(「高志」) 六月
詩「昭南南兵舎近くにて」 詩「ふるさと」 書簡「南方より」(「高志」) 十月
一九四五年 十巻
随筆「花と苦力」(「高志」) 三月
詩「一機かへらず」(「高志」) 四月
詩「柘榴」(「高志」) 五月
一九四六年 十一巻
詩「人間」七月
詩「青空」 募集「詩の會」九月
詩「光源」十月
随筆「二つの死――旅の日の嘆きより――」 詩「李太白――われ失意の日は李太白を讀めり――」 募集「高志人詩壇」十一月
詩「途上にて」十二月
一九四七年 十二巻
詩「雪と思想」 随筆「翁久允氏著「釋迦如來」に就いて」「選者評」二月
随筆「「アメリカ・ルンペン」と「大陸の亡者」」四月
詩「良寛さま」「選後に」五月
「選者の言葉」六月
随筆「佐藤惣之助氏と滑川」「選後に」七月
随筆「生活の中に」「選者の言葉」八月
随筆「良寛禪師讃仰」九月
随筆「姓名談議」「選評」十月
随筆「越中瀬戸村訪問記」「選評」十二月
一九四八年 十三巻
詩「雪荒れる日に」 随筆「思つたまま」「選評」一月
詩「記錄」 随筆「ベートーヴェンについて」二月
詩「境涯」三月
詩「常願寺川」「選評」四月
詩「生死論序説――ある繪によせて――」「選評」五月
詩「螢烏賊」六月
詩「死」「選評」七月
小説「生きる記錄」八月
「選後に」九月
随筆「受難人の手紙――加藤一夫先生にさゝぐ――」「選評」十月
随筆「病閑日記抄」「選評」十一月
詩「海邊にて」「選評」十二月
一九四九年 十四巻
随筆「芭蕉雜記」「選評」二月
詩「五柳先生頌歌」 随筆「漱石の詩境」四月
詩「雄山神社祭の詩」五月

随筆「酒談議」六月
随筆「芭蕉と滑川」「選評」九月
随筆「秋の言葉」「選評」十月
「選評」十一月
一九五〇年　十五巻
随筆「三尊道」随筆「書翰と色紙と原稿」「選評」一月
「選評」二月
随筆「良寛さま手帖」詩「マラッカ海峡——旅の詩日記より」
「選評」三月
詩「春」「選評」四月
詩「螢烏賊」「選評」五月
詩「シンガポールの思い出」随筆「御風先生の思い出」「選評」七月
随筆「横光利一氏について」八月
詩「法隆寺——ある年の記念として」九月
随筆「宇奈月旅情」「選評」十月
随筆「詩歌雑感」十一月
一九五一年　十六巻
詩「新年二題　朝空　初春」一月
詩「悼詩——清子夫人の死を悼みて」二月
随筆「父と白椿」四月
随筆「ある感想」五月
随筆「鷹鳴雑記帖」六月
随筆「北方荘日記抄」七月
詩「東京の日」随筆「旅えの誘い——北方荘随想——」八月
詩「山を見ている會話」九月
詩「晶子研究譜——翁久美さんえ」十月
詩「秋の曲」随筆「ある感想——北方荘随想」十一月
一九五二年　十七巻
随筆「日記帳より——宗教と詩と——」一月
随筆「日記帖より——現代詩の課題——」二月
随筆「校歌と江東老人」三月
随筆「名前」四月
詩「獨立に寄せて」随筆「俳句談議」五月
随筆「黒部峡谷に寄せて」七月
随筆「福田正男氏追悼」十月
一九五三年　十八巻
詩「風流」一月
詩「迎春の譜」二月
随筆「「勸進帳」余話」三月
随筆「「凡兆」随感」五月
詩「螢烏賊」随筆「讀書について」六月
詩「名月」九月
詩「克服の頌——姉富樫ヤスの霊にさゝぐ」九月
詩「人の世について——ロマン・ロランにさゝぐ」十月
随筆「松岡先生の「夏目漱石」」十月
随筆「文学雑感」十一月
一九五四年　十九巻

随筆「感想ノート」高島鷹鳴　一月
随筆「初詣記」高島鷹彦　二月
随筆「真の生活と作品」高島鷹彦　三月
随筆「身辺記」鷹彦学人　四月
随筆「人間芭蕉記」高島鷹彦　五月
随筆「芭蕉雑記」高島鷹彦　六月
随筆「雲ながるゝ果に」高島鷹彦　七月
随筆「上京記」高島鷹彦　八月
随筆「国泰寺参行」九月
随筆「萬葉随想」十月
一九五五年　二十巻
随筆「随感ノート」一月
随筆「利休随感」二月
随筆「鷗外その他」三月
随筆「長崎について」四月
随筆「椎名麟三氏との一夕」五月
一九五六年　二十一巻
詩「北海（遺稿）雨模様の街」四月

「**凡人**」凡人詩社（滑川）
「俳句選評」一九四六年十二月、四八年一月、五二年二、三月

「**詩之家通信**」（一九四六年十月－）竹中久七編　詩之家
詩「青空」二号　一九四七年七月
随筆「佐藤惣之助と越中滑川」三号　一九四八年二月

「**逍遙**」（一九四七年一月－四月）沖野栄祐編、逍遙社（富山市岩瀬村）A五判・全二十四頁
「発刊の辞」随筆「山脈地帯」一巻一号　一九四七年一月
随筆「詩作のための覚書」詩「海」一巻二号　一九四七年四月

「**文藝首都**」（一九三三年一月－七〇年一月）竹森一男編　保高徳蔵発行　文藝首都社
随筆「焦土より」一九四七年二月
「秋の獨白」十八巻二号　一九五〇年二月
詩「夜半の感情」十八巻八号　一九五〇年八月

「**北の人**」（一九四八年－）増村外喜雄編（金沢市）
随筆「詩作ノート」五号
詩「青空」六号

「**新生**」小谷剛編　小谷桂市発行　新生文化協会
詩「U温泉地にて」二巻九号　一九四七年九月

「**現代詩**」（一九四六年二月－五十年六月）杉浦伊作編　関矢與三郎発行　詩と詩人社
詩「北アルプス」一九四七年十月
詩「秋日帖」一九四九年一月
詩「北方」一九四九年四月
随筆「高橋新吉氏のこと」一九四九年七月
随筆「世界平和について」一九四九年八・九月合併号

俳誌「**ゆく春**」（一九二七年十月－五六年十二月）室積徂春編　ゆく春発行所
俳句「南国句抄」三句（徂春選）高島鷹鳴　一九四七年一月
俳句五句（徂春選）高島鷹鳴　一九四七年四月

随筆「無用の辨」 俳句三句（徂春選） 高島鷹鳴 一九四七年五月
俳句三句（徂春選） 高島鷹鳴 一九四七年七月
随筆「俳論への俳論」 俳句三句（徂春選） 一九四七年九月
俳句五句（徂春選） 高島鷹鳴 一九四七年十月
俳句五句（徂春選） 高島鷹鳴 一九四七年十一月
俳句四句（徂春選） 高島鷹鳴 一九四八年一月
俳句五句（徂春選） 高島鷹鳴 一九四八年二月
俳句四句（徂春選） 高島鷹鳴 一九四八年三月
俳句「立山の雪」五句（清澄抄） 高島鷹鳴 一九四八年四月
随筆「第一藝術としての俳句」 俳句五句（ゆく春抄） 一九四八年七月
俳句五句（ゆく春抄） 一九四八年八月
随筆「舞劇サロメその他」 俳句 五句（ゆく春抄） 一九四八年九月
俳句五句（ゆく春抄） 一九四八年十一月
俳句五句（ゆく春抄） 一九四八年十二月
俳句四句（ゆく春抄） 一九四九年二月
俳句「大和旅情」四句（ゆく春抄） 一九四九年三月
俳句四句（徂春選） 一九四九年五月
俳句四句（ゆく春抄） 一句（徂春選） 一九四九年六月
俳句四句（徂春選） 一九四九年七月
俳句五句（ゆく春抄） 一九四九年十月
随筆「俳句の一生格」 俳句五句（ゆく春抄） 一九四九年十一月
俳句五句（徂春選） 一九五十年一月
俳句五句（徂春選） 一九五十年二月
俳句五句（徂春選） 一九五十年四月
俳句五句（徂春選） 高島鷹鳴 一九五十年五月
俳句五句（徂春選） 高島鷹鳴 一九五十年六月
随筆「徂春先生の近詠」 俳句五句（ゆく春抄） 高島鷹鳴 一九五十年七、八月
俳句五句（徂春選） 高島鷹鳴 一九五一年六月
俳句四句（徂春選） 高島鷹鳴 一九五一年九月
俳句五句（徂春選） 高島鷹鳴 一九五一年十月
随筆「雁信こもごも」 書簡「滑川より」高島鷹鳴 一九五一年十一月
俳句三句（徂春選） 高島鷹鳴 一九五一年十二月
俳句十句（ゆく春佳作選） 高島鷹鳴 一九五二年三月
評論「俳句に於ける象徴性の眞髄」 高島鷹鳴 一九五二年十一月
俳句「虫十趣」（ゆく春抄） 高島高 一九五三年十月

「次元」（一九四八年一月－） 正木聖夫編 次元詩社（高知市）
随筆「空天の話」

「野薔薇」（一九四八年九月－四九年七月） 稗田菫平編 野薔薇社（小矢部市）
随筆「ポエジイについて」五号 一九四八年八月
随筆「「花」感想」「山の療養所にて」七号 一九四九年五月

第二期**「三田文學」**三田文學編集部編（一九四六年一月-五十年六月）三田文学会　講談社（発売）

随筆「同人雑誌の動向「文學國土」の主張」二十二巻八号　一九四八年九月

「せゝらぎ」（一九四八年十一月-四九年二月）市谷博編　せ、らぎ社（砺波市）

随筆「詩の理解について」　詩「北方の秋」一九四八年十一月　創刊号

詩「雪の降る感情」第三集　一九四九年二月

「昆虫針」（「せゝらぎ」改題）（一九四九年二月-五〇年三月）市谷博編　せゝらぎ社

「第五集批評」第六集　一九四九年四月

「第六集批評」第七集　一九四九年五月

随筆「日記抄　其の一」第八集　一九四九年七月

随筆「日記抄　其の二」第九集　一九四九年八月

随筆「日記抄　其の三」第十集　一九四九年九月

随筆「日記抄　其の四――山之口貘さんのこと――」第十一集　一九四九年十月

随筆「日記抄　其の五」第十二集　一九四九年十一月

随筆「日記抄　其の六」第十三集　一九四九年十二月

随筆「日記抄　其の七」第十四集　一九五〇年一月

随筆「日記抄　其の八」第十五集　一九五〇年二月

随筆「日記抄　其の九」第十六集　一九五〇年三月

「文學集団」（一九四八年五月-）三好貞雄編　草原書房

随筆「回想の麵麭」十四号　一九四九年九月

「北陸文藝」（一九四九年十二月-）北陸文藝社（高岡市）

随筆「心象の窓」一巻一号　一九四九年十二月

「詩文化」（一九四九年五月-）小野十三郎編　不二書房（大阪市）

詩「アルプス図譜」十九号　一九五〇年九月

『白鳥』稗田菫平第二詩集　日本藝業院　一九五〇年五月

序文「詩集『白鳥』に寄せて」

「詩學」（一九四七年八月-）岩谷満編　岩谷書店

詩「春にたてば」五巻四号　一九五〇年五月

詩「宇奈月温泉にて」五巻九号　一九五〇年十一月

「土星」（一九四八年-）杉本直編（福井市）

詩「月明」十七号　一九五一年十月

「詩人座」（一九四九年十一月-五〇年八月）稗田菫平編　詩人座発行所（小矢部市）

随筆「グンドハフの方法」九号　一九五〇年十一月

「連山」（一九五一年六月-）伊東俊二編

「詩壇評論」一九五一年十一月

詩「牧歌的風景」一九五一年十二月

「ロマン・ロラン研究」（一九五一年十一月-七一年）蜷川譲編　ロマン・ロラン協会

詩「人の世について――ロマン・ロランに捧ぐ」第四号　一九五二年六月

「季節」（前身の「古志」一九四七年-）金尾梅の門編（富山市）

随筆「芭蕉ノート」一九五二年九月

随筆「芭蕉ノート（二）」一九五二年十月

「結晶文藝」

随筆「日記抄」「ボオドレエル試論」一九五二年六月

「詩の谷間」

随筆「ロマン・ロラン覚え書」一九五三年一月

「新風」（一九四八年－五三年六月）浅地央編　浅野徹夫発行新風詩社（富山市）

随筆「雨期の曲譜」「詩人断章」第十六集　一九五三年六月

「富山文芸」（一九五二年－五三年）富山文芸社（富山市）

詩「焦土より」（散文詩「杉」改題）一九五三年四月

「百花」（一九五三年七月－六〇年）稗田菫平編　木兎書房（小矢部市）

詩「曇日」「薔薇」第二集　一九五三年十月

「文藝日本」（一九二九年六月－）大鹿卓編　文藝日本社

詩「冬の旅」一九五四年二月

詩「鷹の歌」一九五四年五月

詩「李太白」一九五四年九月

詩「東京夜景――ある若き友のうたえる」一九五四年十月

詩「曇日」一九五四年十一月

詩「生死の歌」一九五五年十二月

「茜」（一九〇〇年－）茜短歌社（富山市）

随筆「短歌について」一九五五年三月

「喜見城」（一九四九年四月－）上野たかし編（魚津市）

随筆「俳句随想」一九五五年三月

「青芝」（一九五三年九月－）八幡城太郎編　青芝俳句会

句抄「北越の雪」（遺稿）一九五五年八月

「栴檀」太田高等学校文芸部（太田市）

巻頭詩「意慾」三四号　一九六〇年三月

第二次**「麺麭」**（一九五三年八月－五五年十二月）家城寛編麺麭の会

詩「乗車」「銀座松坂屋屋上より」一号　一九五三年八月

詩「丘の上の思想（遺稿）」八号　一九五五年六月

第二次**「時間」**（一九五〇年五月－九〇年七月）北川冬彦監修　田畔忠彦編　時間社

随筆「ネオ・リアリズムの立場」一巻一号　一九五〇年五月

随筆「ネオ・リアリズム的生命」一巻二号　一九五〇年六月

随筆　ネオ・リアリズム試観「新しい詩とは何か」一巻四号一九五〇年八月

随筆　ネオ・リアリズム試観「ネオ・リアリズム詩論」一巻五号　一九五〇年九月

詩「白鳥について」一巻六号　一九五〇年十月

高島高詩集「北の貌」桜井勝美　一九五〇年十月

詩「寒駅待車」一巻七号　一九五〇年十一月

随筆「ネオ・リアリズム詩論　其の二」一巻八号　一九五〇年十二月

随筆「選後に」二巻一号　一九五一年一月

詩「冬」二巻二号　一九五一年二月

随筆「一つの感想」　随筆「町田志津子さんへの手紙」二巻

三号　一九五一年三月
随筆「「時間」に寄せて」三巻五号　一九五二年五月
「**日本未来派**」（一九四七年六月－）池田克己編　日本未来派発行所
詩人現地報告アンケート「僕の風土記」二十九号　一九四九年十一月号
詩「空天の話」三十八号　一九五〇年九月
詩「常願寺川」三十九号　一九五〇年十・十一月号
詩「北の賛歌」四十号　一九五〇年十二月号
詩「冬」四十二号　一九五一年二月号
随筆「御風先生の思い出」四十三号　一九五一年三月号
詩「ベートーヴェン頌歌」四十五号　一九五一年六、七月号
詩「人間」　随筆「詩随想」四十八号　一九五一年八月号
詩「直江津挽歌」五十号　一九五二年三月号
随筆「宮澤賢治随想」五十一号　一九五二年六月号
随筆「北方の風土」五十二号　一九五二年七月号
随筆「日記抄」「雨季の曲譜」五十三号　一九五二年十月号
詩「エピグラム」「風流」五十五号　一九五三年四月号
詩「北のカレンダー」　随筆「詩についての感想」五十六号　一九五三年五月号
随筆「詩の将来について」　詩「北方物語」五十九号　一九五三年十二月号
随筆「雪国抄」六十号　一九五四年二月号
随筆「海のノート」　詩「春のバラード」六十一号　一九五四年五月
詩「北の手紙」六十三号　一九五四年　十月号
詩「続北方の詩」六十五号　一九五五年　四月号
詩「丘の上の思想」（遺稿）　高島高遺影　六十六号　一九五五年六月
詩選「高島高」一五〇号　一九七六年五月号
「**あづみ文学**」五号　あづみ文学会（滑川市）一九七七年一月
詩「北の貌」「高島高略歴」

高島高に関する記事

◎新聞

「**北陸文化新聞**」太田倖造編　北陸文化新聞社
吉澤弘「醫者と文藝」一九四八年九月二十日
「**富山新聞**」富山新聞社
「人物春秋　自然と人生を直視」一九五一年七月二十七日
「滑川「市の歌」　高島氏が作詞〝海ゆかば〟の作曲者に作曲依頼」一九五四年二月十五日
高島順吾＋萩野卓司「高島高と現代詩　一周忌にあたって　その北方的詩魂　得がたき人間的な魅力」　遠藤朝夫「ホタルイカ音頭と高島高」一九五六年五月九日
「県内文学山脈（40）「文学組織」「文学国土」「北方」詩　現代詩育てた高島高　北国の自然に魂燃やす」一九六四年十一月三十日
「郷土の自然と対決した高島高氏　上」一九六六年二月八日
「郷土の自然と対決した高島高氏　下」一九六六年二月九日

稗田菫平「富山・石川の詩誌をたどる「北方」」一九七七年十一月二十九日
宮下繁次「暗い海見つめた高島高」一九八〇年二月二十八日
高嶋学「富山湾悠遊216　古里の詩人・高をしのぶ」一九八一年
稗田菫平「高島高　代表作に「北方の詩」」一九八二年一月四日
島崎藤一「高島高君の思い出」一九八五年四月五日
「詩の回廊30　高島高の『北方の詩』上」一九九九年十月二十六日
「詩の回廊31　高島高の『北方の詩』下」一九九九年十一月二日

「**読売新聞**」読売新聞社
西脇順三郎「詩・大衆現実」一九五〇年十一月二十七日
「名作の中の北陸　北方の詩」一九八〇年四月十四日
「郷土詩人の90点展示」一九八三年七月二十三日

「**東京新聞**」東京新聞社
「〝望郷の歌〟作者はどこに　収容所で口ずさむ　ビルマで終戦　元軍医がレコードに」一九七九年八月十五日夕刊
「「復員の歌」やっと故国で戸籍」一九七九年八月十七日

「**北陸中日新聞**」北陸中日新聞社
稗田菫平「ある遺作展「高島高展のことなど」」一九八三年九月十二日
稗田菫平「日本海浜の文学――土着の詩魂　高島高」一九八四年九月九日

「**中部日本新聞**」中部日本新聞社
「滑川の詩人全国放送」一九五三年十二月十八日

「**北日本新聞**」北日本新聞社
「富山県文化展望　漸次活気を呈す　セクショナリズに陥るな　詩壇編」一九五三年七月二十四日
「滑川の高島氏に医博」一九五三年八月十九日
「霊峰立山おごそかに　滑川の市歌決まる」一九五四年二月十五日
新刊紹介「文芸日本二月号」一九五四年一月二十七日
「流れる「滑川の歌」国旗かかげ盛大な祝賀行事」一九五四年二月二十八日
「滑川の詩人　中央で感銘与う　東京第一美術協会歌つくる」一九五四年七月二十日
翁久允「詩人　高島高を憶う」一九五五年五月十八日夕刊
板倉記者「北方の詩　現代詩の根を下ろす　孤高だった高島高」一九五六年五月八日
「作詞は滑川の故高島高さん　タイの収容所　元日本兵の愛唱歌「復員の歌」」一九七九年八月二十四日
「とやま詩人史58　北方の詩　現代詩に根を下ろす　孤高だった高島高」一九八〇年五月八日
「自筆の詩など一六〇点　滑川で高島高展」一九八三年七月二十四日
若林悦大「故高島高さんをしのび代表作の詩に曲」一九八三年八月二十一日
稗田菫平「とやま文学の森7　同人誌　高島高　土着の詩魂「文学組織」と「北方」」一九八八年五月二十四日夕刊

「滑川新聞」 鏡田正信編　滑川新聞社
「校歌作詞御礼に小杉茶」一九五四年二月十一日
「滑川情緒の舞踊」一九五四年五月二十四日
「廣報なめりかわ」 滑川町役場
「〃滑川市の歌〃」一九五四年二月二十五日

◎書籍・雑誌

「麵麭」（一九三二年十一月－三八年一月）麵麭社
「地方同人　健康診斷」「九月号の二作」五巻十一号附録
一九三六年十一月
第二次 **「三田文学」**（一九二六年一月－四四年十一月）三田文学編集部　三田文学会
山本和夫「北方の詩　高島高著」十三巻八号　一九三八年八月
「山脈地帯／高島高著」十六巻七号　一九四一年七月
「科學ペン」（一九三六年十月－）長田恒雄編　科学ペンクラブ
知坂正郎「高島高詩集『北方の詩』」三巻十一号　一九三八年十一月
「『山脈地帯（詩集）高島高著』」十六巻七号　一九四二年七月
「昆虫針」 市谷博編　せゝらぎ社
佐藤昭次・市谷博「高島高先生訪問記」一九四九年九月
「日本詩壇」 吉澤独陽編
扇谷義男「『北の貌』を読む」一四三号　一九五〇年
第二次 **「時間」**
町田志津子「『北の貌』の作者高島高氏へ」二巻三号
一九五一年三月
牧章造「高島高氏に」二巻四号　一九五一年四月
北川冬彦「好人物高島高」　桜井勝美「高島高を悼む」　六巻七号　一九五五年七月
若狭雅裕「北方の詩人　高島高について（一）」一九八六年四月、「北方の詩人　高島高について（二）」五月
「土星」 杉本直編（福井）
岡崎純「北の貌　読後感」十二号　一九四七年一月
「高志人」 高志人社
一九五五年六月号　詩人高島高逝く
中山輝「高島高君を憶う」　吉沢弘「悼高島高君」
翁久允「弔詞」　斉藤吉造「弔辞」　斉藤一二「弔詞」
坂田嘉英「弔詩」　神保恵介「弔詩」
一九六八年七月号
稗田菫平「富山をうたった高島高」
「喜見城」 上野たかし編　喜見城発行所
上野たかし「高島高先生を悼む」一九五五年六月
「日本未来派」
「高島高略歴」六十六号　一九五五年六月
上林猷夫「高島高のこと」六六号　一九五五年六月
「高島高君の詩碑建立」一一六号　一九六五年六月
田村昌由「諸々・忘じがたし（九）緒方昇・小池亮夫・高島高」
一九八六年十一月
第二次 **「麵麭」** 麵麭の会

蒲地侃「丘の上の思想」八号　一九五三年五月

「乗車」十一号　一九五三年八月

蒲地侃「高島高の死」一九五五年八月

「**百花**」六号　稗田菫平編　一九五五年六月

稗田菫平「高島高を悼む歌」

「**琅玕**」十二号　稗田菫平編　一九六五年五月

稗田菫平「北方の人　高島高」

『**風土記とやま**』北日本放送　一九六九年五月

藤井一二「立山と有峰湖」

「**短歌時代**」二八七号

稗田菫平「詩歌群像　北方の人　高島高」一九七五年六月

『**稗田菫平全集**』六巻　宝文館出版　一九八一年

「富山を歌った高島高」

稗田菫平編著『**富山現代詩宝典**』牧人文学社　一九八一年

「北の貌」「高島高」「北方」「北方の詩」

『**郷土のひかり**』滑川の人物誌2　郷土のひかり編集委員会編　滑川市教育委員会発行　一九八三年

氷見庄治「ふるさとをうたいつづけた詩人　高島高」

「**とやま文学**」第四号　富山県芸術文化協会編　一九八六年三月

特集「高・修造・冬二の世界」

坂田嘉英「はかなすぎるはなし」／小森典「高島高と私」／高島順吾＋萩野卓司対談「詩人高島高を偲ぶ　或る一つの対談」高嶋とし子「夫高島高の想い出」／山本哲也「高島高と北川冬彦」／金子忠雄「高島高先生の文芸活動」／堀博一「高島高の詩碑をたずねて」

詩と民謡「**北日本文苑**」第二十三巻　通巻一五五号（復刊五五号）一九八五年六月号　早川嘉一編　北日本文苑詩と民謡社

坂田嘉英「追慕抄」

「高島高氏の詩碑建立」「北川冬彦氏歓迎懇談会」

『**滑川市史**』通史編　滑川市史編纂委員会　一九八五年十二月

「「北方の詩」と高島高」

「**実業之富山**」実業之富山社

稗田菫平「立山讃仰——高島高」一九八六年四月

稗田菫平「太古への郷愁——高島高」一九九〇年六月

『**とやま文学の森**』稗田菫平　桂書房　一九九〇年

「高島高　土着の詩魂」

『**富山県文芸展**』富山県芸術展実行委員会編　富山県芸術文化協会

第二回「富山をうたった高島高」一九八三年十一月／第三回

稗田菫平「田中冬二・高島高・萩野卓司」一九九二年八月

「**牧人**」牧人舎　一九九二年

稗田菫平「高島高覚書」七五－八〇号　連載一－六

「**柵**」詩画工房

「北方の詩人　高島高について」一九九五年八月

「**紫苑短歌**」紫苑短歌会

稗田菫平「思い出の人々　鷹鳴詩社の一夜」一九八八年十月

「**越中人譚**」八号　岡田編集写真事務所編　チューリップテレビ出版　一九九九年

「詩壇　田中冬二　高島高　瀧口修造」
『つなぎわたす知の空間』布村弘　小倉編集工房　二〇〇〇年一月
第一章　とやまの風土と文化　立山・剣岳「北方の詩」高島高
『ふるさとに語りつぎたい人びと：魚津市　滑川市　黒部市　宇奈月町　舟橋村　上市町　立山町　入善町　朝日』呉東図書館協会編　二〇〇七年
『富山県の歴史散歩』富山近代史研究会歴史散歩部会編　山川出版社　二〇〇八年
「詩人高島高と音楽家高階哲夫」
詩誌**「天蚕糸」**創刊号　田中勲発行　二〇一〇年二月
連載第二回　田中勲「富山の戦後詩史の流れの中で——高島高と高島順吾」
「高校生のためのとやまの文学」富山県高等学校教育研究会国語部会編　二〇一二年
「光り輝く滑川の人物ものがたり」ふるさと教育副読本編集委員会編　滑川市教育委員会　二〇一二年
「ふるさとをうたいつづけた詩人　高島高」
「ふるさと文芸——あゆみと高島高」『ふるさと文芸』編集委員会編　滑川市教育委員会発行　二〇一三年
伊勢功治「高島高の作品によせて」
「現代詩手帖」思潮社　二〇一四年十一月号　山之口貘特集
伊勢功治「二人の詩人・山之口貘と高島高」
「現代詩手帖」思潮社　二〇一八年三月-八月
伊勢功治「北方の詩人高島高」（「高島高の生い立ちと詩」三月号　「「北方の詩」刊行と「麺麹」」四月号　「山之口貘と東京」五月号　「佐藤惣之助と高見順」六月号　「翁久允と野口米次郎」七月号「戦後の詩と活動」八月号）

参考文献・資料（高島高の著作を除く）

◎単行本
相馬御風『大愚良寛』春陽堂　一九一六年
『昭和医学専門学校第五回生卒業記念写真帖』一九三六年
高見順『故舊忘れ得べき』人民社　一九三六年
高見順『如何なる星の下に』新潮社　一九四〇年
『高見順詩集』河出書房（市民文庫）一九五三年
『立山と黒部』富山県郷土史会　一九六二年
高見順『昭和文学盛衰史』講談社　一九六五年
相馬御風『一茶と良寛と芭蕉』創元社　一九六五年
高見順詩画集『重量喪失』沖積舎　一九六七年
鶴岡義久『太平洋戦争下の詩と思想』昭森社　一九七一年
花田清輝『箱の話』潮出版社　一九七四年
中野嘉一『前衛詩運動史の研究』大原新生社　一九七五年
『日本の文学57　高見順』中央公論社　一九七五年
『藤村作編『日本文学大辞典』新潮社　一九七六年
『山之口貘全集』第三巻　思潮社　一九七六年
『詩と詩論　現代詩の出発』冬至書房新社　一九八〇年
『昭和大学五十年史』昭和大学　一九八〇年

桜井勝美『北川冬彦の世界』宝文館出版　一九八四年
日本近代文学館編『日本近代文学大事典』講談社　一九八四年
中野嘉一『モダニズム詩の時代』宝文館出版　一九八六年
紺野邦夫『50年の歩み　写真集』昭和大学　一九八八年
磯田光一ほか編『新潮日本文学辞典』新潮社　一九八八年
『定本・高島順吾自選詩集』新興出版社　一九八九年
「日本の詩101年　1890－1990」新潮社　一九九〇年
川端要壽『昭和文学の胎動――同人雑誌『日歴』初期ノート』福武書店　一九九一年
内堀弘『ボン書店の幻』白地社　一九九二年
藤一也『北川冬彦』沖積舎　一九九三年
稗田菫平『筆魂・翁久允の生涯』桂書房　一九九四年
小田久郎『戦後詩壇私史』思潮社　一九九五年
澤正宏、和田博文編『都市モダニズムの奔流――「詩と詩論」のレスプリ・ヌーボー』翰林書房　一九九六年
逸見久美『翁久允と移民社会1907－1924』勉誠出版　二〇〇二年
志賀英夫『戦前の詩誌・半世紀の年譜』詩画工房　二〇〇二年
長谷川郁夫『美酒と革嚢』河出書房新社　二〇〇六年
安藤元雄、大岡信、中村稔監修『現代詩大事典』三省堂　二〇〇八年
和田博文編『戦後詩のポエティクス1935－1959』世界思想社　二〇〇九年
逸見久美、須田満編『翁久允年譜1888－1973』翁久允財団　二〇一〇年

◎アンソロジー詩集

『新領土詩集』山雅房　一九四一年
『横浜の詩人たち』横浜詩人会　一九七二年

◎詩誌・雑誌

「詩と詩論」一－十四（一九二八年九月－三一年十二月）厚生閣書店／「文學」一－六（「詩と詩論」改題　一九三二年三月－三三年六月）厚生閣書店

◎郷土関連出版・資料

『近代百年のあゆみ』滑川市役所総務部　一九七八年
『郷土のひかり　滑川の人物誌2』郷土のひかり編集委員会編　滑川市教育委員会　一九八三年
「郷土の人と自然をうたった　ふるさとの詩人　高島高展」図録　滑川市教育委員会・滑川市立博物館　一九八三年
『滑川市史　通史編』滑川市史編さん委員会編　一九八五年
稗田菫平『とやま文学の森』桂書房　一九九〇年
『富山県文学事典』富山県文学事典編集委員会編　桂書房　一九九二年
『眼でみる滑川　五十年のあゆみ』市制五十周年記念編集委員会　一九八八年
「いのち輝くとき　孤高の詩人――高島高」展図録　滑川市教育委員会　滑川市立博物館編　二〇〇五年
『なめりかわ昭和今昔写真館』滑川市立博物館　二〇一四年

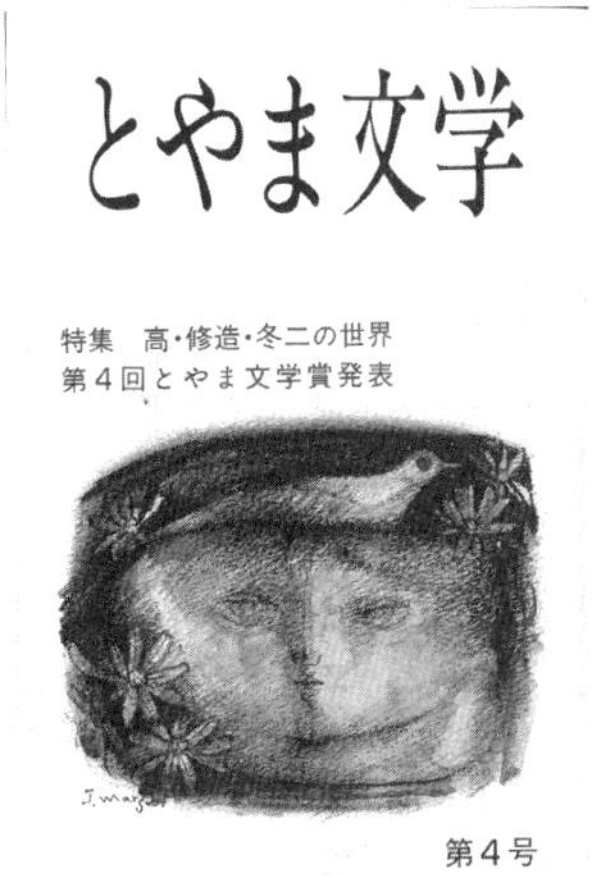

「とやま文学」第4号
特集「高・修造・冬二の世界」
1986年3月　富山県芸術文化協会

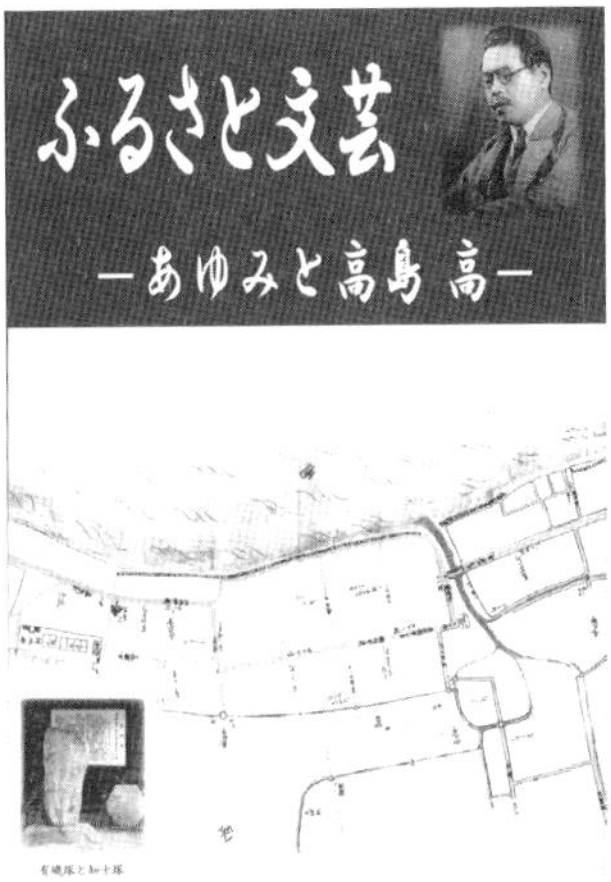

「ふるさと文芸―あゆみと高島高―」
2013年3月　『ふるさと文芸』編集委員会編
滑川市教育委員会発行

行田公園の高島高詩碑
「剣岳が見え／立山が見え／一つの思惟のように／風が光る」1965年5月建立

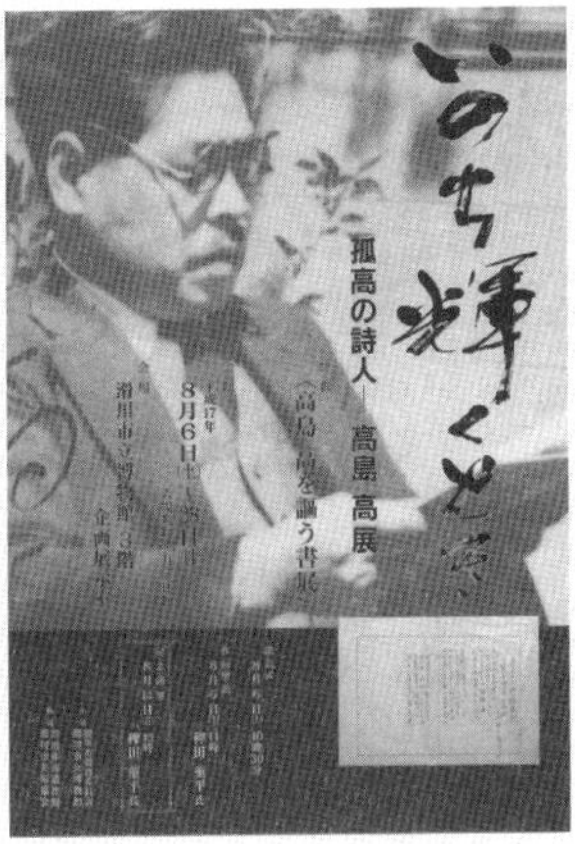

「いのち輝くとき」
孤高の詩人――高島高展図録
2005年8月　滑川市教育委員会／滑川市博物館編

高島高編集「文學組織」「文學國土」「北方」総目次

「文學組織」（一九四七年十月－四八年二月）高島高編集発行
鷹鳴詩社

「文學國土」（「文學組織」改題）（一九四八年四月－四九年十月）高島高編集発行　鷹鳴文學社

第四集　一九四八年四月三十日　A五判変型　全十四頁
古谷綱武「詩人」一頁
高橋新吉「ほとけ」「雪」二頁
淺野晃「踊り子」二頁
山本和夫「嵐」三頁
瀧口武士「夜」三頁
竹中久七「寓話――ソ聯映畫「石の花」に因みて――」四頁
正木聖夫「候鳥（其の一）――四次元にすむ一人の少年の生誕について――」四－六頁
穴田澄子「京菜」六－七頁
高島高「胸」七頁
高島高「小驛待車」七－八頁
高島高「心象の窓」八－九頁
高島高「詩人えの手紙　高橋新吉様　竹内てるよ様」九－十頁
翁久允「竹久夢二の思い出」十一－十三頁
高島高「編輯後記」十三－十四頁

第五集　一九四八年六月二十日　全十六頁
坂田徳男「藝術と哲學（第一回）」一－三頁
高橋新吉「死」「讀書」「五十澤二郎追悼」四頁
山本和夫「さよなら」四頁
穴田澄子「うたかたの生に立ちて」五頁
高島順吾「エヂプト手品」五－六頁
沖野榮祐「廢園風景」六頁
坂田嘉英「蜃氣樓」七－八頁
高島高「立山」八頁
高島高「心象の立山」八－九頁
妻木新平「此の頃の感想」十－十一頁
高島高「詩人えの手紙　山之口貘様　山本和夫様」十一－十三頁
室生とみ子「仔ねこ（輕井澤随想）」十三－十四頁
高島高「編輯後記」十五－十六頁

第六集　一九四八年十月一日　全十二頁
竹森一男「作家の使命」一頁
高橋新吉「一毛」二頁
瀧口武士「夏」二頁
壺田花子「月のなかから降りていらつしやい」二－三頁
高島順吾「灰につめ寄る」三頁
高島高「自虐――太宰治氏に手向く」四頁
高島高「萩原先生回想」四－五頁
高島高「光源」五頁
山本和夫「お返事――前號「詩人えの手紙」に答えて――」六－八頁

高島高「ボオドレエル試論」八－十頁
室生とみ子「新緑（輕井澤随想）」十頁
高島高「編輯後記」十一－十二頁

第七集　一九四八年十二月二十五日　全十八頁
鷹鳴文學社
坂田徳男「藝術と哲學（承前）（表現、技術など）」一－六頁
室積徂春「澄聲――むし十抄――」七頁
高橋新吉「言葉」八頁
淺野晃「秋天」八頁
瀧口武士「秋晴」八頁
島崎曙海「旅汽車で」九頁
穴田澄子「夜になると」九－十頁
高島高「立山」十頁
高島高「人生」十一－十一頁
岩倉政治「娘とうさぎ」十二－十五頁
高島高「憶い出す人々　一、佐藤惣之助氏　二、青柳優氏」
十五－十七頁
高島高「編輯後記」十八頁

第八集　一九四九年二月二十五日　文學國土社　全十八頁
高橋新吉「頭の火事」一頁
滝口武士「ミユーズ」二頁
淺野晃「西と東」三頁
高島高「劍岳」四頁
高島高「北川冬彦ノート」五－六頁
小塩亨「詩人の愛」六－八頁
竹内やんこ「歌のある食卓」九頁
坂田嘉英「小石について」十－十一頁
稗田菫平「桃の實と白鳥」十一頁
野村玉枝「草」十一頁
野村玉枝「青いたたみの上」十二頁
「文學國土の主張」（編集部）十二頁
相馬御風「「北の貌」序文」十三－十五頁
高島高「編輯後記」十六－十七頁

第九集　一九四九年七月十日　全十六頁
坂田徳男「藝術と哲學（第四回）」一－四頁
高島高「北川冬彦ノート（第二回）」五－六頁
高橋新吉「法」「土びん」七頁
淺野晃「植物」七頁
高島高「白鳥について」「同じく」八頁
竹内やんこ「あゆみ」八頁
杉本直「いなか」「砂土」九頁
穴田澄子「偶題」九－十頁
福田正夫「滑川北方荘一泊（富山花十日の追憶として）」
十一－十二頁
室生とみ子「輕井澤通信（其の四）」十二－十三頁

高島高 作詞曲

滑川市寺家小学校校歌　［昭和二十三年十一月制定］

高島高　作詞　高田三郎　作曲

一
そびゆる立山　雪さえて
千古にかおる　名をとどむ
ひびきたえなる　有磯海
たゆまぬ力　さとしうつ

二
花咲き花は　うつろえど
学びの道は　いつの世も
かわることなし　我らみな
はげまん寺家の　学び舎に

三
世界の文化　身につけて
かがやく我ら　とこしえに
正義自主の　旗たかく
進まん希望の　新天地

高が在籍した滑川市寺家小学校（旧滑川男子尋常高等小学校）

滑川市田中小学校校歌
希望の丘　［昭和二十四年九月制定］

高島高　作詞　高木東六　作曲

一
風も緑だ　若葉の朝だ
空にきらきら　陽ものぼる
みんな元気で　元気でつよく
こころ合わせて　ほがらかに
今日も越えよう　希望の丘を

二
明けてたのしい　大地の朝だ
みんな若葉よ　萌え出る意気よ
夢もあかるく　こころも勇み
ちから合わせて　ゆるみなく
今日も越えよう　希望の丘を

三
嵐吹こうと　雨荒れようと
のびよのばせよ　若葉のいのち
ぐんとぐんぐん　胸をば張って
歩調合わせて　ひとすじに
今日も越えよう　希望の丘を

滑川市田中小学校。現在も建築当時の姿を残す貴重な校舎

滑川市の歌［昭和二十九年制定］

高島高　作詞　信時潔　作曲

一
霊峰立山おごそかに
いま朝明けの陽にはえる
ひびきてやまぬ有磯海
悠久の道教え打つ
ここに立ちたる栄光の
ああ　われらの市　滑川
たたえんわれらの市　滑川

二
日に日に新たに栄えゆく
薬の都の名は高く
国の本なる農産は
広く日本に覇を称う
ここに立ちたる栄光の
ああ　われらの市　滑川
たたえんわれらの市　滑川

三
世界に比もなき蛍いか
海の神秘か蜃気楼
自然の美観にめぐまれて
正義進取の意気高し
ここに立ちたる栄光の
ああ　われらの市　滑川
たたえんわれらの市　滑川

昭和二十九年の市制施行以来、滑川市民に歌い継がれてきた市歌「滑川市の歌」について、市は歌詞の一部を改めた。二題目の中に日本海側の蔑称とされる「裏日本」という言葉が含まれていたためで、市民の指摘もあり、歌詞中の「裏日本に」という表現を作詞した高島氏の遺族の承諾を得て、市内の有識者による懇談会で新しい歌詞を協議。元の歌詞が持っていた古里を誇りに思う気持ちや、歌いやすさなどを考慮し、「広く日本に」に改訂した。

［その他、高島高作詞曲］

「立山頌《しょう》歌」本多鐵麿：作曲　一九四三年
「やまと剣の歌」本多鐵麿：作曲　一九四三年
「第一美術協会」井上武士：作曲　一九四三年
「西加積小学校校歌 光の朝」平井康三郎：作曲　一九四七年
「老田小学校校歌」平井康三郎：作曲　一九五四年
「小杉小学校校歌」　信時潔：作曲　一九五二年
「県立水産高等学校校歌」黒坂富治：作曲　一九五〇年
「滑川情緒」吉田正：作曲　三浦洸一：歌　一九五四年
「復員の歌」高木新吾：作曲　一九四五年（一九七九年録音）

あとがき

　詩人は自分のそばにいる。

　それが、この本を書くことになったきっかけである。十年以上前から、戦前のモダニズム詩に興味を持ち、調べていた過程で、「高島高」の名が幾度となく登場し、私の中にあった記憶のかけらが少しずつ集まり、形を持つようになった。

　私が、小学校に入ってはじめて覚えた校歌の作詞者が高島高であったこと。下から読んでも同じ名前で強く印象に残ったこと。また、校歌の歌詞が文語調で、意味がよくわからなかったこと。私が大学生時代、寝たきりであった祖母の担当医が高の弟・学氏で、よく往診に来ていただいたことなどを思い出した。

　私が生まれる前の年に詩人は亡くなっている。死後半世紀以上たった今、高島高という詩人の仕事を語り継ぐものはほとんどいないというのが現状だろう。実家から歩いて五分ほどのところにかつて住んでいた詩人について知らなかったことを今さらながら残念に思い、高がどのような詩を書き、どう生きたかについて詳しく知りたいという思いが大きく膨らんでいった。

　戦前、将来を期待される新鋭詩人として輝かしく登場し、時代に翻弄されながら自らの宿命を引き受け、戦後十年で四十四年の短い生涯を閉じた詩人・高島高。交通が発達し、東京などの大都市からの距離が縮まったいま、第一詩集『北方の詩』にあるような「北方」という言葉から富山を想起することはないかもしれない。それは一方で、かつての地方の特異性が失われつつあるということでもある。しかし、高が仰ぎ見た北アルプスの絶景は今も、そして未来も変わることなく存在し続ける。

　作家の生前の評価が時間の中で変化し、名を残すものもいれば、消えていくものもいるのは歴史の必然である。しかしそれは、残されたものが、いかに理解し、いかに評価し、いかに語り伝えるかに大きくよっていることも事実である。この詩人の足跡をできる限り調べ、詩業の全貌を明らかにし、その詩精神を理解すること。そして、滑川という「北方」の地がどのように詩人を育てたのかを知ること。それは、いささか大げさにいえば、同じ郷土に生まれ育った私の運命のようでもあり、私自身を見つめ直す旅でもあった。

生前の高、とくに詩人としての活動を知るものが少ないため、本書には評伝的な要素は少ない。しかし逆に、残された詩やエッセイ、高宛の書簡といった資料を丹念に紐解くことによって、高島高という詩人に正面切って向かい合うことができたのではないかと考えている。そこから、詩人の精神の叫びはもとより、小さな心のささやき、ふと漏らすため息が聞こえてくる。

本書では、詩人の生涯の中でもとくに、若き日の詩人たちとの交流、生き様に光を当てた。そこから高のパッショネートな躍動や、さざ波のような繊細な感性、苦悩や悲しみ、そして喜び、群れることを潔しとしない孤高の精神を感じ取っていただけたら本懐である。

この本を上梓するにあたって、構想段階から励ましの言葉をいただいた思潮社の小田久郎さんをはじめ、小田康之さん、編集の藤井一乃さんにご尽力いただきました。また、詩人の野村喜和夫さん、富山の詩人・野海青児さん、田中勲さん、池田瑛子さんから多くの示唆をいただきました。高嶋修太郎さん眞紀子さんご夫妻、鷲山昭子さんから貴重な資料の提供を、翁久允財団の須田満さんと、藤井喜代美さんに校閲のご協力をいただきました。高志の国文学館、富山市立図書館、富山県立図書館、滑川市教育委員会、滑川市立博物館、滑川市立図書館の皆さんに感謝します。

最後に、友人たち、そして家族、亡き父と母にこの本を捧げます。

二〇二一年三月

伊勢功治

[著者略歴]
伊勢功治（いせ こうじ）
1956年、富山県滑川市生まれ
中央大学経済学部卒、桑沢デザイン研究所卒
グラフィックデザイナー、桑沢デザイン研究所非常勤講師
写真評論集『写真の孤独』（青弓社）
伊勢功治・詩／柳智之・画『天空の結晶』（思潮社）

• 資料データについて新しい情報などご存知の方は下記メールまでご連絡ください。
isekoji61@gmail.com

北方《ほっぽう》の詩人《しじん》　高島《たかしま》 高《たかし》

発行日　2021年3月30日　第1刷

著者　伊勢功治
発行者　小田久郎
発行所　株式会社 思潮社
〒162-0842 東京都新宿区市谷砂土原町3-15
電話03-5805-7501（営業）
03-3267-8141（編集）
印刷・製本　野渡幸生

［資料］高島高　交流作家一覧＋交流図

高島高　交流作家一覧（出身地別／高への書簡、葉書より）

北海道

上林猷夫《かんばやしみちお》（詩人・一九一四-二〇〇一）　札幌市出身。同志社高等商業学校卒。一九三六年、池田克己、佐川英三らと「豚」を創刊。「日本未来派」創刊同人。詩集『音楽に就て』一九四二。『機械と女』一九五六。一九五二年『都市幻想』でH氏賞。

桜井勝美（詩人・一九〇八-九五）　岩見沢市出身。日大文学部卒。北川冬彦の「麺麭」「昆侖」同人。一九五〇年、第二次「時間」に参加。一九五四年『ボタンについて』でH氏賞。一九五五年に時間賞。一九六六年に『葱の精神性』で北川冬彦賞。

更科《さらしな》源藏（詩人・一九〇四-八五）　川上郡弟子屈町出身。麻布獣医畜産学校中退。一九二三年「リリー」に詩を発表。一九二七年「港街」創刊。一九二八年「至上律」編集。一九五六年「野性」創刊。詩集『種薯』一九三〇。

宍戸《ししど》儀一（評論家・一九〇七-五四）　マルクス主義に拠り、一九三一年「批評」創刊。吉田一穂、福士幸次郎との交友から民俗学に関心を持つ。『民族形成と鉄の文明』『西行法師』一九四二、『古代日韓鉄文化』一九四四。戦後は鎌倉書房常務を務めた。

竹内てるよ（詩人／小説家・一九〇四-二〇〇一）　札幌市出身。日本高等女学校中退。上京後、アナキズム系の詩誌に詩を発表。婦人記者となるが、脊椎カリエスに罹患。詩集『叛く』一九二九、随筆集『曙の手紙』一九三〇、『生命の歌』一九四一。

竹森一男（小説家・一九一〇-七九）　住友工業高等学校卒。一九三四年「少年の果実」が「文藝」の懸賞小説に入選。以後「嘘の宿」「駐屯記」を発表。一九四〇年十一月、原田勇と滑川に来訪。戦後「文芸復興」「文藝首都」同人。小説『レンパン島』一九五八。

吉田一穂《いっすい》（詩人・一八九八-一九七三）　上磯郡釜谷村出身。早大高等予科中退。詩集『海の聖母』一九二六、散文詩集『故園の書』一九三〇、詩集『稗子伝』一九三六、『未来者』一九四八。評論集『黒潮回帰』一九四一。高の『真理序説』『北の貌』に序詩。

和田徹三（詩人・一九〇九-九九）　余市町出身。一九三一年「湾」創刊。「椎の木」同人。詩集『門』一九三五、『唐草物語』一九三九。

青森県

菊岡久利《くり》（詩人・一九〇九‐七〇）本名・高木陸奥男《みちのくお》。弘前市出身。横光利一に師事。一九三五年、岡本潤と「反対」、一九四七年、池田克己、高見順らと「日本未来派」創刊。詩集『貧時交』一九三六、『時の玩具』一九三八。

棟方志功（版画家・一九〇三‐七五）一九四五年、戦時疎開で富山県西礪波郡福光町に移住、一九五四年まで在住。「阿弥陀如来像」など仏を題材にした作品制作。「文學國土」などの表紙絵を手がける。一九五六年、ヴェネツィア・ビエンナーレ国際版画大賞受賞。

岩手県

及川　均（詩人・一九一三‐九六）姉体村出身。岩手師範学校専攻科卒。一九三六年「岩手詩壇」発行。一九四九年上京。小学館、集英社に勤務。詩集『燕京章』一九四〇、『夢幻詩集』一九五四、『及川均詩集』一九七一、童話集『北京の旗』一九四四。

加藤　健（詩人・一九〇八‐四五）盛岡市出身。日大専門部医学科中退。昭和医学専門学校に入り直し、三四年卒業。高の二年先輩。

前田鐵之助に師事。詩集『詩集』一九三一、『詩抄』一九三七、『記録』一九四二、『りんごの枝に』一九四四。

廣田宙外（作曲家・一九〇九‐二〇〇三）岩手県から富山市南新町に移住。東京音楽学校で福井直秋、山田耕筰に作曲を学ぶ。一九二七年、富山音楽同好会、一九三六年、富山女声合唱団を創設。一九三八年「すばる文化会」を結成、「スバル」編集発行。

秋田県

石井　漠（舞踊家・一八八六‐一九六二）山本郡岩川村出身。山田耕筰らと組んで、新しい舞踊の境地を切り拓く。一九二一年、ドイツに渡り、一九二三年、舞踊家としてデビュー。一九二八年、自由が丘に石井漠舞踊研究所を開設。弟子に大野一雄や崔承喜、石井みどりらがいる。

越中谷利一（詩人・一九〇一‐七〇）秋田市出身。日大卒。関東大震災で社会主義者や朝鮮人への弾圧出動命令に反抗。習志野騎兵連

隊を除隊される。体験紀「一兵卒の震災手記」発表。プロレタリア作家として活躍。高の詩集パンフレット第三集『うらぶれ』序文。

奥山 潤（詩人・考古学者） 大館市出身。一九四八年「奥羽詩人」、一九六五年「密造者」創刊。詩集『石ころ道』一九四八。

佐藤良雄（チェロ奏者・一九〇六－七七） 東京教育大附属中卒。日本交響楽団入団。一九五一年からカザルスに師事。訳書『カザルスとの対話』一九六七。

風山《かざやま》瑕生《かせい》（詩人・一九二七－） 筆名・安田博。男鹿市出身。旭川師範卒。「歴程」「風」同人。一九五〇年「ATOM」創刊。第二次「時間」創刊同人。一九五八年『幼い者の奇蹟』でユリイカ新人賞。一九六二年『大地の一隅』でH氏賞。

山形県

佐藤総右《そうすけ》（詩人・一九一四－八二） 山形市出身。一九三五年「指紋」「詩人集団」編集。翌年「日本詩壇」「詩陣」編集発行。戦後は「日本未来派」同人。詩集『狼人』一九五三、『神の指紋』一九五七、評伝『金子光晴・青春の記』一九七二。

神保光太郎《こうたろう》（詩人／ドイツ文学者・一九〇五－九〇） 山形市出身。京都帝大独文科在学中、大山定一、更科源藏、真壁仁らの「至上律」に参加。後に「磁場」「麵麭」に参加。「日本浪曼派」に作品を発表。詩集『鳥』『雪崩』一九三九、『南方詩集』一九四四。

富樫《とがし》勝司（詩人・一九二九－） 本名・鳥海《とりのうみ》惇。鶴岡市出身。第二次「時間」に参加。詩集『破片』一九五五。

長尾辰夫（詩人・一九〇四－七〇） 一九二七年より「誕生」「ETUDE」「麵麭」「昆侖」「満州藝文協会」同人。シベリアより復員。一九五〇年、第二次「時間」に参加。『シベリヤ詩集』一九五一、『花と不滅』一九六六。

真壁 仁《じん》（詩人・一九〇七－八四） 本名・仁兵衛。山形市出身。尾崎喜八、高村光太郎に師事。山形で農業の傍ら詩作。山形農民文学懇話会「地下水」主宰。歌集『街の百姓』一九三二。詩集『青猪の歌』一九四七、『日本の湿った風土について』一九五八。

茨城県

川野邊精（詩人・一九一三－九〇） 「新日本民謡」「藝術民謡」同人。一九三七年「螢」発行。詩集『花守の賦』一九八二。

千葉県

吉野信夫（詩人・一九〇八－三六）鶴舞町出身。東洋大卒。一九二八年「東洋大学詩人」創刊。一九三一年「詩人時代」創刊。寄稿者は高のほか、萩原恭次郎、山本和夫、小野十三郎、安西冬衛、神原泰など。詩集『永遠の恋人』一九三一。

東京都

安藤一郎（詩人／英文学者・一九〇七－七二）芝区南佐久間町出身。東京外国語大学英文科卒。詩集『思想以前』一九三〇。

市川猿之助（歌舞伎役者・一八八八－一九六三）二代目市川猿之助。欧米に留学して舞台芸術を学ぶ。一九二〇年春秋座を主宰。

岩佐東一郎（詩人・一九〇五－七四）日本橋区出身。法大仏文科卒。一九三一年、城左門と「文藝汎論」創刊。一九三五年「風流陣」の初代編集発行。一九四六年、北園克衛と「近代詩苑」創刊。詩集『ぷろむなあど』一九二三、『祭日』一九二五。

内田　巌《いわお》（洋画家・一九〇〇－五三）小説家・内田魯庵の長男。東京美術学校で藤島武二に師事。一九三六年に猪熊弦一郎らと新制作派協会を結成。一九四六年、日本美術会を結成、初代書記長。一九四八年、日本共産党入党、藤田嗣治の戦争責任を糾弾。

大木　実（詩人・一九一三－九六）本所区出身。電機学校中退。一九四二年「四季」同人。詩集『場末の子』一九三九、『屋根』一九四一、『初雪』一九四六、『路地の井戸』一九四八。

岡田悦哉（小説家・一九〇九－九八）戦後「旧式機関車」編集。「詩之家」同人。小説『山羊点描』一九八三、『幸町界隈』一九八六。

加藤周一（評論家・一九一九－二〇〇八）豊多摩郡渋谷町出身。東京帝大医学部卒。中村真一郎、福永武彦らと「マチネ・ポエティク」結成。「近代文学」同人。安保闘争で改定反対の立場から積極的に発言。

亀山恒子（小説家・一九一八－二〇一〇）文化学院美術部卒。一九三八年、広津和郎に師事。一九四〇年「文藝首都」に参加。早船ちよらの「新作家」「文藝復興」同人。詩集『風の森』一九九二。『広津和郎、娘桃子との交流記』二〇一二。

川田総七（詩人・一九一五－五二） 町田市出身。一九三二年「椎の木」に詩を発表。詩集『希臘の海』一九三三、『窓』一九三七。

木原孝一（詩人・一九二二－七九） 本名・太田忠。八王子市出身。東京府立実科工業高等学校卒。「VOU」同人、戦後「荒地」に参加。「詩学」編集。音楽詩劇「御者パエトーン」で一九六年、イタリア賞グランプリ。詩集『星の肖像』一九五四。

小林善雄（詩人・一九一一－二〇〇二） 牛込区出身。慶應大英文科卒。一九三三年「MADAME BLANCHE」、一九三五年「二〇世紀」、一九三七年「新領土」に参加。戦後、「ルネサンス」や「詩学」などに詩や評論を寄稿。

近藤 東（詩人・一九〇四－八八） 京橋区出身。明大法学部卒。春山行夫と「謝肉祭」創刊。一九二八年「詩と詩論」に参加、モダニズムの詩を発表。詩集『抒情詩娘』一九三二、『万国旗』一九四一、『婦人帽子の下の水蜜桃』一九六四、『歳月』一九七六。

西條八十（詩人・一八九二－一九七〇） 牛込区出身。早大文学部英文科卒。一九一二年、日夏耿之介らと「聖盃」創刊。一九一九年、第一詩集『砂金』。「赤い鳥」に「かなりや」「肩たたき」など多くの童謡を発表。作詞家として活躍。「青い山脈」「蘇州夜曲」など。

高村光太郎（彫刻家／詩人・一八八三－一九五六） 下谷区出身。彫刻家・高村光雲の長男。東京美術学校卒。詩集『道程』一九一四、『智恵子抄』一九四一。一九四五年五月、岩手県花巻町の宮沢清六方に疎開。一九五一年、詩集『典型』で読売文学賞。

高橋とよ（女優・一九〇三－八一） 本名・豊子。小石川区出身。新劇協会や築地小劇場を経て一九二九年、丸山定夫、薄田研二らと新築地劇団結成。映画『彼岸花』『秋日和』『秋刀魚の味』に出演。『パリの並木路を行く』一九五三、『沸る』一九六二。

高橋宗近《むねちか》（詩人・一九二七－） 杉並区出身。旧制東京高校卒。「荒地」「国土」「日本未来派」「詩学」「爐」などに寄稿。

竹中久七《きゅうしち》（詩人・一九〇七－六二） 麻布区出身。慶應大経済学部卒。「詩之家」同人。一九二九年、渡辺修三らと「リアン」創刊。詩之家詩冊第一編『端艇詩集』一九二六。『中世紀』一九二七、『ソコル』一九二八、『記録』一九三〇、『余技』一九三三。

立原道造（詩人・一九一四－三九） 日本橋区出身。東京帝大建築学科卒。一九三二年、「こかげ」創刊。在学中に辰野金吾賞を三度受賞。石本建築事務所で「豊田氏山荘」設計。詩集『萱草に寄す』一九三七、『曉と夕の詩』一九三七。

田村隆一（詩人・一九二三－九八） 北豊多摩郡巣鴨村出身。明大専門部文科卒。一九四七年、鮎川信夫、中桐雅夫らと「荒地」創刊。詩集『四千の日と夜』一九五六、『言葉のない世界』一九六二。

中岡宏夫（詩人／小説家・一九一〇－）本名・博夫。法政大学教授片山敏彦の門下。一九四〇年、高は中岡が同人の詩誌「旗」に作品を寄稿。小説『白像』一九四〇。編著『禅の精髄』一九五七。

永田東一郎（小説家・一九〇三－七三）牛込区出身。早大商学部卒。「麺麭」同人。一九四六年「自由詩人」編集。戦後、千葉県立千葉盲学校に勤務。吉野賛十名義で推理小説を発表。短編集『彼の小説の世界』。詩集『明るい午後』一九六七。

楢島兼次（小説家）越中谷利一のもとで高、原田勇、山之口貘、花田清輝と親交。高は楢島編集の「東京労働新聞」に寄稿。

萩原葉子（小説家・一九二〇－二〇〇五）本郷区出身。國學院大文学部中退。萩原朔太郎の長女。小説『父・萩原朔太郎』一九五九、『天上の花──三好達治抄』一九六六、『蕁麻の家』一九七六、『閉ざされた庭』一九八四、『輪廻の暦』一九九七。

菱山修三（詩人・一九〇九－六七）牛込区出身。東京外国語学校仏語科卒。山内義雄、関根秀雄に学ぶ。堀口大學に師事し、「オルフェオン」に寄稿。一九三一年、ヴァレリーの影響を受け、詩集『懸崖』刊行。一九三五年「歴程」創刊同人。

平木二六（詩人・一九〇三－八四）日本橋区出身。東京府立三中卒。一九三六年、中野重治、堀辰雄らと「驢馬」創刊。「日本未来派」同人。詩集『若冠』一九二六。

古谷綱武（評論家・一九〇八－八四）ベルギー生まれ。大岡昇平、中原中也らと「白痴群」創刊。『横光利一』『川端康成』一九三六。

北條　誠（小説家・一九一八－七六）府中市出身。早大国文科卒。川端康成に師事。一九四六年『寒菊』『一年』で野間文芸奨励賞。

細川加賀（俳人・一九二四－八九）本名・輿一郎。台東区出身。一九四四年、石川県に疎開。一九五三年、石田波郷と会い上京。一九八四年「初蝶」主宰。句集に『傷痕』一九七三、『生御霊』一九八〇、『玉虫』一九八九、『細川加賀全句集』一九九三。

本多鐵麿（作曲家・一九〇五－六六）調布市出身。天台宗常楽院の住職。讃仏歌、仏教保育に関する歌、各地の幼稚園、保育園、学校等の園歌校歌を作曲。高の『北の貌』収録の合唱用の「立山頌歌」「やまと劔の歌」を作曲。編著『幼児オペラ』一九六二。

牧　章造（詩人・一九一六－七〇）本名・内田正基。大森区出身。一九三九年、満州に渡り、「満州詩人」で活躍。戦後、第二次「時間」同人。一九五三年、北海道・足寄に移る。詩集『礫』一九五五、『虻の手帳』一九六五、『罠』一九六九。

牧野徑太郎（詩人・一九二二－）荒川区出身。十六歳で萩原朔太郎の門を叩く。「新・現実」創刊。庄野潤三、大木実、麻生良

方らが寄稿。詩集『拒絶』一九五三、『翁草』一九九六、小説『戦場のボレロ』一九九八、『草花の翔舞——植物詩集』二〇〇〇。

三ツ村繁藏（詩人・一九〇九－二〇〇六）芝区出身。慶應大中退。一九三一年「海」創刊。一九三九－四三年「歴程」編集発行。

三好貞雄（編集者）草原書房代表。詩集や随筆を中心に出版。一九四八年「文学集団」創刊。高の『北の貌』を刊行。

三好豊一郎（詩人・一九二〇－九二）八王子市出身。早大専門部政経学科卒。戦時下、「故園」発行。一九四七年、鮎川信夫らと「荒地」創刊。詩集『囚人』一九四九、『三好豊一郎詩集』一九七五。一九八三年、『夏の淵』で高見順賞。

村野四郎（詩人・一九〇一－七五）北多摩郡出身。慶應大理財科卒。ドイツ詩の影響を受け、一九二九年「旗魚」創刊。一九三一年「文学」に寄稿。春山行夫らと「詩法」、「新領土」の編集に携わる。詩集『罠』一九二六、『体操詩集』一九三九、『亡羊記』一九五九。

森 於菟（医学者・一八九〇－一九六七）本郷区出身。森鷗外の長男で、解剖学の医師。昭和医専、東京帝大医学部で教鞭。

吉川政雄（詩人）本所区出身。一九三一年「黎明期」、一九三二年「詩壇」編集。一九三五年「諧調」編集発行。詩集『秋風の歌』一九三五、『あさあけの歌』一九四二。『山之口貘詩集』一九五八発行人。

神奈川県

栗井家男（小説家）「旗」同人。小説『戦ふ愛』一九四〇、『兵隊物語』一九四三、『北溟の人』一九四四。

扇谷《おうぎや》義男（詩人・一九一〇－九二）横浜市出身。日大芸術学科卒。一九三五年、笹澤美明、長島三芳らと「燈下会」設立。一九四六年、人見勇、長谷川吉雄らと「BUOY」、一九五四年、長島らと「植物派」創刊。詩集『願望』一九五二、『潜水夫』一九五六。

笹澤美明《よしあき》（詩人・一八九八－一九八四）横浜市出身。東京外国語学校卒。「詩と詩論」に新即物主義を紹介。村野四郎と「新即物性文学」創刊。詩集『蜜蜂の道』一九四〇、『海市帖』一九四三、『冬の炎』一九六〇、『仮設のクリスタル』一九六六。

佐藤惣之助（詩人・一八九〇－一九四二）橘樹郡川崎町出身。佐藤紅緑に師事。「詩之家」主宰、多くの新人を輩出。一九三九年、高宅に来訪、宿泊。晩年に民謡や「赤城の子守唄」「人生劇場」など歌謡を作詞。詩集『正義の兜』一九一六、『狂へる歌』一九一七。

塩田光雄（詩人）横浜市出身。明大卒。佐藤惣之助に師事。「日本詩壇」「詩人時代」同人。一九三三年、横山健一と「地平線」創刊。

高柳奈美子（詩人）一九三〇年「詩之家」同人。第一次「焔」「詩風」「詩の港」「原景」に参加。一九三一年『詩華集』に寄稿。

壺田花子（詩人・一九〇五－九〇）「詩之家」同人。詩集『喪服に挿す薔薇』一九二八、『蹠の神』一九四一、『薔薇の弓』一九五五。

長島三芳《みよし》（詩人・一九一七－二〇一一）横須賀市出身。横浜専門学校卒。「ＶＯＵ」に参加。「日本未来派」同人。「植物派」創刊。『黒い果実』一九五一にてＨ氏賞。詩集『音楽の時』一九五二、『終末記』一九五五。

人見 勇（詩人・一九二二－五三）一九四六年、扇谷義男らと「BUOY」創刊。扇谷編集で遺稿詩集『襤褸聖母』一九五三。

福田正夫（詩人・一八九三－一九五二）足柄下郡小田原町出身。神奈川師範学校卒。一九一八年「民衆」創刊。民衆詩派の中心詩人。詩集『農民の言葉』一九一六、『世界の魂』一九二一、『船出の歌』一九二二。

三浦洸一（歌手・一九二八－二〇一四）三浦市出身。東京音楽学校卒。吉田正に師事。一九五四年、高作詞「滑川情緒」を歌う。

森 幸一（詩人・一九二八－八四）横浜市出身。横浜専門学校貿易科卒。富山県大沢野町に住み、長く高校教師をつとめた。稗田菫平、萩野卓司、吉川道子らと「牧人」刊行。「抒情詩」「日本詩」「百花」「琅玕」「謝肉祭」同人。遺稿詩集『エミリーへの薔薇』一九八四。

八幡城太郎（俳人・一九一二－八五）相模原市出身。嶋田青峰、義沢すくね、日野草城に俳句を学ぶ。一九五三年、俳誌「青芝」創刊。

山田芳夫（詩人）横浜市出身。「燈下会」主宰。一九四〇年、笹澤美明らと海港文学の会に参加。詩集『菊の歴史』一九四一。

埼玉県

笠原可於《よしお》（日本画家・一九一二－九〇）大里郡八基村出身。大正美術会を結成。金沢美術工芸大学教授。狩野探幽研究家。

藤田三郎（詩人・一九〇六－八五）本庄市出身。「詩之家」同人。一九三一年「リアン」同人。詩集『雪の果て』一九六二。『観念映画』一九三三。『詩の運命——村野四郎と木俣修』一九八二、『佐藤惣之助——詩とその展開』一九八三。

栃木県

岡崎清一郎（詩人・一九〇〇－八六）足利市出身。戦前、北原白秋の「近代風景」や村野四郎の「旗魚」に参加。堀口大學の「オルフェ

オン」「詩と詩論」に寄稿。一九三五年「歴程」創刊同人。詩集『四月遊行』一九二九、『火宅』一九三四、『古妖』一九六九。

小曽戸《おそど》弥一（小説家・一九〇九－）安蘇郡出身。早稲田実業学校卒。「文學者」編集部員。一九三九年、「背景」が芥川賞候補。

小杉放庵《ほうあん》（画家・一八八一－一九六四）日光町出身。一九一三年にフランス留学。一九二二年に山本鼎らと春陽会を結成。後年油彩から日本画に移り、独自の水墨画を描く。『放庵画集』一九六〇。

群馬県

清水房之丞《ふさのじょう》（詩人・一九〇三－六四）新田郡沢野村出身。小学校教師を務め、「詩之家」に参加。一九二七年「青馬」、一九三一年「上州詩人」創刊。詩集『霜害警報』一九三〇、『青い花』一九三一、『炎天下』一九四二。

萩原朔太郎（詩人・一八八六－一九四二）東群馬郡前橋北曲輪町出身。慶應大予科中退。一九一四年、室生犀星、山村暮鳥と「人魚詩社」を設立、翌年「卓上噴水」創刊。一九一七年、第一詩集『月に吠える』刊行、口語自由詩の新領域を開拓。一九二三年、第二詩集『青猫』刊行、口語自由詩のリズムを完成。一九三五年に高が選ばれた詩コンクールの審査員。『北方の詩』の序文を書く。

長野県

青柳優《ゆたか》（詩人／評論家・一九〇四－四四）南安曇郡烏川村出身。早大文科英文科卒。ダダイズム詩人として出発。「早稲田文学」編集同人。一九四〇年「詩原」創刊に参加。『現実批評論』一九三九、『文学の真実』一九四一、『批評の精神』一九四二。

泉潤三（詩人・一九〇五－四〇）「はくてい」主宰。高が作品を寄稿。

伊藤月草《げっそう》（俳人・一八九九－一九四六）本名・秀治。上伊那市藤沢村出身。俳諧を吉田冬葉・乙字に学ぶ。『俳画講座』『俳句講座』刊行。「草上」主宰。『伝統俳句の道』一九三五、句集『冬葉』一九二二、『わが住む里』一九四七。

岡村民《たみ》（童謡詩人・一九〇一－八四）上高井郡川田村出身。一九四八年「ポエム」創刊。童謡集『蟹』一九三七、童話『竹馬』一九四二、『ごろすけほう』一九四九、童謡詩集『窓』一九六四。

鎌原正巳（小説家・一九〇五－七六） 埴科郡松代町出身。京都帝大中退。早大出版部で雑誌編集等に携わる。一九三九年に古谷綱武らと「文学草紙」創刊。小説「土佐日記」「曼荼羅」で芥川賞候補。一九四八～六六年、東京国立博物館に勤務。

北澤喜代治（詩人・一九〇六－八〇） 上高井郡須坂町出身。滑川高等女学校などで教鞭。詩集『兄の最後の手紙』一九三五。

久米正雄（小説家・一八九一－一九五二） 小県郡上田町出身。一九一五年、夏目漱石の門人になる。東京帝大文学部英文科在学中、成瀬正一、松岡譲らと第三次「新思潮」創刊。一九一八年、長編『蛍草』を契機に通俗小説の領域に進出。

小出ふみ子（詩人・一九一三－九四） 長野市出身。「新詩人」編集。詩集『花影抄』一九四八、『都会への絶望』一九五二、『花詩集』一九五五。絵本『はやたろう犬』一九七一。

近藤 武（詩人・一九〇七－九六） 一九三八年「リアン」の後継詩誌「紀」に参加。一九四〇年、高橋玄一郎、清沢清志らと「信州詩人協会」組織、「信州モンパルナス」創刊。『獣族美学』一九三〇。

高橋玄一郎（詩人・一九〇四－七八） 本名・小岩井源一。一九二七年「詩之家」同人。一九三一年「リアン」に参加。

殿内芳樹（詩人・一九一四－九三） 本名・芳文。上伊那郡出身。東洋大卒。「白山詩人」「麵麭」を経て、「時間」同人。詩集『泥河』一九五〇。翌年『断層』で第一回H氏賞。詩集『ラ・マンチアから終点まで』一九七二、詩劇集『砂の説話』、研究書『歌謡史考』。

中村直人《なおんど》（画家／彫刻家・一九〇五－八一） 小県郡神川村出身。十五歳のとき、山本鼎の世話で上京、木彫家・吉田白嶺の木心社に入門。小杉法庵にデッサンを習う。戦後は、新日本美術会創設に参加。藤田嗣治の誘いでパリに渡り、一九五三年パリ展で成功。

原田 勇（詩人） 法大卒。一九三六年、片山敏彦を中心に大野正夫らと文芸雑誌「世代」編集に携わる。長谷川四郎、坂田徳男、野上豊一郎、野上彌生子、谷川徹三、竹山道雄、豊島与志雄らも寄稿。一九四〇年創刊の花田清輝、岡本潤による「文化組織」編集。

日夏耿之介《こうのすけ》（詩人・一八九〇－一九七一） 本名・樋口國登。下伊那郡飯田町出身。自らの詩風を「ゴスィック・ロオマン詩体」と称した。詩集『転身の頌』一九一七、『黒衣聖母』一九二一。

村上成實《せいじつ》（詩人・一九〇八－八〇） 一九三七年「詩報」、一九三八年、三九年「新日本詩鑑」、一九四一年「現代日本年刊詩集」編集。詩集『村の外』一九三五、『山川秘唱』一九四四。

吉沢独陽（詩人・一九〇三－六八） 本名・舛男。伊那市出身。明治薬学専門学校卒。一九一六年に上京。白鳥省吾の「地上楽園」に参加。一九三三年、古川則比古と「日本詩壇」創刊。坂本勝と「聖樹」刊行。詩集『地に潜る虫』一九二八。

岐阜県

十和田操《みさお》（小説家・一九〇〇－七八） 本名・和田豊彦。郡上郡出身。明治学院高等学部文芸科卒。時事新報社ののち朝日新聞社に勤務。一九二九年「葡萄園」に参加。小説「屋根裏出身」で芥川賞候補。小説『判任官の子』一九三七、『平時の秋』一九三九。

内藤吐天《とてん》（俳人／薬学者・一九〇〇－七六） 本名・多喜夫。大垣市出身。東京帝大薬学科卒。名古屋市立大学薬学部長、名城大学薬学部教授などを歴任。大須賀乙字、志田素琴に師事。「東炎」同人。一九四六年「早蕨」主宰。詩は日夏耿之介に師事。

和仁《わに》市太郎（詩人・一九一〇－二〇一二） 高山市出身。一九三三年「山脈詩派」創刊。「飛騨文学」「飛騨作家」「詩と民謡」「詩宴」同人。詩集『生を視つむる』一九三〇、『暮れ行く草原の想念』一九三三、『石の獨語』一九三九、『禁漁区にて』一九五八。

静岡県

後藤一夫（作詞家／詩人・一九一二－） 浜松市出身。浜松師範学校卒。一九四五年個人誌「えご」、一九四六年「詩火」ほか「極」「馬令」創刊。詩集『手帖』一九四七、『終章』一九六一、『神話』一九六三、『後藤一夫全詩集』一九八一、『詩的美論』一九八三。

長田《おさだ》恒雄（詩人・一九〇二－七七） 清水市出身。東洋大中退。一九二六年「科學ペン」編集発行。詩集『青魚集』一九二九。

町田志津子（詩人・一九一一－九〇） 本名・飯塚しづ。駿東郡静浦村出身。実践女学校専門学部国文科卒業後、高校教師になる。「麵麭」「昆侖」同人。深尾須磨子に師事。戦後「時間」同人。一九七五年「塩」創刊。詩集『幽界通信』一九五四。

愛知県

梶浦正之（詩人・一九〇三－六六） 海部郡佐織町出身。法大卒。野口米次郎、西條八十、高村光太郎、堀口大學らと交流、一九二七年、

「桂冠詩人」創刊。詩集『飢え悩む群れ』一九二一、『砂丘の夢』一九二四、『鳶色の月』一九二五、『豹』一九三六。

佐藤一英《いちえい》（詩人・一八九九-一九七九）中島郡祖父江町出身。早大英文科予科中退。一九二三年「楽園」同人。一九二二年、春山行夫らと「青騎士《せい》」、一九三二年「新詩論」創刊。詩集『晴天』一九二二、『故園の莱』一九二三。

杉浦伊作（詩人・一九〇二-五三）渥美郡清田村出身。一九三〇年「詩散文」編集発行。一九四六年、北川冬彦らと「現代詩」創刊。詩集『豌豆になつた女』一九三〇、『半島の歴史』一九三九、『人生旅情』一九四八。一九四七年「文學組織」に「あらあらしい詩の本態」。

高田三郎（作曲家・一九一三-二〇〇〇）名古屋市出身。武蔵野音楽学校卒。信時潔、クラウス・プリングスハイム、ヘルムート・フェルマーに作曲、福井直俊にピアノを師事。一九四八年に作曲家団体「地人会」を結成。滑川市立寺家小学校校歌を作曲。

永田正夫（詩人・一九一三-）岡崎市出身。詩集『心象風景』一九五七、『個展の午後』一九六五。

蜷川譲《ゆずる》（フランス文学者・一九二五-二〇一四）一宮市出身。早大政経学部卒。一九五一年に兵藤正之助、金井光太郎らと日本ロマン・ロラン協会を創立。一九五二年五月、機関誌に高の随筆「人の世について――ロマン・ロランに捧ぐ」掲載。

三重県

岩本修蔵（詩人・一九〇八-七九）宇治山田市出身。東洋大東洋文学科卒。一九三〇年頃、「白紙」（のちに「MADAME BLANCHE」）発行。モダニズム詩運動を春山行夫、北園克衛らと推進。詩集『喪くした真珠』一九二八、『青の秘密』一九三三。

北園克衛（詩人・一九〇二-七八）本名・橋本健吉。度会郡四郷村出身。中大経済学部卒。実兄は彫刻家の橋本平八。一九三五年「VOU」創刊。モダニズム詩人として活躍。「風流陣」同人。詩集『白のアルバム』一九二九、『黒い火』一九五一。

新潟県

浅井十三郎《じゅうざぶろう》（詩人・一九〇八-五六）北魚沼郡守門村出身。逓信省講習所卒。一九二五年「無果樹」創刊。「黒旗」「戦旗」に拠

り「アナキズム文学」発行。一九三九年「詩と詩人」、一九四六年「現代詩」発行。詩集『其一族』一九三一、『断層』一九三八。

石塚友二（俳人・一九〇六-八六）北蒲原郡笹岡村出身。一九三七年、石田波郷主宰「鶴」編集発行。句集『方寸虚実』一九四一。

上原重和（洋画家・一九一三-二〇〇二）一九七九年、国本克己が北村脩らと設立した一創会の創立会員になる。

江間章子（詩人・一九一三-二〇〇五）高田市出身。駿河台女学院卒。「椎の木」同人。「新領土」「三田文學」「文藝汎論」などに寄稿。一九四九年「夏の思い出」がNHKラジオ歌謡にて放送される（中田喜直・作曲）。詩集『春への招待』一九三六。

相馬御風《ぎょふう》（評論家・一八八三-一九五〇）糸魚川町出身。早大英文科卒。「早稲田文學」編集に参加。二十五歳のとき母校校歌「都の西北」を作った。野口雨情、三木露風らとともに「早稲田詩社」を設立し、口語詩運動を推進。一九一六年、内面を告白した『還元録』刊行。故郷糸魚川に隠棲し、良寛の研究に携わり、童話・童謡も発表。高の『北の貌』の序文を書く。

西脇順三郎（詩人・一八九四-一九八二）北魚沼郡小千谷町出身。慶應大理財科卒。一九二七年、瀧口修造らと日本初のシュルレアリスム詩誌「馥郁タル火夫ヨ」刊行、「詩と詩論」の理論的指導者として活躍。『超現実主義詩論』一九二九、『シュルレアリスム文学論』一九三〇、『ヨーロッパ文学』一九三三。詩集『Ambarvalia』一九三三。

松岡　譲《ゆずる》（小説家・一八九一-一九六九）古志郡石坂村出身。東京帝大文学部哲学科卒。在学中、夏目漱石の門人となる。自伝小説『法城を護る人々』一九二三-二六、『敦煌物語』一九四三。高の『山脈地帯』序文を書く。「文學組織」創刊号に「作家の良心」寄稿。

富山県

浅野徹夫（詩人・一九一一-八二）富山市出身。戦前、「北郷詩人」を経て「詩と民謡」に拠る。一九三一年「新響」創刊。一九四八年「新風」創刊、主要同人に浅地央、穴場隆一、中川三良、藤田直友、水谷信一、山田専祐ら。

市谷《いちたに》　博（詩人・一九二八-二〇一四）東砺波郡出町出身。一九四八年、せゝらぎ社結成。「せゝらぎ」「昆虫針」「針」「州」創刊。一九六三年、石田敦、高島順吾、杉夢二らと「象」創刊。詩集『祭りのある町で』一九五六。

岩倉政治《まさじ》（小説家・一九〇三-二〇〇〇）南砺市出身。大谷大哲学科卒。鈴木大拙から仏教、戸坂潤から唯物論を学び政治運動に参加。小説「稲熱病」が芥川賞候補作となる。一九六五年、日本民主主義文学同盟創立に参加。

浦田啓男《ひろお》（詩人・一九二一－）富山市出身。一九四七年より詩作を始め、富大在学中に高に師事。第二次「時間」創刊同人。

上野《うわの》たかし（俳人・一九一七－）魚津市出身。一九四二年、傷痍軍人福井療養所で俳句を始める。一九四九年、「喜見城《きけんじょう》」創刊。「荒海」「辛夷」同人。高に「喜見城」への原稿を依頼。句集『美しき世』一九七九、『美しき世〈続〉』一九八三、『水橋』一九八七。

大坪銀蛙（俳人・一九〇六－七五）東砺波郡東野尻村出身。一九二五年、山口花笠に師事。「赤壁」「辛夷」を経て、戦後「合歓」同人。富山新聞社記者として投稿句の選評をする。小説『菜の毛虫』、句集『遺産』一九六三。

翁 久允（歌人／郷土史研究家・一八八八－一九七三）立山町出身。一九〇七年、単身渡米。一九〇八年、日系の「旭新聞」に小説「別れた間」発表。一九二四年、朝日新聞社入社。一九二六年「週刊朝日」編集。一九三一年、竹久夢二と渡米。一九三三年、インドに旅行し、タゴールと会う。一九三五年から郷土史研究に専心、一九三六年「高志人」創刊。『アメリカ・ルンペン』一九三一。

沖野栄祐（詩人）富山市東岩瀬出身。一九四七年「逍遥」創刊、坂田嘉英や高島順吾らが参加。高や中山輝が指導的立場で執筆。

金尾《かなお》梅の門《かど》（俳人・一九〇〇－八〇）本名・嘉八。中新川郡西水橋町出身。少年期、大須賀乙字に師事。一九五二年角川書店、一九五九年小学館入社。一九二八年、伊藤月草の「草上」創刊に参加。一九四七年「古志」（のち「季節」と改題）主宰。

蒲地《かまち》侃《ただし》（歌人・一九〇六－七〇）本名・宗業。高岡市出身。一九三〇年、新芸術派の短歌雑誌「エスプリ」に参加。「芸術派クラブ」に木俣修、前川佐美雄、小笠原文夫、中野嘉一らと参加。歌集『折りをりの歌』一九七〇。

上村 萍（詩人・一九二八－七五）下新川郡山崎村出身。高の協力を得て一九四九年「SEIN」を編集発行。モダニズム的詩法で「VOU」「ガラスの灰」「奪回」「しらん」に作品を発表。一九六三年創刊の年刊詩集『富山詩人』の編集に従事。一九八〇年、遺稿詩集『野がかすむころ』刊行。

亀谷《がい》凌雲（僧侶／牧師・一八八八－一九七三）富山市新庄町出身。西田幾多郎の倫理の授業を受ける。東京帝大で、井上哲次郎と波多野精一から哲学を学ぶ。東京神学社で学び、牧師になり、一九一九年、富山新庄教会を設立。『仏教から基督へ』一九五一。

久保木友郎（詩人）富山市出身。一九三一年「動物園」編集発行。関沢源治、松波博、安藤真澄、竹中武雄らが寄稿。

熊木勇次（編集者）高が「富山新聞」に一九四八から一九五五年まで詩や随筆を寄稿したときの編集者。のち筑摩書房の編集。

くらたゆかり（詩人・一九一三－二〇〇六）高岡市大仏町出身。高岡市立高等女学校卒。一九三一年から方等みゆきの「女性詩」に参加。戦後、「詩と民謡」「ある」同人。詩集『きりのはな』一九三四、『美しき流れ』一九六四、『私の月』一九七二。

黒坂富治（作曲家・一九一一－九四）朝日町出身。中山輝作詞で富山県下の小学校校歌を作曲。富山県立水産学校校歌は高が作詞。

坂田嘉英（詩人・一九二四－八九）立山町出身。一九四七年、沖野栄祐の「逍遙」に参加。「文學國土」「北方」に寄稿。一九五三年「泡」創刊。高島高詩碑建設や上村萍遺稿詩集刊行に尽力。詩集『蜃気楼』一九五〇、『斜視的風景』一九七〇、『明眸皓歯』一九八〇。

佐々木啓志（詩人）富山市稲荷町出身。個人誌「北アルプス」創刊号に高の詩「心象の立山」を載せたい旨の葉書を送る。

七高《しちたか》勁《つよし》（詩人・一九一一－七三）本名・敬次郎。富山市出身。一九三一年「新響」創刊。一九四〇年、「詩と民謡」に参加。戦後、浅野徹夫の「新風」、水谷信一の「あらべすく」で活躍。詩集『輪転機』一九五三、『白と黒と』一九七〇。

神保恵介（詩人・一九三一－）滑川市中町出身。富大教育学部卒。一九五三年「ガラスの灰」創刊。一九五九年「VOU」に参加。前衛詩人協会員。富山現代詩人会創立者メンバー。一九八三年から二年間、北京外語学院で日本語講師。詩集『存在の傷痕』一九六六。

関沢源治（詩人・一九〇五－四一）高岡市内免町出身。早くから詩作に励み、大村正次の「日本海詩人」に拠る。一九二五年、京都で半井康次郎、安藤真澄らと「轟轟」創刊。病の後帰郷し、埴野吉郎の「宴」に詩を寄稿。詩集『起重機』一九二九。

高階《たかしな》哲夫（作曲家／音楽家・一八九六－一九四五）本名・哲応。中新川郡滑川町出身。東京音楽学校卒。日本交響楽協会に参加、指揮、バイオリン演奏を担当する。一九二三年「時計台の鐘」の作詞作曲。日本初トーキー映画「マダムと女房」の音楽監督。

高島順吾（詩人・一九一一－二〇〇九）魚津市塩屋町出身。魚津中学で三浦孝之助に英語を学ぶ。旧制四高をへて東京帝大文学部中退。一九四八年、英語教師として滑川高校へ転任。「骨の火」創刊。「文學國土」に「エヂプト手品」寄稿。一九四九年、滑川高で「ぱるどん」発行。生徒に水橋晋、神保恵介。詩集『937世紀のTitle祭』一九四二、『高島順吾自選詩集』一九八九。

高橋良太郎（俳人・一九〇二－七七）滑川町北加積村出身。句集『月夜の螢』一九五六、『鰤おこし』一九六五。

瀧口修造（詩人／評論家・一九〇三－七九）婦負郡寒江村出身。慶應大英文科で西脇順三郎の教えを受ける。一九二七年、西脇順三郎らと「馥郁タル火夫ヨ」、一九二八年「衣裳の太陽」刊行。一九五一年「タケミヤ画廊」開廊時からキュレーション担当。一九五一年、武満徹らと「実験工房」発足。『瀧口修造の詩的実験1927-1937』一九六七。

中山 輝（民謡詩人・一九〇五-七七）立山町上段村出身。早大文学部中退。元北日本新聞社代表取締役。伝承民謡の発掘、保存、普及に尽力。一九二七年「日本海詩人」、一九三〇年「詩と民謡」創刊。源氏鶏太は中山に師事。一九三六年「新日本詩人」編集。詩集『石』一九三〇、『木になった魚』一九七七、童謡集『虹』一九三四、『石段』一九三五。

野村玉枝（歌人／画家・一九一一-二〇〇八）南砺市東太美村出身。一九三三年、佐佐木信綱に師事。岩倉政治ら福光、城端文化人サロンの一時代を作る。歌集『雪華』一九四一、『御羽車』一九四二、『一筋の道』一九四五、小説『石南花の記』一九六二。

埴野《はの》吉郎（詩人・一九〇八-八二）小矢部市石動町出身。一九二七年、「日本海詩人」に参加。田中準の「ポエチカ」を経て、一九三七年「宴」創刊。壬生恵介、関沢源治らと抒情詩運動を推進。一九五一年、前衛詩に移行し「謝肉祭」主宰、「VOU」同人となる。詩集『緑の尖兵』一九三二、『閑雅なカード』一九六四、『青の装置』一九八一。

稗田菫平（詩人・一九二六-二〇一四）本名・樹文。西砺波郡子撫村出身。五四八年「野薔薇」創刊。「詩人座」「百花」「牧人」「琅玕」創刊。児童文学誌「かもしか星」編集発行。詩集『花』一九四八、一九五〇年、『白鳥』に高が序文を書く。『抒情詩集』一九五一。

藤田健次（民謡詩人・一八九一-一九六七）立山町出身。一九二七年「歌謡詩人」編集。一九四〇年、「藝園」（「歌謡詩人」改題）発行。一九三二年「海南風」創刊。佐藤惣之助らと詩謡研究会を主宰。「詩神」同人。詩集『立山しぐれ』一九六八。

布瀬富夫（歌謡詩人・一九〇七-）富山市稲荷町出身。「歌謡詩人」編集。『旅人』一九三一、『山と雲』一九三五。

方等みゆき（詩人・一八九六-一九五八）本名・高松翠。射水郡新湊出身。京都女子高等専門学校卒。高岡市立高等女学校の教師を務める。「日本海詩人」や「詩之家」を中心に活躍。一九三一年から三七年まで「女人詩」を主宰発行。後進の指導に当たり、生田花世、永瀬清子、深尾須磨子らとの交流を深めた。詩集『しんでれら』一九三一。

増田永修（宗教家・一八九五-一九七八）立山町出身。龍谷大卒。一九三〇年「みなかみ」創刊。一九三六年、龍谷富山高等学校創立。

三浦孝之助（詩人・一九〇三-六四）上市町出身。慶應大英文科卒。西脇順三郎に学び、瀧口修造らと「馥郁タル火夫ヨ」刊行。

一九三〇年、魚津中学校教諭。生徒に高島順吾。一九四六年、滑川中学校教諭。一九五二年より慶應大で教鞭をとる。
柳　久哉《ひさや》（小説家・一九三〇－）本名・柳原利弘。滑川市出身。一九五一年、富山新聞記者。一九五二年、読売新聞大阪記者。「奈良文芸」などに、小説「白の悪戯」「失認」「隠花植物」や詩を発表。小説『肉付きの面』二〇〇二。

石川県

浅野　晃（詩人／国文学者・一九〇一－九〇）金沢市出身。東京帝大法学部在学中、大宅壮一らと第七次「新思潮」創刊。一九二六年に日本共産党入党。高の『山脈地帯』の序文を書く。「文學組織」「文學國土」「北方」に寄稿。一九六四年、詩集『寒色』で読売文学賞。『詩歌と民族』一九三六、『時代と運命』一九三八、『岡倉天心論攷』一九三九。

石田外茂一《ともいち》（民俗学者・一九〇一－七六）金沢市出身。「五箇山民俗覚書」を「高志人」に連載。『ペルー征服』一九四一－四三。

小笠原啓介（詩人・一九一三－九五）一九三九年、浅井十三郎らと「詩と詩人」創刊。詩集『青年』『平野』一九三五。

岡部文夫《ふみお》（歌人・一九〇八－九〇）羽咋郡志賀町出身。二松学舎専門学校中退。「短歌戦線」に参加、プロレタリア短歌運動に加わる。一九四八年「海潮」刊行。歌集『どん底の叫び』『鑿岩夫』一九三〇。

濱田知章《ちしょう》（詩人・一九二〇－二〇〇八）河北郡内灘村出身。一九四八年「山河」創刊。一九五一年、長谷川龍生、牧羊子らと「山河」結成、小野十三郎を精神的支柱とし、新たなリアリズムの詩法を追求。一九五二年「列島」に参加。『浜田知章詩集』一九五五。

深田《ふかた》久弥（小説家／登山家・一九〇三－七一）大聖寺町出身。東京帝大学哲学科中退。一九三五年「津軽の野づら」連作で文壇登場。『鎌倉夫人』一九三七、『知と愛』一九三九。一九六四年、『日本百名山』で読売文学賞。一九四九年八月、高宅に泊まる。

増村外喜雄（詩誌編集者）金沢市出身。「北の人」編集。『古のれんへの未練をたて』一九五四、『うるし工芸辞典』一九七八。

宮崎孝政（詩人・一九〇〇－七七）鹿島郡徳田村出身。一九二八年「詩神」編集。「次元」顧問。詩集『風』一九二六。

室生犀星（詩人・一八八九－一九六二）金沢市出身。一九一六年、萩原朔太郎と「感情」発行。一九二九年、句集『魚眠洞発句集』。一九三四年、小説「詩よ君とお別れする」を発表。一九三五年「あにいもうと」で文芸懇話会賞を受賞。芥川賞の選考委員。

室生とみ子（俳人・一八九五－一九五九）金沢市出身。室生犀星の妻。「風流陣」に参加。句集『しぐれ抄』一九三九。

山岸曙光《しょっこう》（詩人・一八九八－一九六六）本名・亮吉。輪島市出身。富山日報社を経て富山地方鉄道に入社。中山輝、松原与史郎、早川嘉一らと民謡詩を開拓。一九三〇年「民謡風景」創刊。民謡集『提灯柿』一九二九、『煙突』一九三一。

吉澤 弘（歌人・一八九九－一九七五）前田夕暮に学ぶ。一九三一年、歌誌「はしばみ」に参加。戦後、「短歌時代」に寄稿。

福井県

上田正義（編集者）敦賀市出身。一九三六年、詩歌誌「貝殻」刊行。

岡崎 純（詩人・一九三〇－二〇一七）本名・安井勇。南条郡王子保村出身。福井師範学校卒。杉本直、則武三雄に師事。一九六八年、広部英一、南信雄、川上明日夫らと「木立ち」創刊。一九七〇年「角」創刊。『岡崎純詩集』一九八四、『寂光』一九九六。

杉本 直《ただし》（詩人・一九三〇－二〇〇四）「時間」同人。一九四八年「土星」創刊。詩集『あおみどろ』一九六九、『あいうえお』一九七四、『戯詩偽詩蝉』一九八二。

高見 順（詩人／小説家・一九〇七－六五）坂井郡三国町出身。東京帝大英文科卒。一九二五年「廻轉時代」創刊。一九二九年「十月」「時代文化」創刊に参加。一九三五年頃、越中谷利一を通じて高と知り合う。一九三三年、新田潤、渋川驍、荒木巍、石光葆、大谷藤子ら東大系の新人作家を中心に同人誌「日暦」創刊。小説『故旧忘れ得べき』一九三六、『如何なる星の下に』一九四〇。

山本和夫（詩人・一九〇七－九六）遠敷郡松永村出身。東洋大卒。一九二八年、乾直恵、白井一二らと第二次「白山詩人」創刊。「学校」「日本詩壇」に詩を寄稿。「文藝首都」編集。詩集『仙人と人間との間』一九二九、『湖畔の少年』一九四四。

滋賀県

北川冬彦（詩人・一九〇〇－九〇）本名・田畔忠彦。大津市出身。東京帝大仏法科卒。一九二四年、大連で安西冬衛、瀧口武士らと「亞」創刊。一九二八年、春山行夫らと「詩と詩論」刊行。高が選ばれた一九三五年の詩コンクールの審査員のひとりであり、最大の恩人。その後、「麵麭」や「昆侖」、第二次「時間」創刊に高を誘った。

木俣 修（歌人・一九〇六－八三） 愛知郡愛知川村出身。東京高等師範学校卒。一九三四年、富山高等学校に転任。一九三五年、歌誌「多磨」編集。一九五三年「形成」創刊。『木俣修歌集』一九七四、『雪前雪後』一九八一。

室積徂春《むろづみ》（俳人・一八八六－一九五六） 大津市出身。早大中退。高浜虚子門下としてホトトギス派の有力俳人となる。佐藤紅緑の俳誌「とくさ」編集。一九二七年「ゆく春」創刊、見學玄や藤田旭山、西山東渓らを育てた。高も寄稿。

奈良県

安西冬衛（詩人・一八九八－一九六五） 本名・勝。奈良市出身。一九二四年、北川冬彦らと「亞」創刊。「詩と詩論」に参加し、モダニズム詩を推進する。第一詩集『軍艦茉莉』一九二九、『亜細亜の鹹湖』『渇ける神』一九三三。

池田克己（詩人・一九一二－五三） 吉野郡吉野町出身。吉野工業学校建築科卒。写真館を営みながら詩作を続け、「日本詩壇」同人。一九四七年、菊岡久利、八森虎太郎、高見順らと「日本未来派」創刊。詩集『芥は風に吹かれてゐる』一九三四。

植村 諦《たい》（詩人・一九〇三－五九） 本名・諦聞。磯城郡多村出身。佛教専門学校卒。水平社運動、朝鮮の独立運動に参加、秋山清らとアナキズム系の詩誌「弾道」編集。「コスモス」「日本未来派」同人。詩集『異邦人』一九三二。

冬木 康《やすし》（詩人・一九一九－八七） 一九四〇年、右原厖、飛鳥敬と「爐」創刊。詩集『竹の中』一九五三。

前川佐美雄（歌人・一九〇三－九〇） 葛城郡忍海村出身。東洋大卒。佐佐木信綱に師事。一九三〇年、第一歌集『植物祭』。一九三一年、斎藤史らと「短歌作品」、一九三四年「日本歌人」創刊。同誌から塚本邦雄、前登志夫、山中智恵子らが輩出。

保田與重郎《よじゅうろう》（評論家・一九一〇－八一） 十市郡桜井町出身。東京帝大美学科卒。「コギト」「日本浪漫派」創刊同人。一九三六年、「日本の橋」を発表。批評家としての地位を確立。

京都府

荒木利夫（詩人）一九三六年「朱幃」編集発行、一九四二年、臼井喜之助の「岸壁」編集。詩集『磁針』一九四四。

伊東俊二（俳人・一九〇九－二〇〇〇）本名・甚之助。福知山市出身。荻原井泉水の「層雲」編集。自由律俳誌「連山」発行。

小谷 剛《つよし》（小説家／医師・一九二四－九一）京都市出身。名古屋帝大附属医学専門学校卒。「作家」主宰。一九四九年、小説「確証」で芥川賞。小説『空中索道』一九五〇、『翼なき天使』一九五五、『培地』一九五八。随筆『検診台』一九五六。

和歌山県

加藤一夫（詩人・一八八七－一九五一）西牟婁郡大都河村出身。明治学院神学部卒。一九一五年、西村伊作の援助で「科学と文芸」創刊。一九一八年、福田正夫の「民衆」に参加。詩集『土の叫び地の囁き』一九一七、『民衆芸術論』一九一九。小説『無明』一九二〇。

土屋二三男《ふみお》（詩人・一九〇三－九二）「芸術民謡」同人を経て、一九三七年「螢」編集発行。戦後、新日本詩研究会設立。

那須辰造（小説家・一九〇四－七五）田辺市出身。東京帝大仏法科卒。第十次「新思潮」同人。戦後は児童文学に専念。

大阪府

長《ちょう》 光太《こうた》（詩人・一九〇七－九九）本名・伊藤信夫。早大仏文科中退。原民喜らと「春鶯囀」発行。プロレタリア詩運動に参加。

塚本篤夫（詩人・一九〇三－四六）「日本文藝」「歌謡」編集。詩集『静かなる風景』一九二七、民謡集『濡れた行灯』一九二九。

信時《のぶとき》 潔（作曲家・一八八七－一九六五）大阪市出身。東京音楽学校卒。助教授を務める。幼少より賛美歌に親しむ。東京音楽学校本科作曲部創設に尽力。交声曲「海道東征」、歌曲集『沙羅』、国民唱歌「海ゆかば」。一九五四年、高作詞「滑川市の歌」作曲。

藤村雅光（詩人・一八九六－一九六五）小野十三郎らと「詩文化」発行。詩集『葡萄の房』一九四八、『曼珠沙華』一九四九。

保高《やすたか》徳蔵（小説家・一八八九－一九七一）大阪市出身。早大英文科卒。読売新聞記者。博文館編集者。一九三二年、竹森一男と「文藝首都」創刊。高は一九四六年に同人となる。小説『孤独結婚』一九三六、『勝者敗者』一九三九、『作家と文壇』一九六二。

兵庫県

衣巻省三《きぬまきせいぞう》（詩人／小説家・一九〇〇－七八） 朝来郡粟鹿村出身。早大英文科中退。中学時代の同級生、稲垣足穂とともに佐藤春夫に師事。一九三五年、小説「けしかけられた男」で第一回芥川賞候補。詩集『こわれた街』一九二八、『足風琴』一九三四。

坂田徳男《とくお》（科学思想史家・一八九八－一九八四） 高砂市出身。京都帝大哲学科卒。一九四九年、大阪市立大学教授、一九六四年、帝塚山大学教授。『ベルグソン創造の哲学』一九三七、『科学と哲学』一九四三、『哲学への道』一九四七、『近代と現代』一九七五。

竹中　郁（詩人・一九〇四－八二） 本名・育三郎。神戸市出身。関西学院大学文学部英文学科卒。海港詩人倶楽部を結成。一九二四年「羅針」創刊。「詩と詩論」に参加、シネポエムを発表。詩集『黄蜂と花粉』一九二六、『象牙海岸』一九三二。

深尾須磨子（詩人・一八八八－一九七四） 氷上郡春日町出身。菊花高等女学校卒。与謝野晶子に師事。度々渡欧、パリで生物学やフルートを学ぶ。平和運動、女性運動に積極的に参加。詩集『真紅の溜息』一九二二、『呪詛』一九二五、『牝鶏の視野』一九三〇。

港野喜代子（詩人・一九一三－七六） 須磨町出身。大阪府立市岡高等女学校卒。「日本未来派」同人。大阪文学学校講師。詩集『紙芝居』一九五二。

鳥取県

伊福吉部《いふきべ》隆（詩人／評論家・一八九八－一九六八） 本名・高輝。生田長江に師事。一九二三年「感覚革命」創刊。一九二五年「羅曼」創刊同人に高を誘う。

高木東六（作曲家・一九〇四－二〇〇六） 米子市出身。東京音楽学校中退ののちフランス留学。山田耕筰の勧めで作曲家に転向。帝国音楽学校ピアノ科主任教授。一九四九年、高作詞の滑川市立田中小学校校歌「希望の丘」を作曲。

島根県

安部宙之介《ちゅう》（詩人・一九〇四－八三）　本名・忠之助。三成町出身。大東文化学院入学、三木露風の「高踏」に拠る。「新進詩人」同人。『三木露風全集』編纂。一九四一年、新雑誌の同人に高を誘う。詩集『白き頁と影』一九二九、創作集『水の声』一九五八。

岡山県

大山功（演劇評論家・一九〇四－九三）　岡山市出身。早大演劇学科卒。「藝術殿」「東宝」「日本演劇」「演劇界」などの雑誌編集。一九四五年、戦災で山形県へ疎開、文筆活動を続ける。『近代日本戯曲史』一九七四。

鳥羽茂《いかし》（出版人・一九一〇－三九）　一九三一年「ウルトラ・ニッポン」を八十島稔、藤村端と刊行。一九三四年「エスプリ・ヌウボウ」（四号以降「詩学」）創刊発行。モダニズム系の詩集を多く出版。

永瀬清子（詩人・一九〇六－九五）　赤磐郡豊田村出身。愛知県立第一高等女学校卒。「時間」「磁場」「詩之家」同人。「麺麭」「昆侖」に参加。戦後岡山に帰り、農業に従事しながら詩作。詩集『グレンデルの母親』一九三〇。

森谷均（出版人・一八九七－一九六九）　笠岡市出身。中大商科大卒。一九三五年、京橋で昭森社を創業し、特装本、美術書を出版。戦後、神田神保町に移り、一九四六年、「思潮」、一九六一年、「本の手帖」創刊。人柄と風貌から神田のバルザックと呼ばれた。

広島県

原民喜《たみき》（詩人／小説家・一九〇五－五一）　広島市出身。慶應大文学部在学中、長光太、山本健吉らと「春鶯囀」「四五人会雑誌」創刊。一九三六年以降、「三田文學」で創作活動を展開、編集にも携わる。一九四八年「近代文学」に参加。小説『夏の花』一九四九。

木下夕爾《ゆうじ》（詩人／俳人・一九一四－六五）　深安郡上岩成村出身。名古屋薬学専門学校卒。一九三九年、第一詩集『田舎の食卓』刊行、文藝汎論詩集賞。俳誌「春燈」に作品を発表。「木靴」「春雷」主宰。詩集『生まれた家』一九四〇、『笛を吹くひと』一九五八。

松下宗義（洋画家）　広島女学院女学部教諭。戦後、富山県大門町に移住。一九四七年、大門中学校の初代校長として赴任。

香川県

河西《かわにし》新太郎（詩人・一九一二－九〇）高松市出身。「オリーブの歌」の作詞で知られる。『日本海洋詩集』一九三五、『昭和新詩集』『戦時日本詩集』一九四二を編集。『河西新太郎詩集』一九七七。

愛媛県

高橋新吉（詩人・一九〇一－八七）西宇和郡伊方町出身。一九二八年、郷里で禅僧の話を聞いて禅に傾倒。戦前、山之口貘を通じて高に興味を持つ。高の「文學國士」に寄稿。詩集『ダダイスト新吉の詩』一九二三、『高橋新吉新詩集』一九二八。

高知県

大江満雄（詩人・一九〇六－九一）幡多郡宿毛町出身。一九二四年、生田春月の「詩と人生」に作品を発表。一九三二年、日本プロレタリア作家同盟に加入。戦後「至上律」「現代詩」などで活躍。詩集『血の花が開くとき』一九二八、『海峡』一九五四。

島崎曙海《あけみ》（詩人・一九〇七－六三）香美郡土佐山田町出身。高知師範専攻科卒。一九三六年、満鉄に入社、教員を務める。「満州詩人」に参加。「露西亜墓地」創刊。戦後「蘇鉄」創刊、「日本未来派」同人。詩集『地貌』一九三九、『落日』一九五四。

片山敏彦（ドイツ文学者・一八九八－一九六一）高知市出身。東京帝大独逸文学科卒。法政大学、第一高等学校教授を歴任。一九二五年、高村光太郎、尾崎喜八らと「東方」創刊。一九三五年、「世代」創刊。訳書『愛と死との戯れ』一九二六。

正木聖夫《すみお》（詩人・一九一六－一九四九）「文學國士」に詩「候鳥」を寄稿。高が正木編集の「次元」に随筆「空天の話」寄稿。

福岡県

折《おり》戸《と》彫《ほり》夫《お》（詩人・一九〇三－九〇）北九州市出身。幼時は神戸で過ごし、名古屋、京都、東京に住む。一九三一年頃よりシネポエムを書き始め、理論を構築。鳥羽茂編集の「詩学」同人。詩集『虚無と白鳥』一九二八、『化粧室と潜航艇』一九二九。

中野秀人（詩人／画家・一八九八－一九六六）福岡市出身。早大政経学部中退。在学中、プロレタリア文学の立場に立つ評論「第四階級の文学」発表。一九四〇年、花田清輝らと「文化組織」創刊。

花田清輝（評論家／小説家・一九〇九－七四）福岡市出身。京都帝大文学部中退。「世代」「現代文學」に文芸論を発表。一九四〇年、中野秀人、岡本潤らと「文化組織」創刊。評論集『自明の理』一九四一、『復興期の精神』一九四六。

安田貞雄（小説家・一九〇八－九一）遠賀郡戸畑町出身。「麵麭」同人。小説『戦友記』一九四一、『天目山記』一九四二。

八十島稔（詩人／俳人・一九〇六－八三）嘉麻郡千手村出身。「愛誦」「文藝汎論」などに寄稿。一九三五年「VOU」に参加。翌年から「風流陣」を編集。「朝だ元気で」の作詞者。詩集『紅い羅針盤』一九二七、『海の花嫁』一九三〇、『鶯』一九四二。

佐賀県

吉浦澄夫（詩人）一九四九年「新地帯」創刊。一九五〇年「地球」、一九五五年「芸術季刊」創刊同人。「詩苑」に詩「波」寄稿。

長崎県

福田清人（児童文学・一九〇四－九五）東彼杵郡波佐見町出身。東京帝大国文学部卒。一九二九年、第一書房に入社し、「新思潮」の編集に携わる。小説『河童の巣』一九三三、『脱出』一九三六、『天平の少年』一九五八、『春の目玉』一九六三。

森 清秋（詩人・一九一三－四七）一九三一年、熊本正と「婆羅」創刊。一九三三年、熊本との合同詩集『烏のゐる磧』。

大分県

江口榛一《しんいち》（詩人・一九一四－七九）中津市出身。明大文科卒。「素直」編集。一九四九年、小説「未練」で芥川賞候補。詩集『荒野への招待』『地の塩の箱』一九五九、『江口榛一著作集』一九九二。

賀来《かく》琢磨（作詞家／振付師・一九〇六－七五）東洋大東洋文学科、中央音楽学校舞踊科に学び、一九二九年、東京にタンダバハ舞踊研究所を設立。仏教精神を基底とした童謡舞踊として詩、音楽、身体の動きの三位一体を主張。

瀧口武士（詩人・一九〇四－八二）東国東郡武蔵町出身。大分師範学校卒。戦前、大連で小学校教員を務める。安西冬衛らの「亞」に参加、編集にも携わる。一九三二年「蝸牛」創刊。一九三九年「鵲」に参加。一九三九年、帰国。高の「文學組織」「文學國土」に寄稿。詩集『園』一九三二、『道』一九八五、『庭』一九九五。

丸山　薫（詩人・一八九九－一九七四）大分市出身。十二歳で豊橋に移る。第三高等学校ののち東京帝大文学部国文科卒。「椎の木」「詩と詩論」に参加。一九三三年、堀辰雄、三好達治らと「四季」創刊。詩集『帆・ランプ・鷗』一九三二、『物象詩集』一九四一。

宮崎県

高橋　勇（小説家）一九三八年に黒木清次、山中卓郎と「龍舌蘭」、一九三九年に古谷綱武らと「文学草紙」創刊。小説『虹』一九六九。

鹿児島県

妻木新平（小説家・一九〇五－六七）本名・福永隼人。出水郡西長島村出身。日大芸術科卒。「文学集団」編集。小説「名医録」で芥川賞候補。一九五一年「日本文学者」創刊。戦後「碑」同人。小説『妻の従軍』一九四一、長編『村の国』一九四二。

沖縄県

宮城　聰（小説家・一八九五－一九九一）本名・久輝。国頭村奥間出身。一九二一年、上京し、改造社に入社。芥川龍之介や里

見習、佐藤春夫、谷崎潤一郎などの担当記者として活躍後、里見の推薦で文壇デビュー。『創作集ホノルル』（のち『ハワイ』に改題）一九三六。

山之口貘（詩人・一九〇三 - 六三）那覇区東町出身。一九二二年に上京、放浪生活をしながら詩を書き続ける。高が中延にいた頃、親しく付き合い、私家版『北方の詩』の序文を書く。第一詩集『思辯の苑』一九三八。一九五九年、『定本山之口貘詩集』で第二回高村光太郎賞。

旅順

矢原礼三郎（詩人／映画監督・一九一五 - 五〇）旅順出身。旅順中学在学中から詩作を始める。「麵麭」同人。大連の「鵲」に参加。中国映画の監督、評論、中国現代詩の翻訳を手がける。

台湾

本田晴光（詩人・一九一一 - ）台中出身。台湾で詩作。台湾詩人協会の「華麗島」と、台湾文芸家協会の「文藝台湾」を中心に活動。詩集『沈黙』一九七五、『時刻表』一九七七、『有刺鉄線』一九七八、『夜のバイエル』一九八〇、『飛礫』一九八二。

詩誌を中心にした 高島高人物交流図

伊勢功治：制作 2021.03

第一次「麺麭」 1932.11-38.1

北川冬彦（詩人）1900-90
神保光太郎（詩人）1905-90
桜井勝美（詩人）1908-95
長尾辰夫（詩人）1904-70
永瀬清子（詩人）1906-95
淺野 晃（詩人）1901-90
瀧口武士（詩人）1904-82
殿内芳樹（詩人）1914-93
町田志津子（詩人）1911-90
和田徹三（詩人）1909-99

俳誌「風流陣」 1935.10-44.1

岩佐東一郎（詩人）1905-74
八十島稔（詩人・俳人）1906-83
安藤一郎（詩人）1907-72
伊藤月草（俳人）1899-1946
扇谷義男（詩人）1910-92
岡崎清一郎（詩人）1900-86
小笠原啓介（詩人）1913-95
北園克衛（詩人）1902-78
近藤 東（詩人）1904-88
笹澤美明（詩人）1898-1984
佐藤惣之助（詩人）1890-1942
瀧口武士（詩人）1904-82
竹中 郁（詩人）1904-82
丸山 薫（詩人）1899-1974
村野四郎（詩人）1901-75
室生犀星（詩人）1889-1962
室生とみ子（俳人）1895-1959

「昆侖」 1938.8-43.9

北川冬彦（詩人）1900-90
菊岡久利（詩人）1909-70
桜井勝美（詩人）1908-95
瀧口武士（詩人）1904-82
長尾辰夫（詩人）1905-70
永瀬清子（詩人）1906-95
町田志津子（詩人）1911-90

第二次「時間」 1950.5-90.7

北川冬彦（詩人）1900-90
桜井勝美（詩人）1908-95
永瀬清子（詩人）1906-95
安西冬衛（詩人）1898-1965
安藤一郎（詩人）1907-72
池田克己（詩人）1912-53
扇谷義男（詩人）1910-92
菊岡久利（詩人）1909-70
長島三芳（詩人）1917-2011
殿内芳樹（詩人）1914-93
長尾辰夫（詩人）1905-70
町田志津子（詩人）1911-90
安田 博（詩人・編集）1927-
深尾須磨子（詩人）1888-1974
牧 章造（詩人）1916-70
吉田一穂（詩人）1898-1973
和田徹三（詩人）1909-99

「文藝汎論」1940.12

「日本詩壇」1940.1

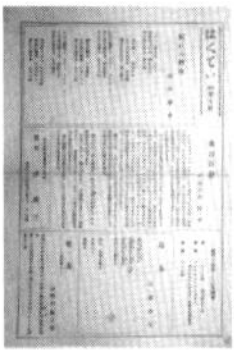
「はくてい」5号 1938.1

「昆侖」第1巻1号
1938.8

「日本未来派」第66号
1955.5

「文藝汎論」 1931-44.2

岩佐東一郎（詩人）
1905-74

「日本詩壇」 1933.4-44.4

吉川則比古（詩人）
1902-45

「羅曼」 1935.5-

伊福吉部隆（詩人）
1898-1968

「はくてい」 1937-

泉 潤三（詩人）
1905-40

「貝殻」 1937-

上田正義（詩人）

「詩原」 1940.3-

赤塚三郎（編集）

「青年作家」 1942.2-

青年作家社 編

「日本未来派」 1947.6-

池田克己（詩人）1912-53
菊岡久利（詩人）1909-70
高見 順（小説家）1907-65
安藤一郎（詩人）1907-72
植村 諦（詩人）1903-59
安西冬衛（詩人）1898-1965
及川 均（詩人）1913-96
上林猷夫（詩人）1914-2001
長島三芳（詩人）1917-2011
永瀬清子（詩人）1906-95
真壁 仁（詩人）1907-84
港野喜代子（詩人）1913-76
平木二六（詩人）1903-84
高橋新吉（詩人）1901-87
佐藤総右（詩人）1914-82
島崎曙海（詩人）1907-63

「詩人時代」1935.9

「文藝首都」1950.8

「三田文學」1938.4

「文學層」創刊号
1939.3

「詩之家通信」2号
1947.2

「詩人時代」 1931.5-36.11

吉野信夫（詩人）
1908-36

「オアシス」 1931.9-

東京ミッカ會

「文藝首都」 1933.1-70.1

竹森一男（小説家）
1910-79

詩誌「日本詩」 1934.9-

明松次郎（編集）

「早稲田文學」 1934-

青柳 優（詩人・評論家）
1904-1944

「三田文學」 1926.1-

和木清三郎（編集）
1896-1970

「旗」「文學研究」 1930.7-

竹森一男（小説家）1910-79
中岡宏夫（小説家）1910-

「文學層」 1939.3-

岡 勇（編集）

「詩之家通信」 1946.7-

佐藤惣之助（詩人）
1890-1942
竹中久七（詩人）1907-62
高橋玄一郎（詩人）1904-78
岡田悦哉（小説家）1909-98
藤田三郎（詩人）1906-85

「次元」 1948.1-

正木聖夫（詩人）
1916-49

俳誌「連山」 1951.6-

伊東俊二（俳人）
1909-2000

越中谷利一グループ1933-

越中谷利一（詩人）1901-70
原田 勇（詩人）
高見 順（小説家）1907-65
山之口貘（詩人）1903-63
花田清輝（評論家）1909-74

横浜詩人グループ1935頃-

粟井家男（小説家）
扇谷義男（詩人）1910-92
笹澤美明（詩人）1898-1984
佐藤惣之助（詩人）1890-1942
塩田光雄（詩人）
壺田花子（詩人）1905-90
長島三芳（詩人）1917-2011
人見 勇（詩人）1922-53
福田正夫（詩人）1893-1952
藤田三郎（詩人）1906-85
八幡城太郎（俳人）1912-85
山田芳夫（詩人）高柳奈美子（詩人）

高島高詩集の序文寄稿者

萩原朔太郎（詩人）1886-1942
北川冬彦（詩人）1900-90
相馬御風（評論家）1883-1950
吉田一穂（詩人）1898-1973
浅野 晃（評論家）1901-90

画家

上原重和（洋画家）1913-2002
内田 巌（洋画家）1900-53
笠原可於（日本画家）1912-90
小杉放庵（画家）1881-1964
槻尾宗一（金工作家）1915-92
時田南鳳（日本画家）
中野秀人（詩人・画家）1898-1966
中村直人（画家・彫刻家）1905-81
松下宗義（洋画家）

音楽家

賀来琢磨（作詞家・振付）1906-75
黒坂富治（作曲家）1911-94
佐藤良雄（チェロ奏者）1906-77
高木東六（作曲家）1904-2006
高階哲夫（作曲家）1896-1945
高田三郎（作曲家）1913-2000
信時 潔（作曲家）1887-1965
三浦洸一（歌手）1928-2014
本多鐵磨呂（作曲家）1905-66

学者

石田外茂一（民俗学者）1901-76
片山敏彦（独文学者）1898-1961
加藤周一（評論家）1919-2008
亀谷凌雲（僧侶）1888-1973
坂田徳男（哲学者）1898-1984
櫻田勝徳（歴史学者）1903-79
高橋英次（衛生学者）1911-96
蓼沼憲二（医学博士）1889-
増田永修（宗教家）1895-1978
森 於菟（医学者）1890-1967

役者・舞踏家

市川猿之助（歌舞伎）1888-1963
高橋とよ（女優）1903-81
石井 漠（舞踏家）1886-1962

アンソロジー

「新鋭詩集」1935
日本詩編集部

「全日本詩集」第二巻 1939
前田鐵之助（詩人）1896-1977

「新日本詩鑑」1938.12
村上成實（詩人）1908-80

「培養土」（麺麭詩集）1941.2
北川冬彦（詩人）1900-90

●その他アンソロジー

「現代日本年刊詩集」1941.7
山田岩三郎（詩人）1907-
村上成實（詩人）1908-80
「昆侖詩文集」1941.11
北川冬彦（詩人）1900-90
「辻詩集」1944.10
「現代日本代表作詩集」1948.10
池田克己（詩人）1912-53
「日本現代詩体系」1951
中野重治（詩人）1902-79
「日本詩人全集」1952
「昭和文学全集」1954.10
「死の灰詩集」1954
「未来派詩集1957」

その他寄稿誌

「文學集團」1949.8
三好貞雄（編集）

「詩學」1950.5
城左門（詩人）
1904-76

「詩文化」創刊号 1950.9
小野十三郎（詩人）
1903-96

「ロマン・ロラン研究」
第4号 1952.6
蜷川 譲（仏文学者）
1925-2014

「文藝日本」1954.5
大鹿 卓（詩人）
1898-1959

※私信交流の作家たち（順不同）
※ □ は寄稿雑誌・創刊年月と編集者（太字）

「科學ペン」1936.10

「新生」1947.9

「現代詩」1949.1

俳誌「**ゆく春**」1927.10-56.12
室積徂春（俳人）
1886-1956

「**地平線**」1933.6-
塩田光雄（詩人）

「**詩學**」1935.3-36.8
鳥羽 茂（出版人）
1910-39

「**科學ペン**」1936.10-41.12
長田恒雄（詩人）
1902-77

「**新生**」1945.11-
小谷 剛（小説家）
1924-91

「**現代詩**」1946.2-50.6
杉浦伊作（詩人）
1902-53

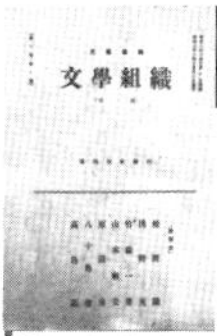

「文學組織」創刊号
1947.10

「文學國土」4集
1948.4

「北方」12集 1950.6

「文學組織/文學国土/北方」
高島高編集 1947.10-50.6

穴田澄子（青田光子・詩人）
松岡 譲（小説家）1891-1969
淺野 晃（詩人）1901-90
岩本修蔵（詩人）1908-79
内田 巌（洋画家）1900-53
江間章子（詩人）1913-2005
翁 久允（歌人）1888-1973
坂田徳男（哲学者）1898-1984
島崎曙海（詩人）1907-63
北澤喜代治（詩人）1906-80
杉浦伊作（詩人）1902-53
竹森一男（小説家）1910-79
原田 勇（詩人）
竹内てるよ（詩人）1904-2001
高橋新吉（詩人）1901-87
瀧口武士（詩人）1904-82
寺門 仁（詩人）1926-97
平木二六（詩人）1903-84
深田久弥（小説家）1903-71
古谷綱武（評論家）1908-84
山本和夫（詩人）1907-96
宮崎孝政（詩人）1900-77
三好豊一郎（詩人）1920-92
村上成實（詩人）1908-80
室生とみ子（俳人）1895-1959
室積徂春（俳人）1886-1956
八十島稔（詩人・俳人）1906-83

伊勢功治：制作 2021.03

詩誌を中心にした 高島高人物交流図 ［富山編］

布瀬富夫（歌謡詩人/富山市稲荷町）1907- 「歌謡詩人」編
水橋晋（詩人/滑川市高月町）1932-2006
神保恵介（詩人/滑川市中町）1931- 「ガラスの灰」1953.4-74.5 編
黒坂富治（作曲家/朝日町）1911-94
佐々木啓志（詩人/富山市稲荷町）「北アルプス」1948- 編
北澤喜代治（詩人/長野県須坂市出身、滑川市四間町）1906-80
入善町
上村 萍（詩人/朝日町）1928-75 「SEIN」1951.2-52.5 編
沖野栄祐（詩人/富山市岩瀬村）「逍遙」編
吉澤 弘（歌人・画家/黒部市植木）1899-1975
朝日町
金尾梅の門（俳人/富山市水橋町）1900-80 「古志」1947.1-（のち「季節」1952.8-）編
小森 典（詩人/仙台市出身、滑川市浜四ツ屋）1915-91 「奪回」1958.8-70.4 「越境」1971.10-90.4 編
高島順吾（詩人/魚津市）1921-2009 「骨の火」1948.3-50.6 「E・MIR」1951.12-56 編
上野たかし（俳人/魚津市友道）1917- 「喜見城」1949.4- 編
黒部市
滑川市
高島高
高階哲夫（作曲家・音楽家/滑川市山王町）1896-1945
高橋良太郎（俳人/滑川市）1902-77
亀谷凌雲（僧侶・牧師/富山市新庄町）1888-1973
柳 久哉（小説家/滑川市）1930-
魚津市
富山市
三浦孝之助（詩人/上市町）1903-64 「馥郁タル火夫ヨ」1927.12 参加
坂田嘉英（詩人/立山町五百石）1924-89 「泡」1953.1-54.10 編
上市町
浦田啓男（詩人）1931- 富山市清水町
中山 輝（民謡詩人/立山町）1905-77 「詩と民謡」編
増田永修（宗教家/立山町西大森）1895-1978 「みなかみ」1930- 編
翁 久允（郷土史研究家/立山町六郎谷）1888-1973 「高志人」編
立山町
廣田宙外（作曲家/岩手県出身、富山市南新町）1909-2003 「スバル」
藤田健次（民謡詩人/立山町）1891-1967 「歌謡詩人」（のち「藝園」）編
森 幸一（詩人/横浜市出身、富山市）1928-84
「詩と民謡」復刊号 1954.4
詩と民謡
「詩と民謡」1930.1-78.11
中山 輝（民謡詩人）
「歌謡詩人」8号1934.7
歌謡詩人
「藝園」1940.11
「スバル」1949.2
「逍遙」2号 1947.2
「高志人」1954.1
スバル
詩文學雑誌 逍遙 SYOYO
2 1947
「スバル」1938.1-
廣田宙外（作曲家）
「逍遙」1947.1-4
沖野栄祐（詩人）
「高志人」1936.9-74.3
翁 久允（歌人）
「歌謡詩人」1932.-
「藝園」1940.4-
藤田健次（詩人）

金沢

浅野 晃(詩人/国文学者)1901-90
石田外茂一(民俗学者)1901-76
小笠原啓介(詩人)1913-95
岡部文夫(歌人)1908-90
中村慎吉(詩人)19　-87
濱田知章(詩人)1920-2008
深田久弥(小説家)1903-71
細川加賀(俳人)1924-89
宮崎孝政(詩人)1900-77
室生犀星(詩人)1889-1962
室生とみ子(俳人)1895-1959
山岸曙光(詩人)1898-1966

「北の人」1948-
増村外喜雄 金沢市

「せゝらぎ」第3集 1949.2

「昆虫針」第10集 1949.9

「せゝらぎ」1948.11-49.2
「昆虫針」1949.2-50.3
市谷 博(詩人)

「新風」第16集 1953.6

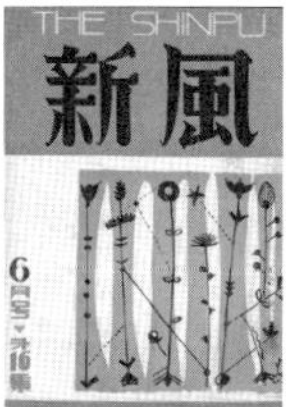

「新風」1948.4-53.6
浅野徹夫(詩人)

「野薔薇」第7号 1949.5

「詩人座」(「野薔薇」改題) 1949.11

「百花」第2集 1953.10

「百花詩集」1954年版

「野薔薇」1947.9-49.7
「詩人座」1949.11-50.8
「百花」1953.7-60
「百花詩集」1952.8-
稗田菫平(詩人)

※私信交流の作家たち(順不同)
　太字は寄稿雑誌
※ ▭ は寄稿雑誌・創刊年月と編集者

＊ 資料データについて新しい情報などご存知の方は下記メールまでご連絡ください。
isekoji61@gmail.com